모든 사람의 사랑 이야기 그리고 운명적 사랑에 대한 서사시

원스 어폰 어 타임 인 모스크바
라라의 랩소디

맹세희 지음

원스 어폰 어 타임 인 모스크바
라라의 랩소디

맹세희 지음

작가의 말

시간이 오래 걸렸다. 모차르트의 예술적 천재성도 아인슈타인의 과학적 천재성도 갖지 못한 평범한 내가 '라라의 랩소디'를 잉태해서 산고 끝에 세상에 내놓을 때까지. 57세에 첫 소설을 발표하기까지 삶의 여정은 나름 계곡과 골짜기와 가파른 암벽을 거치는 과정이었다.

'라라의 랩소디'는 인간과 인생 그리고 신에 존재 방식에 대한 끝없는 의문에 대한 답을 찾고자 하는 나의 갈증을 해소하기 위한 방법이었다. 신은 존재하는가, 라는 것은 적어도 나에게는 의문의 대상이 아니었다. 그 존재 방식이 궁금했다.

작품 속에는 많은 등장 인물이 나온다. 인간 관계 속의 인연은 스치는 가벼운 인연부터 서로에게 뼈와 살에 사무치는 인연까지 매우 광폭의 스펙트럼을 갖는다. 그렇기에 가볍게 지나가는 인물도 있고 작품 중에 처음부터 끝까지 함께하는 인물도 있다. 인간의 세상을 닮은 그림을 그려내고 싶었다. 모든 인연과 관계가 절대성을 갖는 건 아니라고 보았다. 에필로그에서도 언급했듯이 우연은 보이지 않는 필연이다. 우연을 가장한 인연도 있고 숙명적 필연도 있다.

또하나 젊은 세대에게 우리 시대, 즉 엄마와 아버지 시대의 이야기를 들려주고 싶었다. 분명 공감하고 소통할 수 있는 지점들이 있을 거라는 기대였다. 그래서 시대적 간극과 공간적 분리 그리고 철학적 격차를 좁혀 이해의 공간을 넓히고 싶었다.

가장 원했던 것은 작품 속에 다양하게 조명되는 남녀의 관계, 애정과 갈등과 증오를 통해 사랑의 본질에 접근하는 것이었다. 라라와 시훈을 통해 사랑 방정식의 해법을 찾고 싶었다. 모스크바와 서울을 오가며 펼쳐지는 사랑의 서사시를 쓰고 싶었다.

이 책이 세상의 빛 속으로 나오게 해준 유서깊은 양문출판사 김현중 대표에게 진심으로 감사의 마음을 전한다. 그리고 첫 작품 '라라의 랩소디'를 살아오면서 나에게 믿음과 사랑을 주신 모든 분에게 바친다.

목 차

작가의 말 ● 4
프롤로그 ● 8

01 모스크바 쉐레메체보 공항 ● 9
02 첫날밤 ● 13
03 태초에 사랑이 있었다 ● 18
04 신데렐라! ● 26
05 모스크바 아담과 이브 ● 31
06 평범하지 않은 소녀 ● 40
07 피할 수 없는 통과의례 ● 51
08 플라토닉 연애학 개론 ● 64
09 사랑과 우정의 온도 차는 얼마일까 ● 75
10 첫사랑은 리허설이 없다 ● 82
11 예비학부 기숙사 사람들 ● 90
12 모스크바 천일야화 ● 103
13 그녀의 이름은 라라 ● 114
14 모스크바에 평범한 일상은 없다 ● 121

15 예기치 않은 임신 • 132

16 그녀의 불륜, 과거를 위한 레퀴엠 • 140

17 서울 랩소디 – 그녀는 온에어 • 152

18 파랑새 죽이기 • 163

19 위험한 정사 • 176

20 까레예츠 이야기 • 181

21 이방인들의 이방인 • 192

22 오프 더 레코드 • 200

23 창녀와 성녀 • 206

24 남편 있는 여자가 왜 웃음을 팔아! • 217

25 지혜로운 자의 슬픔 • 227

26 신은 존재한다, 고로 심판한다 • 236

27 악마는 성당에도 살고 있었다 • 241

28 사막의 하얀 태양 • 253

29 에덴의 폴라리스 • 260

에필로그 • 266

프롤로그

여자의 하늘로부터의 최고 소명은
남자를 근원과 하나가 되도록
그의 영혼을 인도하는 일이다.

남자의 하늘로부터의 최고 소명은
여자가 땅 위에서 다치지 않고
자유롭게 걸을 수 있도록
그녀를 보호하는 일이다.

- 인디언 체로키족 속담 -

01
모스크바 쉐레메체보 공항

나는 모른다, 그것이 빛인지 어둠인지!

— 세르게이 예세닌 —

1991년 7월 말. 모스크바 쉐레메체보 공항.

모스크바는 하얀 설국이 아니라 퇴락한 붉은 태양의 제국이었다. 몰락한 소비에트를 대변하듯 쉐레메체보 국제공항은 낡고 음울했다. 그럼에도 라라는 모스크바가 자신의 운명 같다는 밑도 끝도 없는 기대감에 흥분됐다.

운명을 말하면 비과학적이고 비논리적이라고 백안시하는 시대다. 시대착오라는 조소와 눈총에도 라라는 자신을 어쩔 수 없는 운명론자라고 생각했다. 무엇이 논리이고 이성이고 상식인지 헷갈리는 카오스의 시대. 평범함으로 포장한 자기 과시를 윤리적 우월감으로 내세우는 왜곡된 자만심이 일상화된 시대. 라라는 거기에 저항감을 가진 스물네 살 청춘이었다.

어느덧 대합실의 창을 통해 바라보는 모스크바의 태양은 사물의 그림자를 길게 늘이고 있었다. 공항에서 픽업하기로 한 사람은 비행기 도착 후

세 시간이 지나도록 나타나지 않았다.

"그 사람이 끝내 안 나오면 어쩌지."

준호가 불안해하는 기색이었다. 연거푸 손가락을 꺾고 있었다.

그러나 대학 시절 내내 꿈꿔온 유학이었던 라라는 불안보다 기대감이 앞섰다. 광활한 백색 설원 시베리아에 잠든 무수한 전설과 신화의 나라. 대학 시절 끙끙 머리를 싸매고 읽어도, 그 의미의 절반도 채 이해하지 못했던 톨스토이와 도스토옙스키의 나라. 중학 시절 밤을 새우며 숨죽이고 읽었던 슈테판 츠바이크의 프랑스 혁명 이야기 '베르사이유의 장미'과 함께, 이케다 리요코의 '오르페우스의 창' 속에서 격정적으로 읽고 또 읽어댄 운명적 연인들과 혁명가들의 나라. 알렉세이와 드미트리 그리고 그들의 연인, 금발의 나타샤와 엘레나가 사상 투쟁을 통해 가난한 노동자들의 나라를 만들려는 혁명 속에서 뜨거운 사랑을 불사르던 그 나라. 거대한 역사와 목숨을 건 뜨거운 로망과 대서사의 땅, 그 심장부 모스크바에 라라는 온 거였다.

모든 미지의 것과 모든 '처음'이라는 것에는 나름 의미가 있다. 이것은 첫 비행이었고, 첫 외국행이었다. '첫'이라는 접두어만으로도 별의별 의미를 부여하는 과장과 오버 액션의 세상. 이 정도 '첫' 의미가 있다면, 가난한 소시민 집안의 딸 라라의 인생에서 일생일대의 여정인 셈이다.

그러니까 공항 픽업할 사람이 한두 시간 늦어지는 것쯤은 그녀의 야무진 의지를 꺾기에는 역부족이었다. 세계 최대 규모라는, 그러나 서울 고속터미널 같은 첫인상의 쉐레메체보 공항을 이리저리 오가며 구경할 여유도 있었다.

 픽업을 약속한 사람에게 연락을 시도할 공중전화도 찾을 겸 돌아다녀 본다. 그러나 처음의 대범함보다 커지는 것은 오히려 불안. 구멍처럼 얼룩처럼 군데군데 전구가 꺼진 램프로 인해 공항 천정은 어두침침하다. 해는 길었지만, 7월 말의 모스크바 저녁 기온은 서울과는 확연히 다르다. 갑자기 을씨년스런 생각이 라라의 머리와 가슴을 훑는다. 가방에서 꺼내 들었던 카디건이 어느새 라라의 어깨에 걸쳐져 있다.

 착륙해서 세관을 통과해 나온 후, 벌써 네 시간이 지나고 있다. 생전 처음 와보는 나라에, 그것도 이제 막 수교가 시작된 나라에 누구인지도 모르는 사람의 이름과 전화번호가 적힌 메모지 한 장에 의지해서 기다릴 수밖에 없는 것은, 그다지 신나는 일은 아니다. 그러나 그 사람에게 끝내 연락이 안 되더라도 죽으란 법은 없을 터. 오늘 아침에도 기적적으로 살아났지 않은가.

 그날 아침, 서울의 여름 날씨는 예사롭지 않았다. 전날 묵은 열기의 잔해인 듯, 낮게 깔린 안개가 시야를 좁히고 있었다. 배웅하려는 가족과 함께 집에서 나와 공항 방향으로 달리기를 한 시간쯤, 김포국제공항이 가까워지고 있을 때였다. 눈앞에 넓은 커브 길이 펼쳐지는 걸 본 순간, 라라는 자신도 모르게 발 끝에 힘을 주었다.
 '빨리 감속해야 하는데!'
 그러나 운전석에 앉은 것은 그녀가 아니었다.
 순간 눈앞에 혼란의 소용돌이가 펼쳐졌다. 주위가 이리저리 빙빙 돌며,

좌로 우로 그리고 빙그르르 차는 중심을 잃고 중앙선을 넘으며 요동치고 흔들렸다. 도로와 들과 산들이 혼돈의 도가니에 빠진 듯 한 덩어리로 엉켰다.

아버지가 첫 공항길 운전에 긴장한 탓인지 아니면 딸을 보내는 착잡한 심란함 때문인지, 급커브 길에서 핸들을 제대로 돌리지 못했다.

죽음의 공포. 죽음이란 그 구체적 가능성뿐 아니라 막연한 개연성만으로도 사람을 주눅 들게 하지 않던가.

"으아아아악! 사람 살려어어어어!"

차 안은 비명의 도가니였다.

라라 입에서는 기도인지 울부짖음인지 모를 말들을 터져 나왔다.

"안 돼요, 안 돼. 이대로 죽을 순 없어요. 안 돼요. 제발!"

그때였다. 빙그르르 이리저리 요동치던 차가 멈춰 섰다. 쾅 소리가 들리는 것과 동시에 안전벨트에 묶인 몸도 들렸다 떨어져 순간 멈췄다. 뻐근한 뒷목을 주물러 어루만지며 다들 차에서 내렸다. 한쪽 커브길 가드레일을 들이받은 채 차의 범퍼와 헤드라이트가 깨져 있었고, 가드레일은 깊이 휘어져 있었다. 그 아래는 10여 미터 되는 낭떠러지 절벽이었다.

"휴우-!"

저절로 안도의 한숨이 터져 나왔다.

02
첫날밤

삶이 그대를 속일지라도 슬퍼하거나 노여워하지 말라.
- 알렉산드르 푸쉬킨 -

공항 픽업을 약속했던 사람은 결국 나타나지 않았다.

쉐레메체보의 어스름이 짙어질수록 대합실의 사람 수는 줄어들었다. 밤 아홉 시를 넘어가자, 해가 낮의 빛과는 다른 색채를 띠었다. 오래된 형광등의 회백색 불빛처럼 희미했다. 뿌연 잿빛 백야에 신세계에의 기대감과 흥분도 난파선처럼 심연으로 침몰하기 시작했다. 시차는 다섯 시간, 서울은 새벽 두 시일 것이다. 라라는 어느덧 공항 대합실 의자에 널브러져버렸다.

한국인으로 보이는 젊은이 몇 명이 눈에 들어온 것은 그때였다. 잃어버린 짐을 찾느라 통관이 늦어졌다는 젊은이 셋이 말을 걸어왔다.

"모스크바 처음이신가요?"

픽업할 사람이 나오지 않았다는 준호의 대답에 그들은 잠시 의논하더니 말했다.

"모스크바 시내의 교회로 데려다 드리겠습니다. 하룻밤 보내기에는 나쁘지 않을 겁니다."

라라와 준호에겐 선택의 여지가 많지 않았다.

그들이 말한 교회에는 한참 버스를 달린 후 도착했다. 미국에서 활동하던 한국계 목사가 설립한 교회라고 했다.

"교회니까 오갈 데 없는 손님에게 내어줄 빈방 하나쯤은 있을 겁니다."

그들은 그렇게 말을 남기고 떠났다.

그러나 상황은 예상과는 좀 달랐다. 교회 건물로 따로 지어진 곳이 아니라 일반 주택 건물을 교회로 쓰고 있었다. 그다지 큰 편도 아니었기 때문에 잠을 잘 방은 따로 없었다. 그곳의 유일한 잠자리는 경비 겸 관리인인 고려인 이 선생이 일하는 쪽방뿐이었다. 한 평 남짓. 침대를 겸한 1인용 붙박이 소파에는 체크 무늬 모포가 덮여 있었다.

이 선생은 친절하고 교양 있는 신사였다. 차림새는 허름하고 일하는 곳이 누추했지만, 인품과 학식을 갖춘 인텔리 분위기가 있는, 50대 전후로 보이는 남자였다.

"고맙습니다. 덕분에 길거리에서 자는 신세는 면했네요."

라라가 고개 숙여 인사하자, 이 선생은 잠시 나가더니 모포를 한 장 가지고 왔다.

"담요가 하나뿐이네요. 젊은 연인들이니 하나라도 충분하겠죠."

그는 위로하듯 농담을 건네며, 사람 좋아 보이는 미소를 지었다.

언제 어떻게 잠이 들었는지 기억조차 없었다. 깜빡 잠이 들었다 깬 라라는 조그만 창을 통해 허옇게 밝아오는 새벽을 보았다. 시계를 보니 새벽

세 시. 그러나 잠은 달아난 후였다. 시차 때문인 모양이었다.

'절대적인 줄 알았던 시간이 이렇게 저렇게 변할 수 있고, 나라마다 다르고, 섬머타임으로 임의 조정할 수 있다니.'

시간에 대한 새로운 발견은 북방의 나라 낯선 도시의 두려움을 흡수해 버렸다. 모스크바가 준 신선한 충격 1호였다.

지난밤 교회로 오는 길에 보았던 크레믈린 궁전 탑에 달린 붉은 별이 준 감동도 두려움을 흡수하는 블랙홀이 되어 주었다. 궁전 곁을 지날 때 누군가 말했다.

"저것은 거대한 루비로 만들어진 별입니다. 붉은색은 공산주의의 상징이 아니라 원래 루스키들, 러시아인들이 고대부터 좋아하던 색이라고 하네요. 그래서 러시안 레드는 보통의 붉은 색보다 더 아름답다는 뜻을 갖는다고 합니다. 방금 지나친, 붉은 광장이라고 흔히 불리는 광장은 원래 아름다운 광장이라는 뜻인 셈이죠."

라라는 더 이상 잠이 오지 않았다. 자기의 몸에 뒤엉켜 있는 준호를 떼어내고 밖으로 나왔다.

'백야를 보고 싶어.'

여명인지 안개인지 모를 허연 기운이 퍼져 있었다. 처음 본 모스크바 백야는 언젠가 사진에서 본 핵전쟁 후 폐허를 연상시켰다. 예기치 못한 첫날밤이 만드는, 인상의 오류였는지도 몰랐다. 어쩌면 과거 사회주의가 건설해 낸 도시의 을씨년스러움이었을 수도 있다.

아침에 모닝 차를 가져다준 이 선생이 친절히 설명해 주었다.

"이 거리는 혁명 지도자 레닌의 본명, 울리야노프의 이름을 따서 지었어요. 두 분은 이 거리에서 모스크바 첫 밤을 보낸 겁니다. 여기는 흐루쇼프가 전후 파괴된 주택을 복구하기 위해 단기간에 건축한 저층 아파트들이 많아요. 이 거리의 낡은 분위기는 그 때문일 겁니다. 이 교회도 그런 흐루쇼프카 중 하나죠."

한국에서 흐루시초프라고 부르는 소련 서기장을 이 선생은 흐루쇼프라고 말하고 있었다.

"러시아어로 쓰면 그렇게 발음되죠. 흐루쇼프는 우크라이나 출신입니다만……"

고려인 이 선생은 그렇게 친절한 설명을 덧붙였다.

"제가 아는 바로는 러시아와 우크라이나는 서로 역사의 원조라고 한다죠. 키예프 공국에서 시작된 나라여서."

이 선생이 흥미로운 눈빛으로 라라를 쳐다보았다.

"오, 러시아에 대해 그런 것까지 알고 있나요?"

친절한 인텔리 고려인 이 선생을 만난 게 행운이라면 행운이었다. 그는 모스크바의 생활에 대해 이것저것 이야기를 해주었다. 길 가다 사람들이 줄을 서면 일단은 서라. 무엇인가 필요한 것들을 팔고 있을 거다. 외국인들에게 값은 문제가 아니겠지만, 물건이 귀한 때이니 보일 때 사두는 것이 좋다. 그런 등등의 이야기부터 역사 이야기까지 두루두루 이 선생의 자상함과 해박함이 드러나는 에피소드들이었다.

준호와의 모스크바 첫날은 쉐레메체보 공항에서 낯선 사람을 기다려야 하는 초조한 낮과 한 평 쪽방에서의 난감한 밤뿐이었다. 라라의 초야, 첫날밤은 없었다. 물론 신데렐라의 마법의 밤을 꿈꾼 것은 아니었다. 모스크바 초야는 라라에게 전준호가 완벽한 타인이 될 전조였는지 모른다. 누구도 죄가 없다. 유죄라면 단지 모스크바가 백야였을 뿐, 밤이 없었을 뿐이니까.

03
태초에 사랑이 있었다

태초에 말씀이 있었다.

- 구약성서 -

8년 후, 1999년 모스크바.

대통령의 러시아 방문 첫날 아침. 라라는 크레믈린 궁과 멀지 않은 트베르스카야 거리의 메리어트 호텔로 가고 있었다. 이미 계절은 5월 중순에 접어들었지만 아침저녁으로 봄바람은 여전히 예리한 칼날처럼 파르라니 서늘했다. 여섯 달 동안의 긴 겨울 후, 조급증으로 갈망한 봄이다. 모스크바는 4월이 되어야 겨우내 쌓였던 하얀 눈이 녹아 진흙빛으로 도심과 교외를 흐른다. 백색의 소금처럼 얼어붙었던 겨울 눈은 검은 강물이 되어 거리에 흘러넘친다.

그 눈 속에서 이미 싹을 틔운 민들레가 하얀 눈꽃을 대신해서 노란 꽃비인 양 텅 빈 대지를 뻔뻔한 듯 수줍은 듯 차지한다. 하늘에서 보이지 않는 커다란 붓으로 채색이라도 한 듯 청순했던 대지는 노란 화사함으로 탈바꿈한다.

라라는 노란색을 좋아하지 않았다. 어린 시절, 노랑은 '질투'를 상징한다고 어느 책에선가 읽었기 때문이다.

"질투. 그것은 너무나 비열하고 저열하고 그러면서 마지막에는 자기 자신도 파괴하고야 마는 악성 열병이야. 질투는 미개한 사람들의 저급한 감정이야."

라라는 그렇게 말하곤 했다.

공부 좀 하는, 소위 모범생 여자애가 흔히 그렇듯, 남자애들한테 지는 것을 죽어라 싫어했던 선머슴아 기질 때문이었는지, 아니면 '앞으로는 여자도 능력이 있고 강해야 한다', 누누이 강조하던 부모님 때문이었는지, 페미니스트 기질이 강했던 그녀의 소녀적 감수성이 질투심을 자신에게 용납할 수 없었다.

그래도 모스크바 민들레의 노란색이 싫지 않은 건, 단지 그것이 6개월간 이어지는 길고 추운 모스크바 겨울의 끝을 전하러 달려온 봄의 전령이라는 기특함 때문만은 아니었다. 인공 물감과 다르게, 천연 노란 빛은 찬란한 아름다움이 있었다.

'자연의 빛은 인간의 모방을 허락하지 않는 절대 미를 내포하고 있지. 그 아름다움 앞에 무신론을 주장하는 사람들은 교만하고 어리석게 보여. 자연의 미는 절대적 미를 아는 존재가 세상에 보내는 축복이고, 그의 절대성 표출이야.'

라라는 생각했다.

'신이 없다면 삶이란 얼마나 한심하고 지루하고 외로울까. 인간이 외롭지 않기 위해서라도, 억울하지 않기 위해서라도, 어떤 상황에서건 절망에

서 벗어나기 위해서라도 신은 존재하지 않으면 안 돼.'

라라는 그렇게 믿었다.

메리어트 호텔에 마련된, 대통령 수행기자단을 위한 프레스센터에 도착한 라라는 2층 메인 프레스홀로 갔다. 그녀가 들어선 얼마 후 자원봉사자들의 일정표가 배부되기 시작했다. 맨 위에는 행사 일정과 함께 그녀의 이름이 적혀 있었다.

행　　사 : 대통령 부처 모스크바 크레믈린 궁전 입성
시　　간 : 낮 12:00
책임 취재 : 한국 S방송사 모스크바 지국
취재 지원 : 민라라

그녀의 임무가 프레스센터 통역 안내 지원팀의 첫 업무였다.
"각자 자신의 담당 업무를 확인해 두시길 바랍니다."
대사관 공보관의 말이 끝나자, 자원봉사자들은 팝콘 터지듯 일제히 움직였다.
라라가 텔레비전 기자실로 들어서자 낯익은 얼굴이 눈에 들어왔다. J신문 박 특파원과 H일보 김 특파원이다.
"어, 안녕하세요, 여기서 뵈니까 더 반갑네요."
"이곳에 있는 게 식당보다 더 잘 어울리는데요."
두 사람이 라라의 등장에 흥미로운 듯 인사를 건넸다.

"안녕하세요, 첫 일정 취재 지원을 제가 하는데요, S방송사 기자님은 어디 계시죠?"

순간, 두 특파원과 함께 나란히 소파에 앉아 정면으로 그녀의 얼굴을 바라보는 한 남자와 라라의 시선이 얽혔다. 차콜 그레이 톤 양복을 입은, 정갈한 인상의 남자였다. 신사라는 표현이 제대로 어울리는 인상의 사내.

박 특파원과 김 특파원이 동시에 고개를 오른쪽으로 돌려, 방금 그녀와 눈길이 마주친 그 남자를 표정으로 가리켰다.

"바로 여기 이쪽이 S본부인데요."

그들이 가리킨, 바로 그 남자가 입을 열었다. 모카커피 브라운 톤의 울림 있는 중저음이었다.

"오늘 오전 일정은 저 빼고 카메라맨 알렉세이만 나갈 겁니다."

"알았습니다. 그럼 열한 시에 와서 출발하겠습니다."

잠시 후 라라는 TV 기자실에서 일하는 기자들을 지켜보고 있었다. 그들의 모니터 화면에는 옐친 대통령이 한국 대사와 악수하며 대화하는 모습이 보였다.

라라는 화면을 바라보다가 인기척에 무심코 오른쪽으로 고개를 돌렸다. 그녀의 어깨 너머에서 S본부 특파원의 얼굴이 미소를 지으며 그녀를 바라보고 있었다.

라라의 머릿속을 스치는, 가슴을 찌르는 듯 부드럽고도 예리한 한 줄기 섬광.

그때 N방송사 지국의 코디네이터라고 하는 러시아 여자가 그에게 다가와, 다정하고도 은근한 웃음을 지으며, '미스터 차' 하며 부른다. 그는 정색하고 짧게 답변한 후, 다시 라라 쪽으로 얼굴을 돌렸다.

"안녕하세요, 이름이 뭐예요?"

약간 장난기가 어린 미소 속 그의 아름다운 입술이 다시 움직이며 묻는다.

"민라라? 특이한 이름이네요. 지금 방송에 나오는 얘기 무슨 이야긴지, 이해할 수 있어요? 나중에 나 일하는 거 좀 도와줄래요?"

그는 라라에게 전화번호를 알려달라고 했다. 라라는 전화번호를 적어주고는 그에게 명함을 청했다.

"차시훈. 멋진 이름이군요."

'이 남자……! 마치 나의 꿈속에서 걸어 나온 듯해!'

카메라맨 알렉세이는 러시아 청년이었다. 거인족이었다는 루스키답게 키가 190cm를 넘는 장신이었고, 따스한 미소를 지닌 젊은이였다. 초면에 웃지 않는 러시아인답지 않게 그는 치아를 드러내며 미소 지었다.

크레믈린 장벽 주위를 포위하듯 대통령 경호원들이 서 있었다. 블랙 수트에 검은 선글래스를 낀 남자들이 주는 느낌은 차가웠다. 알렉세이는 대통령의 리무진이 들어올 크레믈린 궁의 보로비츠카야 문을 향해 카메라를 세우기 위해 이리저리 이동하고 있었다. 원하는 각도가 잘 안 나오는지 그가 물었다.

"어느 위치에서 카메라를 잡는 게 좋을지 경호원들에게 물어보면 안 되나요?"

라라는 크레믈린 담장 근처에 서 있는 키가 크고 건장한 체구에 귀에

리시버를 끼고 무전기를 든 블랙맨 경호원에게 다가갔다.

"S방송사 취재팀입니다. 어느 위치에 카메라를 세우고 촬영하는 것이 도움이 되시겠는지요? 저희가 임의로 자리를 정해도……"

그녀가 채 말을 마치기도 전에, 블랙맨은 그녀에게 손사래를 쳐서 저쪽으로 멀리 떨어지라고 신호를 보냈다.

'VIP가 근처에 온 것도 아니고, 아직 충분한 여유가 있는데 이렇게 거칠고 무례할 필요가 있나.'

크레믈린 궁에 배치된 한국 대통령 경호원들의 태도는 모스크바 5월의 아침 공기보다도 냉랭했다. 대통령 경호실 사람들에게서 친절을 기대한 것이 애초 잘못된 번지수였는지도 모른다.

"가까이서 보는 권력의 최고 심장부는 철갑을 두른 기관총 같네요. 무언가 앞에 숨이 막히게 높다란 벽이 있는 듯한 거리감과 차가움과 막막함이랄까."

라라가 알렉세이에게 말하자, 그가 소리 내 웃었다.

"재미있는 표현이군요, 철갑을 두른 기관총 같은 권력!"

그때 대통령 내외가 탄, 버스보다 긴 검은 리무진이 크레믈린 보로비츠카야 탑을 통과해 미끄러지듯 들어왔다.

다음 날 아침 아홉 시, 라라가 호텔에 도착해 프레스센터가 있는 2층으로 계단을 오르고 있을 때, 2층에서 차시훈이 라라를 내려다보고 있었다.

"안녕하세요, 민라라 씨!"

그녀가 자신을 알아보자, 그는 미소 가득한 인사를 건넸다. 신의 축복처럼 느껴지는 그 남자의 미소. 마치 차시훈이 라라의 생애 처음으로 영혼 속에 들어온 것처럼 느껴졌다.

그날 점심시간, 호텔 1층 뷔페에서 라라는 동료들과 함께 줄을 서서 음식을 담고 있었다. 뭔가 접시에 담고 싶은 것을 빠뜨린 것 같아 몸을 돌린 순간, 어제처럼 그녀의 어깨 너머에서 미소 짓고 있는 차시훈이 눈에 들어왔다.

"우리 함께 밥 먹을까요?"

라라가 하고 싶은 말을 차시훈이 앞질러 했다. 염화미소. 부처님에게 합장 인사라도 하고 싶을 만큼 고마운 심정, 하느님은 아시겠지. 하나님 말이다.

밥을 먹으면서 라라는 쑥스러움을 벗어나기 위해 두서없이 말을 꺼내고 있었다.

"신은 이름이 참 많죠. 같은 신을 두고 어디서는 하느님, 어디서는 하나님, 어디서는 알라! 인간은 참 고집스럽기도 해요. 이름 하나만 가지고도. 각자 자신들이 부르는 이름이 맞고, 자기들 신만이 옳다고 우기니까요."

"내가 알기로는 알라는 아랍어로 원래 신이라는 뜻이라고 합니다. 코란과 성경은 내용도 많이 비슷하고, 순례하는 성지도 같은 게 우연이 아닐 수도 있죠."

"뿌리가 같은 종교가 아닐까, 그런 생각이 들 때도 있어요. 차라리 그편이 낫겠다 싶기도 하고요."

라라의 말을 듣던 차시훈이 다시 그 기품 있는 입술을 열어 라라에게 물었다.

"모스크바에 언제 왔어요?"

"1991년 두 나라가 수교를 맺은 다음 해죠. 올해로 8년차 되나 봐요. 2~3년 서울에 나가서 일하다가 두 달 전 돌아왔기는 하지만요. 후훗!"

라라가 수줍은 표정으로 대답했다.

"난 모스크바에서 근무한 지 1년 됐어요. 춥고 우울하고 음습한 러시아가 너무 싫어서 돌아가고 싶었는데. 앞으로는 괜찮을 것 같네요."

04
신데렐라!

> 그들은 부엌에서 추워 잿더미 옆에 앉아
> 재투성이가 된 그녀를 신데렐라라 불렀다.
> - 동화 '신데렐라' -

그때 남자 한 무리가 두 사람이 있는 테이블에 우르르 와서 앉았다. 예기치 않게, 그들 중 일부가 라라에게 인사를 건넸다.

"아, 사장님 안녕하세요. 또 뵙네요."

라라는 그들이 누구인지 알아보지 못했다.

"며칠 전에 구로반점에서 봤잖아요."

순간 당황하는 라라. 구로반점이라는 어설프고, 덩그렇게 크기만 할 뿐 썰렁한 식당. 구로반점에서 기름과 물처럼 겉도는 라라를 기억한 그들은 서울에서 온 대통령 수행기자단 일행이었다.

'지금 여기 프레스센터에서 일하는 중인 사람에게 그런 투로 말할 이유는 없어.'

라라는 좀 짜증이 났다.

차시훈은 뜻밖이라는 표정이었다.

"구로반점, 라라 씨가 해요? 왜 말하지 않았어요."

"지금 여기는 저 민라라 자격으로 참여하고 있어요. 식당 일로 온 게 아니니까요."

그녀는 낮으나 분명한 어조로 말했다.

'아직 얘기할 시간이나 기회도 없었지만……'

이 마지막 말은 내뱉어지지 않고 그녀의 입술 안쪽에 남아 있었다.

"구로반점에 한두 번 간 적이 있어요."

그러면서 갑자기 생각난 듯 시훈이 물었다.

"거기 카운터에 있던 남자는……혹시 남편?"

그녀는 잠시 갸우뚱하더니 이내 마지못해 고개를 끄덕였다.

그러나 차시훈이 거기서 본 사람이 누구인지, 남편 전준호인지 아니면 라라의 친오빠같은 김후원인지, 아니면 같이 사는 준호의 절친 이일욱인지, 그녀는 알 수 없었다. 혹시 고려인 동업자 김미샤를 보았을 수도 있는 일이다.

"라라 씨가 미혼이라고 생각했어요."

시훈은 웃었지만 라라의 안색에는 그림자가 드리워졌다.

"모스크바에서 한국 식당엔 잘 가지 않아요. 최소한 식당이라면 맛이 기본은 돼야 하는데, 별로였어요."

차시훈이 다소 미안한 표정으로 말했다.

시훈에게서 그런 이야기를 듣는 것이 민망했지만 새삼스러운 이야기도 아니었다.

석 달 전, 라라가 서울에 있을 때, 모스크바에서 잠시 나온 김후원이 그녀를 앞에 앉히고는 염불하듯 하던 소리도 그거였다.

"여자가 있어야 식당이 되는 법예요. 남자들이 아르바이트 아줌마 두고 한다고 될 일이 아닙니다."

물론, 라라는 남편 준호에게 가고 싶은 마음이 없었다. 김후원은 계속 설득했다.

"그래야 준호도 빨리 정신 차리고 공부해서 한국에 돌아가지요. 라라 씨가 좀 나서야 해요. 모스크바로 가서 딱 1년만 식당을 맡아줘요. 그러면 우리가 무슨 일이 있어도 준호를 공부시켜서 한국에 돌아가게 할게요. 약속해요. 우리를 믿어요."

"다시 모스크바로 가지 않겠어요. 그가 공부 마치고 와야지, 왜 제가 또 가나요?"

김후원은 버티는 그녀를 애원하다시피 설득했다. 라라를 친여동생처럼 아끼는 그의 말이기에 라라는 참고 앉아 경청했지만, 절대로 준호를 위해 식당을 맡으러 가진 않을 작정이었다.

그때 옆에서 침묵하고 있었던 사람이 박기헌이었다. 그의 침묵은 반대를 의미했다.

"라라는 준호를 믿지 않는다는 걸 알아. 나도 라라가 모스크바로 돌아가 식당을 떠맡기보다는 한국에서 하려던 통역대학원 공부하기를 원해. 이미 입학 시험도 합격하고 등록까지 해놓은 상태라면 더욱 그렇고."

라라는 그렇게 말해주는 기헌이 고마웠다.

"저는 제 갈 길을 준비하는 편이 현명하다고 봐요. 남편을 너무나 잘 아니까요."

　버티는 라라를 기어이 떠밀어 보낸 사람은 시어머니 김말희 여사였다.
　"유학간 지 10년이 다 된 놈이 공부가 아니라 식당을 하고 있다고, 아이쿠!"
　김말희 여사는 뒤통수를 한 대 얻어맞은 표정이었다. 그러더니 끝내 체념인 양, 그러나 당연하다는 듯 말했다.
　"내가 그놈이 공부하러 유학간다고 했을 때부터 알아봤다. 지가 언제 공부를 했다고 외국 나가서 공부하겠단다. 평생 안 한 공부를 갑자기 한다고 해서, 나이 서른이 되니까 늦게 철이 들었나, 혹시나 싶었드만. 결국 그렇게 디야 뻴고 말았네. 속은 내 잘못이재. 지금 와서 누굴 탓하겠노."
　그러나 얼마 후 준호가 잠시 서울에 나왔을 때, 김말희 여사는 라라와 준호를 함께 앉혀 놓고야 말았다. 평소 현명하던 그녀 역시 아들 둔 시어머니였다.
　"우야둔둥 니가 쟈 마누라니께 가서 도와야 되질 않겠나. 남자 혼자 어떻게 식당을 하노. 여자 손이 가야 일이 되지. 니 아무 소리 말고, 가서 1년만 쟈를 좀 도와주그래. 안 그라믄 내는 여기서 니 일한다고, 아 놔두고 나댕기는 거 더 못 본대이. 내도 늙어서 기운 읍어 아도 더 못 봐요. 그러니 가서 니가 1년만 도와주고, 준호 니는 공부 마치고 얼른 돌아온나. 안 그러면 내 못 참는대이."
　라라에게 간곡한 설득과 미안한 명령이 섞인 말투로 말하던 김말희 여사가 이어 아들 준호를 향해 목청을 높였다.

"내는 니눔헌티 배신당한 기분이라. 공부한다고 해서 기껏 돈 마련해서 학비랑 생활비랑 보내줬더니, 공부는 안 허고 차부터 덜컥 사고는 무신 공부를 하굿나 싶었대이. 맨날 싸돌아 댕기며 놀았재? 그러니 그리 된기라. 내사 안 봐도 훤히 뵌다."

김말희 여사가 체념 반 억울함 반을 양념하듯 섞어 말했다.

"준호 쟈는 어쩜 그러케 지 애비를 똑 닮았는지 모른대이. 그래도 지 애비보다는 좀 낫대이. 다정다감하기라도 허니께. 쟈 애비는 아주 똥고집이래, 멋대로고. 아예 말이 안 통한대이. 내 평생 살면서 속이 다 문드러졌대이. 내 속이 속이 아닌기라. 니도 고생이 좀 되긴 할긴대, 우야노. 니가 쟈 마누라고, 우리 메누리 아이가."

그런 전무학과 전준호 부자가 지금 모스크바에서 라라와 한 지붕 아래 산다. 그것이 전부가 아니었다. 남자들이 자존심 때문에라도 절대 집에 들이지 않는다는 외간 남자. 이일욱을 준호는 집에 들여서, 라라는 아들까지 네 명의 남자와 방 두 개 모스크바 아파트에 동거 중이다.

준호와 일욱, 그 둘은 서로에게 가장 가까운 친구이자 가장 위험한 적이었다. 일욱과 준호는 악어와 악어새 같은 존재였다. 그런 난맥상의 복마전이 구로반점의 상황이었다. 모스크바 구로반점의 라라는 아이러니와 딜레마라는 잿더미를 덮어쓴 신데렐라였다.

05
모스크바 아담과 이브

하느님은 잠들어 있는 아담의 갈비뼈를 뽑아
이브를 창조했다.
- 구약성서 -

짧지 않은 사연을 길지 않게 설명한 라라는 가벼운 한숨을 내쉬며 화제를 돌렸다.

"저도 S방송사에서 일한 적 있어요."

"아, 그랬군요. 그러고 보니 보이지 않는 인연이 있었던 셈이군요."

차시훈이 순간 진지한 표정으로 안색을 바꾸며 던지는 말이 바닷물이 밀려들 듯 라라에게 달려들었다.

"우리 사귈래요?"

그 소리가 어찌나 크게 들리던지. 심장이 멎는 듯!

"네, 좋아요."

한 치의 주저도 망설임도 없었다. 그녀도 그를 미칠 듯 원하고 있었다. 이 행사가 끝나면, 더 이상 차시훈을 보지 못하는 건가, 벌써 고민하던 차였다. 그때 날아든 천상의 메시지 같은 제안. 다시 한번 차시훈의 목소리가 뇌리에서 그리고 심장에서 쿵쿵 울림으로 진동했다.

"그럼, 내일 일 끝나고 봐요."

심쿵! 심쿵! 심쿵!

"음……어디서 볼까요? 일단 우리 사무실로 오면 좋겠네요."

그날 밤, 그녀는 거의 잠을 이루지 못하고 긴 상념에 빠졌다. 창밖 가로등 불빛 아래, 은가루처럼 가느다란 보슬비 방울들이 반짝거린다. 긴 뒤척임에도 여전히 잠이 오지 않는다. 부엌으로 가서 뮤직센터에 디스크를 넣고 커피 물을 올렸다. 비와 커피와 음악은 궁합이 잘 맞는 세트다. 한국 가요가 흘러나온다.

> 사랑이라는 것 또한
> 신이 가끔 주는 선물,
> 지금까지 잘 견뎌왔다는……

운명이라는 이름의 신은 어떻게든 자신의 존재를 드러내는 법이다. 다만 우리 인간이 그것을 제때 알아보느냐, 모르고 무심히 지나치느냐, 보고도 오해하느냐, 알고도 무심하게 넘기느냐로 반응할 뿐. 신이 있느냐 없느냐는 물음은 불필요한, 적어도 무의미한 질문인지도 모른다. 신은 모든 형태로 존재할 수 있다. 그래야 신이다. 신은 인간의 옆에서 매사에 개입하고 주관한다고 믿는 사람들에게는 그렇게 존재하고 움직인다. 신은 존재하지 않는다고 믿는 무신론자에게는 존재하지 않는 듯 존재한다. 그 무신론자 중 선량한 자에게는 철학적 논리나 도덕률로 존재할 수도 있다. 무엇이든 과학적 방법으로 입증 가능한 것만 인정한다는 사람들에게는 과학의 모습으로 존재할 것이다. 자연의 섭리 속에 신이 있다고 믿는 사람에게 신은 자연을 통해 자신을 드러낼 것이다. 그래야 진짜 신이리라.

왜 누구는 행복하고 누구는 불행하며, 세상은 공평하지 않은가. 왜 누구는 은수저를 물고 태어나 모든 부와 영화를 누리고, 왜 누구는 썩은 나무 수저를 쥔 채, 세상 한 가운데 벌거벗은 채 던져져 버리는가. 신이 전지전능하다면 모든 사람이 평등하고 행복해야 하지 않겠나. 왜 세상의 현실은 그렇지 않을까. 상상해 본다. 만일 모든 것이 처음부터 주어져 있다면 어떨까. 열심히 살아갈 필요가 있을까. 세상이 선으로 가득 차 있다면, 선이 무엇인지 누가 알겠나. 신이 모든 것을 인간이 원하는 대로 즉시 준다면, 인간은 고마움을 알 수 있을까. 또 신은 어떠한 형태로든 그것을 주었는데, 최소한 그것을 얻을 방법을 주었는데, 우리가 그것을 알아보지 못하고 무시한 것은 아니었을까. 지금 세상의 종교에서 말하는 신은 과연 진정한 신의 실재에 얼마나 가까울까. 실제 신과 동일한 존재일까, 아니면 왜곡돼서 일부만 실체와 일치할 뿐, 신의 본질과 현저히 다른 존재일까.

커피도 줄어들면서 서서히 식어가고, 상념은 끝없이 이어진다. 음악은 생각의 실타래를 풀기 위한 촉매인 양 배경처럼 흐르고 있다. 밤의 상념은 폭풍 노도처럼 시간의 소용돌이 속으로 인정사정없이 라라를 휘몰아 갔다. 어느덧, 검은 밤이 창밖으로 하얗게 밝아온다. 롤러코스터처럼 달리는 회상의 타임머신을 타고 과거로 떠났다 돌아온 것처럼, 약속된 날은 말갛게 밝기 시작했다.

드디어 행사 마지막 날. 그리고 시훈과 라라의 약속 날. 트베르스카야 메리어트 호텔 분위기는 첫날의 긴장과 둘째 날의 분주함에 비해 차분해졌지만, 여전히 가벼운 흥분을 품고 있었다. 느긋한 긴장과 팽팽한 안도의 공존이었다. 차시훈은 전날 아침처럼 출근 시간에 라라를 맞으러 나와 있지는 않았다.

점심 시간이 되어갈 무렵, 시훈은 지나가다 잠시 대형 프레스 본부 룸에 찾아왔다.

"급히 본사에 넘겨야 할 취재 테이프가 있어요."

그는 다짐하듯 검지 손가락을 들어올리며 말했다.

"오늘 약속 잊지 말아요."

차시훈의 사무실이 있는 메트로폴 호텔로 향하는 라라의 심장은 끝없이 쿵쾅거렸다. 이윽고 사무실 넘버 아래 방송사 현판이 붙은 문 앞에 서자, 심장은 거의 부서질 지경이었다. 아프도록 두근거렸다. 시계를 보니 많이 늦지는 않았다. 3시를 5분 정도 넘기고 있었다. 이마에 송글송글 땀이 맺혀 있었다.

그녀의 심장 울림 같은 노크 소리 후, 곧 문이 활짝 열렸다.

흥분된 표정으로 들어선 라라를 차시훈은 팔을 벌려 안으려 하다가, 팔을 내리며 얼른 안쪽으로 그녀를 이끌었다.

생각보다 넓은 사무실. 창가 쪽으로 커다란 그의 책상과 그 앞 중앙에 응접세트. 창틀에 놓인 민트 화분. 정갈한 분위기가 더운 심장을 식혀주고 위로해 주는 시훈의 미소처럼 정겨웠다. 라라는 창가 쪽으로 놓인 긴 소파에 앉아, 가쁜 호흡을 가다듬었다.

시훈이 뭘 좀 마시겠냐고 묻는다.

"녹차가 있으면 주세요."

맑은 날엔 검은 커피보다는 연초록 녹차가 더 어울린다.

그가 차를 가져와서 소파에 앉았다.

"라라 씨가 들어올 때, 하마터면 나도 모르게 끌어안을 뻔했어요."

수줍은 듯 흘러내린 머리카락을 쓸어올리는 그의 손가락이 사뭇 길다.

그녀가 작게 소리내어 웃자 그가 다시 말을 이었다.

"순간적으로 '이러다 놀라서 도망가면 어쩌지' 싶어서 얼른 팔을 도로 내렸죠."

그는 잠시 망설이는 듯하다가 궁금했는지 결국 묻고야 말았다.

"라라 남편은 어떤 남자죠?"

라라는 잠시 생각했다.

"그 사람과의 삶 자체가 나의 모든 것을 무無로 환원시키는 과정이랄까. 무엇을 해도 아무런 소용이 없는, 밑 빠진 독에 물 붓는 기분, 마치 나를 파괴하기 위해 악마가 만들어 낸 존재. 꼭 그런 느낌."

"쉽고도 어려운 이야기네요"

"다른 말로 표현하자면, 위선이란 것이 인간으로 태어나면 저런 모습일 거야, 그런 생각이 드는 사람."

"갑자기 호기심이 생기는데요. 그런 존재가 어떤 모습인지 자세히 보고 싶군요."

"남편을 보면, 누가 보기에도 영락없는 성인군자요 호인으로 보여요. 그런데 시간이 지나면, 아무도 상상하지 못하는 무능력자라는 걸 알게 되고 사람들은 또다시 놀라죠. 무능은 악의 모습일 수 있어요."

"그래, 맞아요. 차라리 노골적인 악당이 낫지요, 당하는 사람 입장에선. 사람들이 좋은 사람으로 여기는데 사실상 악한이면 당하는 사람만 혼자 괴롭죠. 게다가 외롭기까지 할 테니 더 힘들고. 최악이군요. 그런데 무능을 악이라고 정의하는 건 참 독특한 아이디어인데, 생각해 보니 그럴 것 같아요."

"네, 노골적인 악은 오히려 단순한 악이죠. 누구나 보면 나쁘다는 걸 아니까요. 그래서 위험하더라도 치명적이지는 않죠. 그러나 은폐된 악은 많은 사람을 속게 만들어요. 선으로 인식되는 악, 바로 위선이 그렇다고 생각해요."

"그렇겠네요. 많은 선의의 피해자가 생기겠죠. 속으면서도 속는 줄을 모르고, 오히려 악을 선으로 인식하도록 오도되니까요."

"요즘 유행하는 어느 광고처럼 숨어있는 1인치의 차이 같다고나 할까요. 위선은 사이비 선이죠. 그런 점에서 절대악의 실체가 바로 위선이 아닐까 싶어요. 절대악의 외피가 위선인 셈이지요!"

시훈이 놀란 눈으로 라라를 쳐다본다. "불혹이라는 마흔에도 내가 깨닫지 못한 걸, 훨씬 젊은 라라 씨가 아는군요."

라라는 고개를 숙이더니 미소를 짓고 나서, 다시 말을 이었다.

"제가 왜 기자님의 사귀자는 제안을 망설임 없이 받아들였을까요?"

"알 거 같아요, 이야기를 듣고 보니. 그냥 자유분방한 리버럴리스트가 아니네요."

"절망. 남편과의 결혼 생활은 한마디로 압축하면 그거였어요. 무•한•절•망!"

라라는 마지막 단어를 한 자 한 자 또박또박 스타카토로 발음했다.

라라의 말이 끝나자, 한동안 생각에 잠겼던 시훈이 독백하듯 중얼거렸다.

"라라 씨는 울지도 않을 거 같아요. 슬프지 않아서가 아니라, 아픔이 커서."

"때로는 우는 것도 사치일 수 있어요. 운다는 것도 아직 기댈 희망이 남아 있다는 의미니까요. 무한 절망에 부딪히면, 두뇌는 더 이상 어떤 것도 수용할 수 없을 만큼 고통스럽죠. 죽을 수도 없을 만큼 억울해서 죽음조차 택할 수 없기도 하죠. 무의미하다는 말조차 할 수 없을 만큼 모든 순간이 의미를 상실하니까요. 10년 가까이 그렇게 지내왔어요."

"이해할 수 있을 것 같아요."

"종착점 없는 마라톤을 뛴 느낌. 고뇌와 비애는 그 치부를 드러내지 않도록 잘 접힌 채 숨겨져 있어서, 쉽사리 남의 눈에 띄지 않게, 어떻게 보면 속이며 살아온 거죠. 혼자 감당하면서, 자신만의 십자가처럼."

"사람들이 그러던데, 예쁜 부부라고. 그런 속사정을 누가 알겠어요."

"결혼 초만 해도 '젖은' 분노였죠. 그래도 신혼이었으니까. 뜨거운 열정을 참지 못하고 혼전 동거를 하는 나이 어린 철부지는 아니었지만, 그래도 약혼 동거를 시작한 20대의 젊은 남녀였으니까요. 강제로라도 관계를 하면, '젖은' 분노는 일시적일망정 뽀송뽀송해질 수 있었죠. 2~3년 후, 춥고 건조한 겨울의 버짐처럼 '마른' 분노가 피어 번지기 전까지는."

어느덧 창밖에 빠알간 노을이 내리고 있다. 그리보예도프가 행복한 사람은 시계를 보지 않는다고 했던가. 라라와 시훈의 시간은 멈춘 듯했다.

그때 시훈이 라라의 옆으로 자리를 옮겨 앉았다. 그가 가만히 그녀의 어깨를 자신의 팔로 감싸 안았다. 그러더니 그의 따스한 입술이 가만히 그녀의 입술을 덮었다. 시훈과 라라는 조심스럽게 서로의 입술을 탐하기 시작했다. 키스가 깊고 길어지면서, 둘은 격렬한 포옹으로 뒤엉켰다. 서로 집어삼킬 듯이 격렬해지기 시작했다. 키스는 오래 지속되었다. 시간이 멈추고 세상이 멈춰버렸다.

"지금 세상에는 우리 둘밖에 없는 거야."

그의 손은 그녀의 가슴을 부드럽게 어루만졌다. 그녀가 부끄러운 듯 몸을 움츠리자, 시훈은 라라의 딥퍼플 자켓을 벗겨냈다. 무의식적으로 저항하려던 그녀의 손이 그의 손에 의해 저지당했다.

"네가 그러면 내가 부끄러워지잖아."

"저는 기자님을 거부할 자신이 없어요."

"너 말 참 이쁘게 한다. 난 네가 정말 마음에 들어."

그녀의 꿈, 사랑에 대한 기대, 첫눈에 반한 사랑, 첫 키스에 대한 로망. 그 모든 것들이 지금 현실이 되고 있었다. 라라가 원하던 사랑은 바로 이것이었다. 뜨겁고 격렬하고 거칠 것 없이 대담한 사랑. 너무나 갑작스럽게, 그러나 억만 겹을 기대해 왔던 소망이 현실이 되고 있었다.

그녀는 무기력한 저항을 포기하고, 모든 걸 그에게 맡겼다.

시훈은 넥타이를 풀고 와이셔츠를 벗었다. 근육질 남자의 몸이 드러났다. 상의를 벗은 그는 그녀의 폴라 티셔츠를 벗기더니 뜨거운 입술로 그녀의 가슴을 애무했다. 꿈이라면 깨지 말아라. 두 사람은 실오라기 하나 없는 태초의 모습으로 남겨졌다. 차시훈의 입술과 손길은 그녀를 속수무책의 무아지경으로 이끌었다.

"네 입술이……네가 너무 달콤하고 맛있다."

모스크바 아담은 모스크바 이브의 몸속으로 자신의 일부를 부드러우면서도 단호하게 삽입했다. 봄 석양의 노을은 몹시 붉었고, 마치 다가가면 누구라도 데일 듯 뜨거워 보였다. 모든 걸 불살라 버린 듯 열정적 섹스가 절정에 도달한 후 마침내 끝났다. 달콤한 나른함이 엄습한다. 라라와 시훈은 큰일을 치른 듯, 몽롱한 상태로 서로의 몸을 포갠 채 누워있다. 마흔 살 남자와 서른두 살 여자의 두려움 없는 사랑이 용광로처럼 이글거리고 있었다.

그렇게 시훈은 라라에게 꿈보다 더 꿈같은 현실이 되었다.

사랑. 달리 표현하고 싶어도 적절한 언어를 찾기가 힘들었다. 사랑이라는 말을 피하고는 무엇으로도 설명할 수 없을 듯했다. 사랑이라는 말은 너무 흔하고 진부했다. 그러나, 어찌 보면, 진부할수록 사물과 현상의 치명적인 핵심이고 본질인지도 모른다. 사랑이란 누구나 아는 것이면서, 동시에 아무나 풀 수 없는 난해한 수수께끼이기도 하니까. 사랑은 인생의 불가피한 클리셰다.

06
평범하지 않은 소녀

> 모든 것은 곧 지나가고,
> 지나간 것은 그리워지리니.
> – 알렉산드르 푸쉬킨 –

1986년 서울.

대학에 입학한 해 어느 봄날, 라라는 단짝이던 유진의 전화를 받았다.

"Y대에 다니는 친구가 있다고 했더니, 우리 과 친구들이 미팅을 주선하라고 졸라댄다. 어쩌지? 힘 좀 써봐."

유진의 부탁이라 라라는 거절하지 않고 그러겠다고 선선히 약속했다.

유진은 E대를 다니고 있었다. E대 영문과 여학생들과의 미팅이라는 말에 남자 과 동기들은 환호했다. 미팅이 성사되고, 거기에 나갔던 유진이 그날 미팅 후 저녁에 결과 보고인 양, 다시 라라에게 전화했다.

"너희 과 남학생들이 다른 여자들을 못 만난다는 거야. 이유인즉, 너로 인해 눈높이가 너무 높아졌다나."

유진은 재미있다는 듯 까르르 웃으며, 그날 있었던 미팅의 사연들을 죽

풀어냈다. 두 시간을 수다를 떤 후에야 유진은 전화를 끊었다.

 중학 시절부터 유진의 모친은 딸 친구 중에서 라라를 유난히 귀여워했다.
 "우리 유진이는 공부만 잘하지 야무지지 못한데, 라라는 당차고 대견스럽다."
 유진의 어머니는 늘 그렇게 말했다.
 "너희만 봐도 그렇다. 여자애들은 때리면 역효과 나기가 쉬워요. 특히 얌전하고 우수한 애들일수록 그래. 그러나 남자애들은 달라. 남자애들은 수업 시작하려면, 가장 시끄러운 놈 하나 잡아내서 회초리를 들어야 하고, 20분쯤 지나면 또 통제가 안 되기 때문에, 다시 한 놈 잡아내서 본때를 보여줘야 한 시간 수업을 마칠 수 있다."
 고교 교사인 유진 어머니는 호탕하게 웃으면서 말씀하셨다. 그녀의 지론은 남녀가 근본적으로 타고난 본성이 다르다는 거였다.
 "남자는 남자고, 여자는 여자다. 성차별이 있는 것이 아니라, 어쩔 수 없는 성의 차이와 그에 따른 구별이 있을 뿐이다."

 라라와 유진은 같은 고교로 진학했다. 라라는 전교 1·2등을 다퉜다. 그러나 공부 벌레는 아니었다. 라라는 학교가 끝나면 남산 산책로를 올라 독일문화원에서 책도 읽고 영화도 보고 음악도 들었다. 명동이나 인사동의 미술관으로 전시회를 보러 다니곤 했다. 비 오는 날 미술관 가는 걸 라라는 특히 좋아했다. 유진은 늘 그런 델 즐겨 찾는 라라를 신기한 눈으로 바라보았다. 유진은 라라의 예찬자였다.

"라라, 난 네가 정말 자랑스러워. 네가 내 친구인 게 진짜 좋아."

그런 라라가 3학년 때에는 학생회장으로 선출되었다. 총학생회장을 하게 된 민정은 그즈음 대학생 운동권에서 흘러나오는 5·18이니 광주니 하는 무섭고 이상한 이야기들을 아이들에게 전했고, 소풍이라도 가서 장기자랑을 하면, '님을 위한 행진곡'이나 '솔아 솔아 푸르른 솔아' 같은 노래들을 부르곤 했다.

"대학생 오빠들이 총학생회장 지원하라고 해서 했어."

라라는 이해하지 못했지만, 어쩐 일인지 선생님들은 민정을 별로 달갑게 여기지 않았다.

"너희들은 아직 세상을 잘 모른다. 벌써부터 그런 데 신경 쓰지 말고, 공부에 더 집중하면 좋겠구나. 그런 관심은 나중에 더 나이 들어서 가져도 늦지 않다."

교사들이 전교 수석 정희보다 라라를 더 추천한 데에도 이유가 있었다고 한다.

"정희는 너무 공부밖에 모른다. 자신의 공부 문제 외에는 관심 갖지 않아서 학생 대표를 맡기기는 곤란하다는 게 교사들 입장이야."

라라를 추천했던 담임과 다른 선생님들이 왜 라라를 추천하는지 조심스레 말했다.

"매사에 두루두루 열성인 라라는, 소위 비인기 과목, 입시 과목이 아닌 과목 교사들의 지지가 컸어. 내신에 영향을 주지 않는 과목에도 라라는 항상 열심이었잖니. 공부 좀 한다는 애들조차 그런 과목을 소홀히 하는데 라라는 특별해."

고3 때 담임 이현재 선생님의 별명은 젠틀맨이었다. 인자한 성품이었지만, 수업 준비가 되지 않은 교실에 들어서는 걸 힘들어했다. 성격이 깔끔한 노신사인 그는 무더운 여름에 교실이 정리되어 있지 않으면 수업하는 데 피로를 느꼈다. 어느 날 교실에 들어서면서 언짢은 표정을 지었다. 칠판에는 전 시간 흔적이 그대로 남아 있었고, 교탁은 어지러웠으며, 분필 가루로 덮여 있었고 걸레까지 올려져 있었다. 주번이 청소하려다 다른 주번과 미루면서 말다툼하다가 그대로 남은 거였다. 어지간하면 지적을 안 하시는 선생님이 미간을 찡그리는 것이 라라의 눈에 들어왔다.

라라는 다음 주 당번을 맡겠다고 자청했다. 모든 수업 시간 전에 칠판과 교탁과 교단을 물걸레로 깨끗이 닦고 선생님이 드실 물까지 준비해 놓았다. 창문을 열어 수시로 환기를 시켰다. 교실 바닥을 오전과 오후 한 번씩 닦았다. 정갈한 교실을 들어서면서 선생님들마다 놀라면서 물으시는 거였다.

"누가 너희 반 주번이냐?"

"민라라요."

급우들이 라라 대신 대답했다.

선생님들이 모두 놀라는 표정이었다. 그리고 물으셨다.

"학생회장단은 학급 주번을 면제해 주어서 하지 않아도 되는데, 민라라가 주번을 한다고? 어떻게 된 일이지?"

"제가 하고 싶어서 자원했어요."

선생님들은 미소를 지었다.

라라는 학교 수업 후 청소 시간이면 공동 복도까지 청소했다. 앞치마와 머리 수건을 두르고, 비로 쓸고 마포로 닦는 그녀를 보러 다른 반 아이들이 몰려왔다.

"라라가 주번을 한대. 지금 복도 청소하고 있대."

라라가 스스로 자청해서 주번을 하고 있으니 아이들에겐 놀라운 뉴스였다.

"민라라, 맨날 잘난 척만 하더니 주번을 한댄다. 신기하지 않니? 우리 가 보자."

이런 아이들도 있었지만, 뒤에서 눈의 흰자위를 드러내 흘깃거리며 딴지를 거는 아이들도 적지 않았다.

"라라, 쟤 선생님들한테 잘 보이고 싶어서 저러는 거지 뭐."

라라의 여고 시절은 그렇게 인생의 절정인 양 찬란히 빛났지만, 처음부터 그것이 하늘에서 뚝 떨어진 것처럼 그랬던 것은 아니다. 시작은 외로웠다.

M여고는 서울 명동에 있었다. 서울 부촌으로 알려진 명동 부잣집 아이들도 적지 않게 다니고 있었다. 그들은 당시 최고 유행 조다쉬 가방을 들고 나이키 운동화를 신고 다녔다.

물론 라라는 거울 보는 데 관심조차 없었다. 유명 외제 브랜드에 관심이 있을 리 없었다. 사실, 집이 가난해서 고급 브랜드라는 것이 있는지 알지도 못했다.

그 명동 아이들끼리 국민학교, 중학교, 고등학교를 주욱 함께 올라오면서, 이너서클 비슷하게 형성이 된 듯했다. 교사들과도 오랜 안면을 유지하고 있는 아이들이 있었다. 그들은 다른 지역 아이들에게 다소 배타적이었다. 그중 하나가 명희였다.

어느 날 라라의 옆에 앉은 짝 명희가 소동을 일으켰다. 키 순서대로 앉는 바람에 우연히 짝이 된 아이였다. 명희의 자가 없어졌다는 거였다. 그리고 라라가 가진 자가 없어진 자기 자라고 주장했다. 라라로서는 황당한 일이었다. 어제 동생이 다니는 학교에서 전교생에게 나눠준 것이라고 집으로 가져온 것이었다.

"나는 또 있으니, 하나는 언니 가져."

그걸 그날 학교에 가지고 왔던 거였다.

아직 고등학교 진학 후 새 학기가 시작된 지 2주밖에 되지 않아, 라라는 친구들이나 담임과도 친해지기 전이었다. 그러나 명희는 명동 근처에 살면서 국민학교와 중학교를 그곳에서 다녔고, 지금 담임과도 중학교 때부터 알고 있는 사이였다. 라라의 중학교 선생님들이라면, 라라에게 그런 의혹을 갖는 자체를 터무니없어 할 것이다.

그러나 담임은 애매하게 양비론을 폈다. 집에서 가져온 자 때문에 양비론이라니. 라라로서는 그런 모욕이 없었다. 늘 절대적 신뢰와 성실과 정직성의 학생으로 인정받아 왔다.

결국 라라는 울며불며 집으로 왔고, 집에서 부모님이 학교로 전화를 해주어서야 해명이 되었다. 라라 못지않게 부모님도 어이 없어 했다. 모범생 딸이 도둑 취급당하는 생소한 경험은 그들의 기분을 매우 상하게 했다.

"그 선생 아주 이상한 양반이구먼."

교사가 죄도 없는 학생에게 일말의 의혹을 던지며 모호한 태도를 취한 데에는 분명 명희와 아는 사이라는 사실이 영향을 주었다. 자신이 친한 애라고 옹호하고, 낯선 애라고 의심하는 교사. 라라가 학창 시절 싫어하는 유일한 교사로 남은 이유였다.

다른 이유도 있었다. 라라는 수업 시간에 남보다 더 열심히 경청했고 질문에 대답했다. 다 그녀가 알고 있는 내용들이었다. 교과서와 참고서는 소설이나 만화책 읽듯이 늘 즐겨 읽었으니 당연한 일이었다.

다른 선생님들에게 라라는 늘 대단한 아이였다. 그러나 유독 그 담임만은 라라를 잘난 척하는 것으로 여겼다.

"네가 수업 시간에 잘 난 척을 하니까 애들이 싫어하는 거야. 그래서 지난번에도 명희와 그런 오해가 생긴 거고. 그러니까 수업 시간에 너무 나서지 마라."

다른 선생님들은 학생들이 수업 시간에 적극적으로 호응하고 대답해야 힘이 난다고 했다. 심지어 국어과 이민호 선생님은 다른 반 교실에서까지 라라를 칭찬했다.

"너희도 7반 민라라처럼 성실하게 성의껏 공부해라. 그래야 좋은 사람 된다. 좋은 대학 가는 건 그 다음 문제야. 어떻게 매사에 임하느냐 그 자세가 중요한 거야. 그 애는 어떤 시간이건 열심히 한다. 더구나 질문을 하면 모르는 게 없다. 교과 지식도 풍부하고 일반 상식도 대학생 이상이다. 원래 공부하는 이유가 올바른 배움을 익혀서 제대로 된 사람 되는 거 아니냐. 그러니 공부 열심히 하는 애들이 성격도 좋고 인간성도 좋은 법이다. 그렇게 돼야 마땅하다."

어쨌든 라라가 전교 수석을 다퉜기 때문에 담임 선생은 할 말이 없어지고 말았다. 그래도 그녀는 자기의 입장이 옳다고 입증이라도 하고 싶었던 모양이었다.

라라가 반장으로서 아침 자습 문제를 준비해 갔다. 라라가 특히나 잘하는 국어 과목이었고, 그녀는 집에서 참고서와 문제집들을 참고해서 어디에도 없는 문제들을 만들어 냈다. 시험 문제 출제하는 선생님들의 마음으로 문제를 만들어 보려고 했다.

다음 날 아침, 자습 칠판에 그 질문들을 써놓았다. 그걸 본 담임은 이렇게 말했다.

"라라는 아버지가 선생님이라 이런 걸 잘 도와주시나 보다. 문제가 좋지? 다들 열심히 풀어라."

라라는 그녀를 통해 모든 사람이 늘 자신을 인정하고 좋아하는 것은 아니라는 걸 일찍이 깨달았다.

라라의 남다름은 그 이전에도 나타났다. 중학교 3학년 때 담임은 최고 명문대학교 철학과 출신의 수재로 미혼의 30대였는데, 여자가 너무 똑똑해서 결혼을 못한다는 소문이 공공연히 떠돌았다. 어떤 총각 선생님도, 또 다른 누구도 그녀에게 청혼했다가 거절당했다더라 하는 얘기부터, 남자 선생님들이 그녀에게는 좋아한다는 말도 못 붙인다더라 하는 얘기까지. 그녀는 하루 일과를 마치고 청소를 마친 후, 파하기 전에 늘 생텍쥐페리의 '어린왕자'나 법정 스님의 '무소유' 같은 책을 읽어주고 사색의 시간을 갖게 했다.

그런 그녀가 어느 날 교무실에서 라라를 불러 앉히더니 심각한 얼굴로 말했다.

"나는 너를 보고 있으면 겁이 난다. 마치 네가 내 마음 속을 다 들여다 보고 있는 것 같은 기분이 들어서야. 너하고 있으면 중학교 3학년 애라는 생각이 들지 않아. 일을 시키면 어쩜 그렇게 실수 하나 없니. 채점을 시키고 성적 결산을 맡겨도 다른 애들은 실수가 나오는데, 너는 작은 실수 하나 없어. 내가 해도 그렇게 못한다. 너는 도대체 어떤 앤지 무서울 때가 있어. 난 네가 좀 더 아이 같았으면 좋겠다. 실수도 좀 하고, 빈틈도 있고, 응? 무슨 말인지 알겠지?"

국민학교 6학년 때 담임 선생님도 유난히 눈에 띄는 라라가 아이들의 따돌림을 받지 않을까 늘 걱정하셨다.

"너는 너무 똑똑해서, 늘 사람들의 주목을 받게 되거든. 내가 너를 예뻐하는 내색을 하면 애들이 너를 싫어하게 된다. 그러니까 가끔 너를 애들 보는 앞에서 야단을 칠 거야. 그러니까 그때는 고개 숙이고 혼나는 것처럼 참고 견뎌야 해. 아이들의 시기를 받으면, 네가 학교 생활 하기가 힘들어지거든. 시골에서 서울로 전학오자마자 일등을 하는 애는 나도 교사 생활 10년 동안 처음이야. 너는 사람들의 주목을 너무 받지 않게 신경을 써야 해. 안 그러면 사는 게 많이 고달파지고 외롭다. 알았지."

라라는 반 친구들과 어울려 야구도 하고 축구도 하고 발야구도 하면서 뛰어놀았다. 같이 학급 신문도 만들고, 겨울이면 스케이트장으로, 썰매장으로 무리지어 다녔다. 여름이면 학교 근처 큰 다리 밑 그늘에서 족구를 했다.

그중 규진과 철환은 후에 라라와 같은 대학에 진학해서 만나게 된다.

가장 친한 여자 친구는 경림과 성심이었다.

경림는 부반장도 맡고 공부도 아주 잘 하던 친구였다. 그녀의 집은 달동네였지만, 라라는 달동네가 뭔지도 몰랐다. 그저 친한 친구의 집이었고, 그래서 재미있고 신나는 놀이터였을 뿐이다. 아이들이 많은 경림의 집에서는 대학 공부시킬 형편이 못 된다고 그녀를 상업고등학교로 진학하게 했다. 경림은 최고 우수한 학생들이 가는 여자상업고교에 진학했고 은행에 취직했다. 승진도 빨랐고, 결혼도 일찍 하는 엘리트 코스로 달렸다.

성심도 머리가 아주 좋은 아이였다. 그러나 역시 집안 형편 때문에 상고에 진학했다. 누구에게도 지기 싫어하는 그녀는 은행원 생활 1년여 만에 그만두고 대학에 진학하고야 말았다.

어느 날 성심이 라라가 다니는 대학교로 찾아왔다.

"사람들이 다 너 같지 않더라. 상고 나왔다고 얼마나 얕보고 차별하는지 몰라. 너무 화가 나서 더 이상 직장 생활을 못 하겠더라고. 좋아하는 사람이 명문대를 나왔어. 그런데 그 남자 집에서 내가 상고 출신이라고 교제조차 반대한다는 거야. 거절당하고 나니까 이대로는 못 살겠다 싶어서 오기로 공부하고 대학 갔지. 세상은 대학 못 나오면, 얼마나 사람 취급 안 하는데. 라라 너 같은 애, 세상에 없더라."

사람은 쉽게 변하지 않는 법이다. 좋은 의미든 나쁜 의미든. 180도 긍정적 변화를 할 수 있는 건 초인적인 힘이다. 선한 사람이 순식간에 악인이 될 가능성은 거의 없다. 그건 철저한 배신이나 모욕을 당하거나 절망했을 때 가능할 수 있을지 모른다. 악인이 단번에 선하게 변하는 일도 거의 없다. 그런 걸 기적이라고 할 수 있을 것이다.

07
피할 수 없는 통과의례

마음은 미래에 살고, 현재는 언제나 슬픈 것!
- 알렉산드르 푸쉬킨 -

그 시절, 1980년대는 역사의 블랙홀이었다.

대학가는 학문과 낭만보다는 분노의 이데올로기와 로맨틱함을 위장한 거친 혁명론이 피 끓는 젊음을 소용돌이로 휘감았다. 거리에는 늘 매캐한 최루 가스의 차가운 냄새가 배어 있었다. 학생들은 사회의 부정의와 부조리와 부정부패와 불평등과 권위주의를 지탄했다. 어른들은 학생들의 폭력과 무지와 철없음과 현실을 무시한 이상 추구를 꾸짖었다.

그 시절, 라라도 투쟁가를 열심히 불렀고, 사회과학 서적을 읽었고, 시위에도 참여했다. 민주적이고 평등한 세상을 만들자는 구호로 모두 다 똑같아지기를 요구하던 시대였다. 라라도 그 물결에 휩쓸려 가고 있었다. 물살은 드세고 거셌다.

대학 생활은 신입생 오리엔테이션에서 교가와 학교 응원가를 배우면서 시작되었다. 그러나 그 옆에 늘 따라붙는 것이 있었다. 선배들이 가르치는 학생운동의 투쟁가였다. 선배들이 후배들을 교육한다는 의식화 활동에서 『해방전후사의 인식』이나 『전환시대의 논리』 같은 책들은 학생운동의 성전이었다. 반드시 읽고 학습하라고 했다. 꼭 '학습'이라는 말을 썼다. '서클'이라는 말도 미국 제국주의 잔재이므로 '동아리'라는 말로 바뀌고 있었다.

무슨 의미인지도 이해하기 힘들었지만, NL은 민족해방이고 PD는 민중민주인데, 운동권이 분열되었네, 하나로 단결해야 적과의 투쟁에서 승리할 수 있네, 선배들은 그런 이야기들을 했다. 운동권 선배들은 후배들에게 깨어나야 한다고 했다.

"우리는 그동안 군사 독재 정권에 의해 세뇌되어 살아왔다. 잔악한 민중의 적 박정희를 영웅으로, 민주 투사 김대중을 빨갱이로 배우고 자랐다. 진실은 다르다."

그러나 라라는 지금까지 한 번도 학교에서 그런 이야기를 들은 바 없었다.

박정희 대통령에 대한 라라의 기억은 국민학교 6학년 때 학교에서, 지난밤에 대통령이 돌아가셨다는 담임 선생님의 말씀을 들었을 때뿐이다. 갑자기 왠지 모르게 모두들 숙연해지면서 난데없이 눈물들이 터지기 시작해서, 엉엉 울거나 흐느끼거나 했다. 어른들이 수근거림도 심상치 않았고, 그들 역시 충격을 받고는 눈물을 짓는 걸 보았던 기억뿐이다.

그뿐만이 아니다. 그녀의 경험은 선배들의 말과 오히려 반대였다. 대통령 누가 어쩌고 야당 지도자 누가 저쩌고, 그런 말을 한 사람은 고등학교 1학년 때 새로 온 정치경제 선생님이 유일했다.

"김대중 씨가 워낙 뛰어나니까 박정희가 정적을 시기해서 납치해 죽이려고까지 했는데 실패했습니다. 미국이 반대해서 할 수 없이 살려준 겁니다. 박정희는 그런 잔악한 사람이었어요. 김대중은 영어로 연설도 얼마나 잘하는지 몰라요. 필리버스터를 해서 박정희가 악법을 만드는 걸 막으려고 했던 분이에요."

라라는 대학 진학한 후 그렇게 훌륭한 정치인에 대해 잘 알고 싶어서, 그가 온다는 집회들을 찾아다니고, 그의 연설을 듣고 다녔다.

"여러분~ 박정희가 전라도를 얼마나 차별했는지…… 여러분~ 이제는 바뀌야 합니다…… 여러분~ 저를 뽑아주시면 지역 감정과 지역 차별을 없애고~"

라라는 그 정치인의 말을 듣고 분개해서, 그 지역 출신들과 유독 친하게 지냈다. 라라 나름의 저항법이었다.

물론 라라는 대학에 와서 그의 연설을 듣기 전까지, 지역 차별이나 지역 감정이란 것이 있다는 것도 전혀 몰랐다. 누가 어느 지방 사람이니 하는 말을 들어본 적이 없었다. 전라도니, 경상도니, 호남이니 영남이니 하는 말은 지리 수업 시간 외에는 들은 적이 없었다. 어떤 게 어느 지방 사투리인지에도 관심이 없었다.

그리고도 몇 차례 더 그런 집회엘 찾아다녔다. 늘 비슷한 레퍼토리였다. 박정희라는, 당시 어린 그녀들이 잘 알지 못했던, 비운의 대통령에 대한 비판이었고 지역 감정에 대한 이야기였다.

"저런 게 지역 감정 선동이야."

어른들은 오히려 그를 욕하기도 했다.

그러나 어린 시절 깊이 뿌리내린 생각은 깊이 각인된 듯, 그 정치인에 대한 지지는 그 후로도 아주 오랫동안 지속되었다.

그러나 그 선생님에 대한 엄마의 원망은 적지 않았다.

"그때 그 선생만 아니었으면, 라라는 서울대 갔을 거유. 전교 2등이었는데 왜 못 갔겠어. 괜히 시험 날 꼭두새벽부터 고사장으로 보내라고 해서, 애가 다섯 시에 일어나서 여섯 시에 집을 나섰잖아. 아직도 깜깜한 시간이었지. 고사장에 도착하니까, 아직 학교가 문도 안 열었더라구. 아침 일곱 시도 안 됐는걸. 애가 온 걸 보고 '왜 이렇게 일찍 왔느냐'며 수위가 놀라면서 교문을 열어줬잖우. 그 낯선 텅 빈 교실에 혼자 앉아 덜덜 떨었을 텐데, 무슨 수험 준비가 됐겠어. 불안하기만 했겠지. 꼭두새벽이라 춥기는 또 얼마나 추웠던지. 그 시절은 왜 그렇게 시험날만 되면 추웠는지, 수험생들이 다들 고생했잖우. 밖에서 기다리는 부모들도 그렇고. 차라리 잠이라도 푹 자고 갔으면 좀 더 시험을 잘 볼 수도 있었을 거야. 꼭두새벽부터 혼자 떠느라고 시험 시작하기도 전에 지쳐버리지, 시험을 제대로 봤겠어. 나중에 물어보니까 시험 잘 못 봤다고 하더라구. 그 선생 말대로 한 걸 두고두고 후회했다니까."

엄마의 불만은 거기서 그치지 않았다.

"그이가 공부 잘하는 애들 몇 명 학교에서 모아 데리고 다니면서 이상한 소리 했던 모양이더라고. 라라가 별로 말이 없는 앤데, 군사 쿠데타가 나쁘니 어쩌니, 가끔 이상한 걸 물어보질 않나, 그 사람 옥중 서신을 사서 읽질 않나. 고등학생이 뭘 알겠냐구. 애들한테 왜 그런 소리 해서…… 그래서 걱정이 됐는데, 아니나 달라. 서울대 못 가게 만든 게 다 그 선생이라구, 따지고 보면. 그때 그 애들 여덟 명인가 중에는 서울대 간 애가 하나도 없다대. 다 전교 1~2등 하는 애들이 말이야. 애들한테 공연히 이상한 소리나 해대고. 아무것도 모르는 애들한테 왜 정치인 얘기나 하고 그래. 뭐 그렇게 칭찬할 만한 사람이라고! 다 그렇구 그런 놈들이지. 제대로 된 놈 몇이나 있어. 얘가 아주 그 인간 추종자가 돼서는…… 그때 이상한 바람 들지 않았더라면, 서울대 갔을 건데. 학생 운동 많이 하는 그 대학 가더니 점점 더 이상한 소리만 하고, 군사 독재, 미제 타도가 어쩌고. 애들을 공부하게 두지, 왜 그렇게 정치에 이용해먹지 못해서 안달이래. 그러니까 사람들이 그 인간 싫어하지."

엄마의 불만에 라라는 당시 공감하지 못했다. 대학 시절 처음으로 라라와 부모님은 갈등을 겪었다. '내 딸이 위험한 사상에 빠지고 있다'라는 게 부모님의 우려였다.

그러나 대학의 같은 과 선배 중 '5월의 성지' 출신 허일규 같은 사람은 왠지 마음이 가지 않았다. 허름한 군복 상의를 걸쳐 입고, 머리는 빗지도 않아 더부룩했고, 표정은 어두웠으며, 늘 험악한 인상을 짓고 있었다. 수업에 들어가는 시간보다는 어딘가 다른 곳에서 시간을 더 많이 보냈다. 시위가 있는 날이면, 얼굴을 검거나 붉은 수건으로 가린 채, 맨 앞에서 화염병을 던지거나 각목이나 쇠 파이프를 휘둘렀다.

그런 그가 신입생 오리엔테이션 때부터 라라를 자기 옆에 앉히려고 무던히도 애를 썼다. 그것은 그 학기 내내 계속되었다. 처음에 그는 라라를 불러내서 작은 카페로 데리고 다녔다.

"진짜 지식인이라면 학습해야 해. 그게 민중을 위한 지식인의 의무야."

그는 라라에게 이렇게 말했다.

그가 말하는 공부란 사회과학, 특히 학생들 사이에서 공공연한 비밀처럼 돌아다니는 소위 지하 운동권 지라시 공부였다. 지라시를 그 당시 대학가에서는 문건이라는 뜻으로 사용하고 있었다. 특히 마르크스주의라든가 사회공산주의 관련 비밀 문건들을 말하는 경우가 많았다. 아무튼 허일규는 복학생이었고 4학년이라고 했다. 그들의 은어 표현대로 그는 성지, 혁명의 도시 출신이라고 했다. 그가 주로 사용하는 표현 중에는 '적들'이란 말이 많았다. 온 정부가, 사회가 그리고 국가 자체가 적이라는 말처럼 들렸다.

그 적들이라는 말이 어느 날 결국 라라를 향하고야 말았다.

"적들이 너희를 그들의 하수인으로 키우려고 이런 순응적 인간을 만드는 교육을 하는데, 너는 아무런 비판도 없이, 그저 출세하기 위해서, 성적이나 올리려고 수업에 들어가겠다고? 그리고 이런 카페에나 앉아서 연애나 하고 농담 따먹기나 하는 게 낭만이라고 생각하는 거냐? 그러려고 대학 왔니? 그게 바로 적들이 원하는 거고, 너는 적들에게 길들여지는 거야."

이쯤 되자, 지난 6개월간 그를 좋은 선배이고 깨어있는, 의식 있는 선배라고 여기고 순순히 따르던 라라도 오기가 발동하고 말았다.

"다른 사람의 입장과 속사정도 모르면서 함부로 매도하는 말을 하는 사람은 존경할 수 없네요. 세상에 태어나 처음으로 들어보는 모욕이라구요."

이어, 라라는 아예 어깃장을 놓았다.

"그래요, 저는 그런 게 좋아요. 선배님이 말하는 지라시 내용들은 너무 단순하고 과격한 논리예요. 세상을 왜 그렇게 악하게만 보세요. 인간이 모두, 부자나 권력자는 모두 그렇게 나쁜 의도를 갖고, 약한 사람들을 착취

하고 억압한다는 말인가요? 그리고 사람들을 왜 그렇게 계급으로 갈라놓아야 하는데요? 나는 좋은 사람들은 그들 직업이 뭐건 가난하건 부자건 좋고요, 나쁜 사람들은 아무리 돈 많고 힘 있어도 싫어요. 그게 사람 나름이지, 어떻게 계급의 문제예요. 왜 그렇게 패를 나눠서 싸움의 대상으로 만들어 싸워야 하는데요. 그거 너무 정치적인 생각 아닌가요? 저는 그런 거라면 싫어요. 그냥 내가 진심으로 수긍할 수 있는 것들을 하고 싶어요. 저는 그런 단순 논리에 의해서는 행동할 수가 없습니다. 이만 수업 들어갈게요."

그날 이후로 허일규는 라라에게 더 이상 연락하지 않았다.
"민라라는 자기밖에 모르는, 이기적인 부르주아적 사고 방식을 가진 애야."
그가 그렇게 말하고 다닌다는 사실을 듣고 라라는 그저 콧방귀를 뀌었다.
"잘 알지도 못하는 사람에 대해 함부로 말하는 그런 사람이었군. 잘 됐어, 그때 끝내길."
그러나 그때 그와의 대화 이후, 자책감에 왠지 마음 한 켠이 거북하고 소화가 안 되는 듯, 목에 뭐가 걸린 듯 답답했다.
'내가 이기적인가, 세상의 소외된 사람들에게 무관심한 사람인가?'
그때 고민하던 그녀에게 학생 운동에 열심인, 동창 규진이 조언했다.
"그 형이 뭐라 해도 내키지 않으면 하지 마. 저 형은 다른 운동권 사람들에 비해서도 좀 과격한 편이야. 그 형을 좋아하는 사람들은 무척 좋아하고, 싫어하는 사람들은 아예 마주치지도 않으려고 해. 너도 싫으면 싫다고 말해."

틀린 말이 아니었다. 이런 식으로 끝내고 보니, 괜히 6개월간 불편한 마음으로 끌려다니며 그의 말을 들어주느라고 애를 썼구나, 하는 후회가 들었다.

"학생 운동을 하려면 좀 더 사람들의 마음을 끌 수 있는 모습으로 하면 안 되나, 왜 저렇게 지저분하게 하고 다닐까."

허일규에 대한 불만을 라라는 동창 규진과 철환에게 털어놓곤 했다.

"사회 변혁 운동을 하든 혁명을 하든, 대중을 상대로 일을 하려면 그리고 대중을 끌어들이려면 대중 속으로 들어가야 해."

철환과 규진도 라라의 생각에 동조했다.

"참여는 못 하지만 그렇다고 무관심한 건 아니야. 운동권의 주장에 전적으로 공감하지도 않아."

시간이 갈수록 대학가의 정치적 저항 운동이 거세지면서, 라라도 때로는 권유로, 때로는 자발적으로 집회와 시위에도 가담했다. 그럴수록 그녀는 더 깔끔하게 다녔다.

"운동권 애들, 담배 꼬나물고 막걸리 들이부으면서, 더러운 청바지 걸치고 꼬질꼬질한 운동화 신고 다니고, 남녀 관계 문란한 지저분한 애들이다."

어른들은 그렇게 말하며 고개를 절레절레 흔들곤 했다. 라라는 적어도 그런 소리를 들으며 시위에 참여하고 싶지는 않았다.

"사회의 변혁은 자기 자신으로부터 시작해야 하는 거야. 대중 운동을 하려면 대중 속으로, 보편적이고 일반적인 대중의 심리를 알고 그들에게 다가 가려는 노력이 있어야 한다. 심리적 거부감을 주면서, 내 스타일과 내 사상과 이념을 강요한다면, 나 자신부터도 수용하지 않을 것이기 때문이다."
　라라 나름의 소신이었다.
　"허일규 선배에게는 그 '성지' 출신으로서의 강한 내적 동기가 있었는지 모르지만 자신이 대중 속의 개인인 만큼, 대중적 접근법을 먼저 고민해야 해."
　라라는 동창들에게 생각을 드러냈다.

　1980년대에는 모두 심한 열병을 앓았다. 대학가도 예외는 아니었다. 1980년 5월 상황에 대한 피할 수 없는 논쟁을 통과의례처럼 거쳐야 했다. 기나긴 터널을 지나는 막막하고 암울한 느낌도 없지 않았다. 라라와 규진과 철환도 예외가 아니었다.
　"여전히 이 시대의 일반 대중은 보수적이고, 사람들이 79년 박정희 암살 서거 정국을 불안해하고 있었던 건 사실이야. 불안한 정국에 군대가 나서니 안심하는 사람들이 적지 않았어. 그러나 재야나 운동권은 5월 상황을 놓고 국가와 정부와 군대를 적으로 상정하고 싸우는 거지. 그들의 주장은 그것이 민주화 운동이었다는 거고. 군부가 그걸 무력으로 진압하고 정당성 없는 집권을 했다는 거지. 그런데 운동권이 주장하는 민주화 운동이라는 관점에서 보면 상황 이해에 다소 무리가 따르는 측면이 있더라는 거야. 시위대는 방송국과 경찰서와 관공서를 불태웠고, 무기고를 습격해 무기를 탈취했고, 교도소를 공격해 사상범뿐 아니라, 범죄자들도 풀어주었어. 그래서 논란이 될 여지가 있지. 상황 통제를 위한 군대 투입의 정당성 여부도 거기 달린 셈이고. 경찰력의 통제를 벗어난 도시의 혼란상이 직접적 원인이었을 테니까."

어디서나 이런 논쟁은 벌어졌다. 강의실에서도, 도서관 로비에서도, 잔디밭이나 맥주집에서도 벌어지는, 시대의 아픈 풍경이었다.

이런 사실과 진실 논쟁이 비껴갈 수 있는 공간은 적었다. 5월 상황에 관한 흑백 인쇄물 지라시는 진기한 자료로 대학가에 공공연히 나돌아다녔다. 진위를 알 수 없는 문건들이 숨겨진 진실이라는 이름으로 공공연히 돌아다녔다. 전두환과 신군부가 광주시민을 학살하려 했다는 내용도 있었다. 여대생의 젖가슴을 총검으로 도려내고 임산부의 배를 가르는 만행들이 자행됐다는 거였다. 처음엔 말도 안 되는 소리로 여겨지던 것들이 반복해서 여기저기서 외쳐대니 점점 기정사실화되는 분위기였다. 일급 비밀은 발설하면 잡혀간다 했고, 또 어느 날 사라지고 잡혀가는 사람들이 있는 걸 보면 진실이 뭔지 알 수 없었다. 세상은 둘로 갈라져서 격하게 싸웠다.

"인간이 그렇게 악할 수 있나. 그래도 공권력인데, 군대가 어떻게 아무 이유 없이 의도적으로 그럴 수 있나."

"바로 그것이 문제야. 선거를 통해 검증되고 걸러져야 하는데, 군사 정권은 그런 절차를 무시하고 쿠데타로 집권했으니 정당성이 없는 거야."

혼란의 시대였다. 당시 주류 사회는 젊은 학생들을 불순한 용공 좌경 세력이 의식화 교육으로 세뇌한다고 심각하게 걱정했다.

"세 사람이 있는데 두 사람이 쥐를 호랑이라고 계속해서 세뇌하면 다른 한 사람은 실제로 쥐를 호랑이라고 생각하게 된다. 공산주의 혁명분자들의 허위 선동이 바로 그런 목적에서 자행된다."

운동권을 비롯한 학생 사회는 불법적으로 정권을 탈취한 살인 군사 독재 정권이 민주화와 인권을 억압한다고 외쳤다. 그 5월 이후, 군대는 악이라는 논리가 급속히 확산되고 명제화되어가기 시작했다.

어린 시절의 동창들 규진과 철환 그리고 라라는 뜨거운 논쟁으로 캠퍼스 안팎에서 젊음을 지새우곤 했다.

"군대란 인간 조직 중에 가장 먼저 생긴 하나다. 가장 힘이 강한 장수에게 왕의 권한이 주어졌다. 근대까지만 해도 서양의 왕들과 귀족들 역시 무사였고 군인이었다. 남자는 군사를 모르면 왕이 되기 어려웠다. 군대란 오랜 역사적 전통을 가진 만큼 학문의 발생처이기도 하다. 모든 전쟁을 위한 전략과 전술 개발을 위해서는 학문을 연구하지 않으면 안 되었다. 무기를 개발하기 위해 철을 연구했고, 인간을 정신적으로 공략해서 이기기 위해 심리를 연구했다. 군인은 외교관이었고 정치가였고 문인이었으며 기록하는 역사학자였다. 또한 군대란 효율의 집단이다. 전쟁을 수행하기 위해서가 아니라 일단 전쟁을 억지하기 위해서 정치적 해결을 추구한다. 그러다 보니 정치가가 되고 외교관이 된다. 일단 전쟁을 피하지 못하면 고통스러운 전투를 치러야 한다. 군사력이란 최후의 물리적 외교 수단이다."

"문을 중시하고 무를 무시한 조선 왕조는 그래서 문약으로 흘렀다. 나라는 쇠약해져, 19세기 제국주의라는 세계사적 거대한 흐름 속에서 강대국들의 각축장이 되었다가, 같은 동양인으로서 조선을 잘 간파한 일본의 식민지로 전락했다. 외부 세계에 대한 거부감과 배타심이 강했던 반도의 조선인들은 중국이나 일본에 더 가까웠다. 서구인에게서는 동경심은 있었으나 이질감을 느꼈다. 외적으로나 문화적으로나 배타적 조선은 서구에 쉽게 동화되기 어려웠다. 반면, 일본은 서구 문명을 보고 탈아입구脫亞入歐를 표방하며 급격히 서구적 개혁을 실시했다. 그렇게 힘을 키운 일본의 수중으로 조선은 넘어갔다. 처음엔 자발적 개혁의 일환이었으나, 점차 힘의 논리에 의해 일본에 넘어갔다. 한일합방은 식민지의 길을 열었다. 개혁은 실패하고, 대한제국은 막을 내렸다."

라라는 역사에 관심이 많았다.

"요컨대, 군대가 서구화되고 사회가 서구 문명을 받아들이면서 일본은 강대국이 되었다. 그 힘의 우위로 조선을 점령한 것이다. 국가란 경제와 안보가 핵심이다. 살 것을 풍부히 하고, 무기를 풍부히 하는 것이 위정자가 국민의 신뢰를 얻기 위해 할 일이라고 일찍이 공자가 말했다. 그것이 국가의 존립 이유이고 근거였다. 어쨌든 군이란 그런 것이다. 그러나 모든 군대와 군인들이 다 정직하고 위대한 인물들로만 이뤄진 것은 아니다. 인간이 모인 모든 집단은 어디나 문제가 있다. 모든 인간이 늘 합리적이지도 않고 늘 정직한 것도 아니다. 그래서 모든 진실은 오직 신만이 아는 것일 수밖에 없다. 그렇다면 인간은 무엇을 할 수 있을까?"

그런 것에 대한 지적인 고뇌와 호기심으로 진실을 알고 싶은 라라는 도서관 서고를 열심히 드나들었다.

그러나 그 시절 무엇보다 심각한 것은 난분분 휘날리는 죽음의 향기였다. 분신 자살, 투신 자살, 젊은 죽음! 죽음! 죽음! 거기서 결정적으로 어그러졌을 것이다. 젊은이들의 희생을 제물로 하는, 뭔가 수상한 불순함이 있다고 느껴졌다. 라라와 학생 운동의 궁합 맞추기는 무위로 끝났다. 겉궁

합은 얼추 맞출 수 있었지만, 속궁합은 노력만으로 되는 것은 아니었다. 모든 일이 그렇다. 감성적 울림의 파장이 일치해야 했다. 그러나 주파수가 맞지 않았다. 랭보의 시 제목을 딴 학교 앞 낡은 고풍 카페 이름처럼 '지옥에서 보낸 한 철'이 아닐까 싶은, 힘들고 고뇌에 찬 젊은 시절이었다.

08
플라토닉 연애학 개론

그렇다고 그 시절에 낭만이 전혀 없었던 것은 아니다. 천국같은 젊음을 누린 사람도 있을 것이고, 누구는 학문의 길에서 기쁨을 발견했을 것이다. 누구는 평생의 동반자를 만나고, 누군가는 인생을 송두리째 바칠 사상을 접했다.

대학 입학식 날, 라라는 중앙도서관 앞에서 우연히 국민학교 동창이던 규진과 철환을 만났다. 국민학교 때 늘 함께 어울려 놀던 멤버들의 해후였다. 아주 우연한 우연이었다. 그리고 그것은 첫사랑을 만나기 위한 필연이기도 했다.

그날, 고등학교 때부터 일찌감치 운동권에 들어선 규진은 동아리 모임 선약이 있었고, 철환과 라라는 수업 끝난 후 정문 앞 호프집에서 만나기로 약속했다.

그리고 그 자리에 철환이 데리고 나온 사람이 바로 유민상이었다.

"국민학교 여자 동창을 만난다고 하니까, 이놈이 함께 가보고 싶다길래 데려왔어."

유민상은 첫눈에 보기에도 큰 키에 웃음이 귀여운, 전형적인 모범생 스타일이었다.

철환이 맥주잔을 민상에게 건네며 국민학교 당시 에피소드를 꺼냈다.

"국민학교 때 라라가 우리 반에서 제일 인기 있는 여학생이고 반장이었어. 담임 선생님이 워낙 라라를 총애하니까 남자애들이 다 무서워했어. 라라는 선생님 안 계실 때 선생님 대신 남자애들이 떠들면 엎드려뻗쳐 벌 세우는 무서운 여자였거든."

유민상은 맥주를 마시면서 그 예쁜 눈에 선량한 미소를 담은 얼굴로 라라와 철환을 번갈아 바라보며 간간이 환한 웃음을 터뜨렸을 뿐 말수는 적었다.

"민상이는 별명이 코피 대왕이었어. 밤샘 공부하다가 학교에 와서 맨날 코피 터뜨리기 일쑤였거든."

철환의 말에 라라와 민상은 동시에 머리를 젖히며 폭소를 터뜨렸다.

민상의 선배는 전형적 모범생인 그를 샌님이라고 했다. 아침 일찍부터 도서관에 자리를 잡고 법전을 펴놓고 공부하는 모습이, 학교에 일찍 나와 도서관엘 올라가는 날이면 라라의 눈에도 항상 발견되곤 했다. 미남자가 학업에 정진하는 모습이 무척 아름답게 느껴졌다. 도서관 로비에서 마주치면 민상은 언제라도 라라와 커피를 나눠 마시며 스스럼없이 대화하는 사이가 되었다. 라라와 민상은 공강 시간이 겹치는 날은 같이 공부하다가 캠퍼스를 산책하며 본관 잔디밭에 나란히 앉거나 누워 이야기를 나누게 되었다. 가끔 점심이나 저녁 식사하거나, 시간이 맞는 날은 같이 하교하는 일도 생겼다. 그러자 학교에서는 두 사람이 캠퍼스 커플이라고 소문나기 시작했다.

 라라와 민상은 마음과 생각이 잘 통했다. 그들은 플라토닉 러브 신봉자들이었다.

 "소시민들이 어떻게 권력의 속성과 그 막후 투쟁에 대해 알 수 있나. 최고 권력의 권좌에 앉아 있다 해도, 온 세상을 마법사처럼 만화경으로 혹은 천리안으로 모두 볼 수 있는 게 아닐 것이다. 눈에 보이는 것조차도 막상 내면을 들여다보면, 보이는 것과 다르거나 오히려 정반대인 상황도 세상사에는 얼마든지 있다. 소시민들은 바로 지금 먹고 사는 일에 충실하게 살아가는 보통 사람들이다. 빠듯하게 살아가면서 소소한 일에 울고 웃고 노래하고 춤추는 평범한 사람들이다. 사회과학 서적에서는 그들은 '폼 나게' 프티 부르주아라고 말한다. 물론 소시민이라는 개념과 정확하게 일치하지는 않는다. 프티 부르주아란 부르주와 자본가 계급과 프롤레타리아 무산 계급 사이에 존재하는 지식인, 월급 생활자, 소상공인 등을 일컫는 계급적 표현이다. 진짜 소시민이란 겨우겨우 먹고 사는, 그래서 그 문제가 가장 일차적인 관심사인, 그래서 어쩔 수 없이 혹은 무의식적으로 세상 권력 싸움에 무관심한 사람들이다. 자기 자신의 일에 급급한 경향이 있지만, 그들 입장에서는 어쩔 수 없는 일이다. 인텔리 운동가들에게는 안타까운 군상이 소시민일 것이었다."

 "소시민은 속물적일 때도 많아. 물론 그들만 그런 건 아니지만."

 라라가 덧붙이자, 민상은 고개를 끄덕여 수긍한다.

 "내 것 이외엔 관심이 없는, 태생적으로 천박한, 그러면서 자기 모순과 자기 합리화와 자기 변명으로 가득한 사람들, 그러면서 언제라도 작은 이

익을 위해서 누군가를 모함하고 밀고하고 배신하고 죽일 수 있는 사람들 말이다. 죽이는 것이 꼭 총칼로 죽이는 걸 말하는 것은 아니다. 인격살인이라는 것도 있고, 명예살인이라는 것도 있는 거니까."

그의 말에 잠시 생각에 잠겼던 라라가 조용히 입을 연다.

"그러나 다른 한편으로 연민의 대상이기도 한 게 소시민이다. 전등을 안 끈다고 잔소리하고, 수돗물 아끼지 않는다고 뭐라고 긴소리를 할 때면 귀찮다가도 혀를 한 번 차면서 포기하고 따르고 마는 그것. 그것이 어쩔 수 없는 소시민의 생존 방식이었다. 그러나 거기엔 함부로 모욕할 수 없는 그 무엇이 있다. 가난을 체험하지 않은 자는 가난이나 가난한 사람을 함부로 해서는 안 된다. 그것이 자기 잘못이 아닌 한, 적어도 누구에게도 모욕당하지 않을 권리가 있다. 가난은 본인 자신이 불편할 뿐이지, 타인에게 죄가 될 수 있는 것은 아니다. 소시민이 되는 가장 중요한 이유는 가난하기 때문이다. 마음이 빈곤하든 물질적으로 가난하든 둘 다이든 말이다. 소시민들은 저속하다. 그러기에 확실히 자신에게 이득이 되어야 움직인다. 그들은 얼치기들이 떠든다고 생계를 팽개치고 따라나서거나 움직일 수가 없다. 소시민은 먹고사는 문제가 먼저 해결되지 않으면 함부로 나서지 못한다. 여기서 '못한다'는 '안 한다'는 말과 동의어다. 금배지나 달고 혁명가입네 나서서 모호한 내용으로 설교하면서 세상 이목이나 집중시키겠다는 몽상가들은 절대로 저속하고 천박한 소시민들을 움직일 수가 없다. 그들이 나설 때는 뭔가 이용해먹을 게 있거나, 그걸 확인하기 위해 잠시 탐색할 때뿐이다. 소시민은 그래서 나약하고 그래서 강한 생명력을 갖는 존재다. 소시민은 무섭다. 생존 논리 앞에 개가 되기도 하고, 마음을 얻으면 성자가 될 수도 있는 존재가 그들이기 때문이다."

민상도 이 대목에서 정색한다.

"세상이 그렇지 않은가. 한마디로 정의되는 것이란 없다. 사물의 이름조차도 하나의 사물을 가리키는 것이면서 동시에 많은 것을 내포한다. 현상들은 더 말할 필요도 없다. 하물며 눈에 보이지 않는 현상은 또 어떻겠는가. 인간의 마음에 대해 누가 함부로 말할 수 있을까."

"맞아, 허일규 선배만 해도 그래."

라라가 허일규의 태도에 실망한 것도 그런 이유였다.

"나는 세상의 부조리를 눈감고 참겠다는 것도, 나만 잘되면 그만이라는 것도 아니었다. 나랑 상관없다는 것도 아니다. 다만 확인하기 어려운 것들을 다른 사람들의 말만 듣고서 행동에 나서기엔 문제가 있다는 것. 함부로 부화뇌동하기 싫다는 뜻이었다. 더구나 무엇엔가 몰두하면 깊이 푹 빠져들고야 마는 성격을 가진 나로서는 진정으로 이해되고 수긍할 수 있는 이야기가 아닌, 거친 논리로 설득하겠다는 그의 의도가 무모하게 보였다. 저런 것들로 남의 인생을 좌우할 수도 있는 일을 하자고 설득하려는 게 옳은 일인가. 나는 정말 옳은 일을 위해서라면 세상 끝까지라도 갈 수도 있다고 생각하는 이상주의자였다. 그러니 함부로 나서고 행동할 수가 없었다. 좀 더 지켜보자. 판단 유보였다. 세상을 스스로 보고 듣고 겪고 판단하고 나서 해도 할 일이었다. 운동이나 혁명이란 평생을 바쳐서 해야 될 일이지, 학생 시절 보내기 위한 서클 활동이나 취미 활동이거나 적성에 맞지 않는 학과 공부를 대체할 수단이거나, 직업 정치인으로 나가기 위한 출구일 수 없었다."

"어떤 점, 허일규 선배의 말 중 어떤 게 제일 마음에 안 들었니?"

민상이 갑자기 궁금한 듯 물었다.

라라는 대답한다.

"'넌 이런 데 앉아서 연애나 하고 싶니?' 그 말이 제일 싫더라. '연애나'라니? 그따위 말이 어딨어. 연애하는 사람들은 그럼 다 이기적이고 나쁘다는 거야? 사랑은 인간의 기본 본능이고 감정이야. 그런 사고 방식을 가지고 어떻게 대중 속으로 들어가서 운동을 하지. 인간을 알아야 운동을 할 수 있는 거 아냐? 인간을 모르면서 어떻게 인간을 위한 혁명을 하고, 약자를 위한 사회를 만든다는 말을 하는 거야. 그건 자기 기만이고 다른 사람들을 속이는 사기라고 생각해."

라라의 말이 격앙되자, 위로하기 위해서인지 민상이 동조하듯 고개를 끄덕였다.

그러자 라라는 살짝 누그러져서 말을 잇는다.

"인간에 대한 사랑, 특히 가장 소중하고 가까운 자신의 연인을 위해 잘못된 세상을 함께 바로잡으려는 것, 그것이 혁명이고 혁명가여야 하는 거 아냐? 혁명가란 사랑을 위해서 목숨을 거는 사람이라야만 하는 것이지, 혁명을 위해 사랑을 버리는 사람은 이미 혁명가 자격이 없다고 생각해. 무엇을 위해 싸우겠다는 거야? 연인을 고통스럽게 하면서 세상을 바꾸기 위해, 인민을 위해 혁명한다고? 가장 소중한 한 사람을 죽이면서, 세상 모든 사람을 위해 싸우겠다고? 소가 웃을 일이지."

민상이 어느 날부터인가 표정이 어두워졌다. 이유는 알 수 없었다. 그냥 공부 때문이겠거니 아니면 집안에 무슨 문제가 생겼으려니 했을 뿐, 라라는 일일이 캐묻는 성격이 아니었다.

라라는 그녀대로 바삐 돌아다니고 있었다. 대표는 남자가 맡기로 하자고 룰을 정해서 최다 득표를 한 라라가 부대표를 맡게 되었다. 그날, 라라는 말했다.

"왜 남자가 대표를 하고, 여자가 부대표를 하는지 이해할 수 없지만, 그렇게 하기로 다수가 룰을 정했으니 따르기는 하겠다."

학생들 사이에 와 하는 함성과 함께 박수가 터졌다.

"역시, 여걸 민라라!"

어느 날 중앙도서관에서 공부하다가 같이 저녁을 먹고 교내 작은 숲속 오솔길을 산책하면서 민상이 라라에게 조심스럽게 제안했다.

"친한 친구 놈이 있는데, Q대 경제과에 다녀. 그 녀석이 똑똑한 여자애가 좋다고 해서 네 생각이 나서 얘기했더니, 대번에 만나보고 싶다는 거야. 갑자기 거절할 핑계도 없어서 소개해 주겠다고 했거든. 나가 줄 수 있어? 미안해, 미리 동의 구하지 않아서."

그렇게 해서 민상의 친구 박우현과 라라의 미팅이 학교 앞 카페에서 있었다.

"우리 둘 다 고향이 전라도야, 얘는 전북 부안, 나는 전남 광주. 둘 다 아버지가 군 출신 공무원이라, 어릴 때 서울로 전근하셔서 서울로 왔어. 그래서 더 친했나봐."

민상이 그렇게 간단히 둘의 인연을 밝혔다. 이런저런 옛이야기를 나누다

우현이 민상을 재촉하자, 민상이 잠시 인상을 쓰더니, 주섬주섬 일어났다.

"너희 너무 늦게까지 있지는 마라. 알았지."

민상은 우현을 불러 따로 다짐까지 받는 모양이었다.

라라가 우현에게 말했다.

"요즘 무슨 고민이 있는지, 민상이 얼굴이 어두워진 것 같더라구요."

"그놈, 자기 아버지 말 그대로 따르는 놈이거든요. 얼마 전에 아버지와 대화했나 본데, 아버지가 대학 다니는 동안 연애하거나 데모하지 말라고 하셨다는 거예요. 졸업하고 사법고시 합격하고나서 만나도 늦지 않다고. 절대 여자 사귀지 않는다고 약속하라고 하셨대요. 그래서 고민이 생긴 모양이더라고요. 좋아하는 여자가 생겼나 본데. 지금까지 살아오면서 아버지 말씀 거역해 본 적이 없는 놈이에요. 파파보이죠. 그래도 정말 실력있는 놈이고 대단한 노력파예요. 며칠씩 잠을 안 자고 공부하는 의지의 사나이죠. 그런데 속을 잘 털어놓은 녀석은 아니에요. 물론 이젠 눈빛만 봐도 놈의 속을 알기는 하지만."

"민상이가 우현 씨는 천재였다고 하던데……"

우현이 씨익 웃었다.

"민상이 녀석과 나는 3년 동안 같은 반이었어요. 둘이 전교 수석을 다투다가, 내가 2학년 때 대학 진학한 선배 권유로 독서 서클 하면서 시험 준비에 소홀했어요."

"독서 서클? 무슨 책을 읽는 서클이었는데요?"

라라가 의아해서 물었다.

"사회과학 서적이요. 고3 때 자본론 읽는데, 제대로 된 번역본이 없다고 해서 독일어로 된 원서 읽었어요. 대학원생들이 읽는다고 했어요. 독일어 2년 배운 실력으로 읽는다는 건 불가능에 가까웠지만 오기로 해봤어요. 무모한 도전이었죠. 1년 동안 한 게 그것뿐이었으니. 끝까지 읽었다는 데 의미를 뒀어요. 같이 읽던 놈들이 다 포기했거든요."

우현은 진짜 대학원생 같았다. 글자 그대로, 걸어다니는 백과사전이었다. 금테 안경을 쓴 그의 인상은 다소 차가웠다. 쿨하다는 말이 딱 어울렸다. 손가락이 길었지만 끝이 뭉툭한 것이 그나마 날카로운 이미지를 누그러뜨려 주는, 신이 준 소품 같았다. 흥미로운 것은 그것조차 오히려 그의 천재성을 부각하는 듯 보였다는 점이다. 그렇지 않아도 차가운 금테 안경 너머로 보이는 눈빛이 서늘했다. 거기다 손가락마저 가늘었다면 더 마음 시리게 느껴졌을 터. 입은 웃어도 눈빛은 늘 날카로웠다. 손가락만이 수재의 이지적 차가움을 순수한 천재의 개성으로 바꿔놓았다.

라라와 우현과도 잘 통했다. 그도 역시 플라토닉 러브의 신봉자였다.
"너 헤겔의 변증법 읽었어? 난 요즘 사르트르의 실존주의에 관심 있어."
"난 마르크스의 소외이론이 지금 현실을 이해하는 데 설득력 있다고 생각해."
라라와 우현의 만남은 늘 이런 대화들로 채워졌다.

그 시절 대학물이라도 먹은 사람이라면 사회과학 책 몇 권쯤은 읽어야 했다. 스스로 운동권이라 생각하지 않아도, 그 사람들이 왜 그러는지 알기 위해서라도, 또는 친구나 애인이 읽으니까 최소한 몇 권은 읽게 마련이었다. 그런 책을 읽다 보면, 계급이니 계급 투쟁의 역사니, 자본가니 프롤레타리아니, 부르주아니 프티 부르주아니 하는 제법 인텔리 냄새 나는 개념들과 접했다.

우현도 운동권이었지만, 그는 투사라기보다는 이론가에 가까웠다.

"브나로드 운동 역시 러시아어에서 나온 말이야. '민중 속으로'라는 의미로 흔히 알려진 '브 나로드'에서 나로드는 민중, 인민, 대중이라는 뜻으로 해석될 수 있어. 과거 제국 시대에는 귀족과 대비해서 민중이라는 뜻으로 해석이 되었지만, 현대에 와서는 대중의 의미로 해석하는 편이 더 정확하다고 할 수 있지. 시대가 변했어. 농노에서 해방된 사람들은 이제 민중이 아니라, 일반 대중이 되었기 때문이지. 운동도 일반 대중을 상대로 한 운동을 해야지. 150년 전 짐승처럼 살던 농노 신분에서 해방돼서 도시로 올라와 공장에 취직한 노동자 민중을 상대로 했던 시대의 용어로, 계급 투쟁이니 사상 투쟁이니 선동한다고 될 일이 아니야."

우현은 만날 때마다 그녀가 무슨 책을 읽었는지 물었고, 시국에 대해 질문했다. 라라는 세상의 역사를 계급 투쟁의 역사라고 보는 게 사실상 쉽지 않았다. 그러나 경제학도인 우현은 이해가 되는 모양이었다.

"모든 기득권 세력은 계급 투쟁 대상이었고, 그 투쟁의 중심에 노동자가 있어. 학생운동권은 노조를 만들거나 돕기 위해 노동 현장에 위장 취업해 들어가 행동하는 지식인이 되려고 하고. 기업과 정부는 분열을 조장해서 계급 연대를 흔들려 한다."

그들 사이에는 이런 토론이나 논쟁도 벌어졌다.

"난 그렇지만 60~70년대 한강의 기적을 만들어 낸 국민 총화, 일체 단결이라는 국시와 지역 감정이라는 말은 병립하지 않는다고 생각해. 박정희가 민주화 운동은 탄압했을 수 있지만, 지역 감정 도발은 오히려 김대중 쪽이 더 필요한 입장이었다는 의심이 든다. 내가 지지자라고 해서 무조건 편을 들 수는 없어. 비판할 것은 해야 해. 그게 지성인의 역할이야."

라라의 지적에 우현도 반론을 제기할 수 없었다.

그들은 시대와 호흡하며 대학 시절을 보냈다.

09
사랑과 우정의 온도 차는 얼마일까

> 나의 삶은 모든 사람이 가슴을 열고
> 온갖 술이 흐르는 축제였다.
> – 아르투르 랭보 –

라라는 유물론자는 될 수 없었다. 플라토닉한 사랑은 20세 그녀에게 절대적이었다. 그러나 플라토닉한 사랑은 우정과 구별이 쉽지 않았다. 구속하지 않는 자유가 늘 해피엔딩을 약속하지는 않는다는 것도, 아름다운 구속의 힘도 아직 알지 못했다. 또 육체적 사랑은 플라토닉 러브가 만드는 진공의 공간을 공략하는 힘이 있었다. 플라토닉 러브는 종종 육체적 유혹 앞에 저항하기엔 무력했다.

라라와 민상, 라라와 우현의 플라토닉 러브의 빈틈을 타고 넘어온 사람이 나한준이었다. 한준은 라라의 국민학교 동창인 철환의 K고 동문이었다. 그러니 민상과도 고교 동창이었다. 한준은 민상이나 우현보다는 뭔지 모를 가벼움이 있었다. 좋게 말하면 자유분방함이었다. 진지함보다는 진솔함이랄까, 감정 표현에 있어 그들보다 훨씬 직접적이고 노골적이었다. 경량급 마초. 아무튼 그런 느낌. 사내도 아니고 신사도 아니고 놈팽이도 아니고, 어디서나 마주칠 법한, 그냥 '동갑내기 남자애'였다.

한준과 사귀게 된 건 순전히 신촌에서의 기습 키스 때문이었다. 1학년 늦가을 어느 신촌 카페에서 라라와 한준은 차를 마시며 이야기하고 있었다.

"어떻게 하면 내 마음을 네게 전할 수 있지? 어떻게 하면 내 마음을 믿을 거니?"

그러더니 그가 갑자기 피우던 담배를 손목에 갖다 댔다. 라라는 그가 무슨 짓을 하려는지 몰라 가만히 보고 있었다.

한준은 담뱃불로 자기 손목을 지지기 시작했다. 그가 장난하는 줄 아는 라라는 말리지 않았다.

'담뱃불은 작아서 뜨겁지 않은가?'

담배를 피우지 않는 라라는 상황을 이해하지 못했다.

갑자기 한준이 신음하면서 담배를 내려놓았다. 떨어뜨렸을 수도 있다. 라라는 그도 그리고 그 상황도 이해가 되지 않았다.

"라라, 너 지독하다. 이 담뱃불이 얼마나 뜨거운지 모르니? 내 마음을 보여주기 위해 한 거니까 참을 수 있었어."

라라는 그래도 무덤덤한 얼굴로 한준을 바라보았다.

그리고 카페를 나와 계단을 내려오면서 가파른 계단에서 갑자기 한준이 돌아서더니 라라를 끌어안고 입을 맞췄다. 라라는 칵테일을 마신 후라 어지럼증을 느껴 난간을 잡고 내려가던 순간이었다. 그의 혀가 입 속으로 쑥 들어왔을 때, 키스가 이런 더러운 느낌이라는 것에 경악했다. 비상하던 날개가 파사삭 부서지면서 나락으로 추락하는 기분이었다. 라라는 그의 입술을 거부하고 입을 꼭 다물었다. 그것이 첫 키스였다. 한준이 자신의 사랑을 입증하겠다며 손목을 담뱃불로 지지던 조금 전 그의 모습 때문에 뺨을 후려치지 못하고 말았다.

그 후 라라는 한준에게 냉정하고 가혹하게 굴기 시작했다. 다른 여자들이 첫 키스 후 고분고분해진다는 속설과 전혀 달랐다. 좀 더 라라 자신답게 굴 필요가 있었다. 라라는 한준을 볼 때마다 플라토닉 러브를 강조했다. 그것 없는 육체 관계의 저급성을 말했다.

"육체 관계를 우선한다면, 그래서 원한다면 너랑 계속 만날 마음 없어."

라라는 한준에게 못을 박아뒀다.

"혼전 관계는 내 사전엔 절대로 없어."

라라는 다시 한번 강조했다.

한준은 미국 영주권자였기 때문에 특례로 입학했다. 가난한 라라가 가보지 못한 외국에서 살다 온, 당시로서는 흔하지 않은 이력의 소유자였다. 게다가 흔하지 않은, 부모가 이혼한 소위 결손 가정의 아이였다.

한준과의 결별이 지연되는 이유가 있었다. 그의 친부와 친모 때문이었다.

"라라 같은 똑똑하고 이쁜 여자애가 어쩌다 너 같은 놈을 좋아하게 되었을까?"

아들을 보면서 조여진 여사는 그렇게 말하곤 했다.

조여진 여사의 인생은 평탄하지 않았다. 그녀는 두 번의 이혼 경력이 있는, 스무 살 가량 나이 차이가 나는 한학자와 결혼한 젊은 인텔리 여성이었다. 아이를 둘 낳고 자살 시도를 하고, 이혼했다. 그리고 새로운 남자가 생겼는데 그가 유부남이었다. 그는 자기 집이 있는 부산 공장에서 사업을 하면서 주말마다 서울에 올라와 조 여사와 사는, 이중 생활을 하고 있었다. 물론 조여진 여사는 그걸 모르지 않았지만 그런 생활을 한 지 5년이 지나도록 남자가 이혼하지 못하고 우유부단하게 굴자 끝내 폭발하고야 말았다.

그 남자는 고개를 떨구며 변명 아닌 변명으로 사죄했다.

"처가 절대 이혼을 못 해주겠다는군. 모든 걸 다 내놓고 가려면 가라고 하네. 이 나이에 빈손으로 어떻게 다시 시작하나. 당신이 힘들 텐데."

조여진 여사의 처지를 알게 된 한준은 그녀를 용서할 수 없다고 했다.

"첩질이나 하고 있었다는 게 너무 부끄럽고 화나. 한집에 살고 싶지 않아."

"첩질이라니. 엄마는 사랑하는 사람을 만났던 거야. 그건 고통받는 어머니에 대한 정당한 비난이 아니야. 엄마의 인생이라구!"

라라는 그렇게 그를 진정시키려고 했다. 어려서 잘 이해는 할 수 없지만 조 여사가 얼마나 힘들지 조금은 짐작됐다.

"엄마가 원해서 그렇게 된 일이 아니잖아. 참고 기다리다가 상처받은 거잖아. 엄마를 그렇게 몰아세우면 어떻게 해."

아들이 비난하기엔 그녀 자신에게 이미 고통스럽고 수치스러운 모욕이란 건, 조 여사가 굳이 말하지 않아도 라라는 이해할 수 있었다. 좋은 일은 아니지만, 역지사지로 보면 무척 안타까운 일이었다. 조여진 여사 같은 인텔리 여자들이 오히려 평범한 행복을 누리지 못하는 것은 드물지 않은 모양이었다. 아이러니한 것은 그 이유가 주로 남자라는 사실이었다. 남자와 여자는 어떤 함수 관계로 엮여 있는 것일까. 남자와 여자는 서로에게 필요한 존재이면서도, 잘못 짝을 이루면 서로를 파괴하고야 마는 아이러니이자 딜레마였다.

한준의 친부는 저명한 한학자였다. 그는 학문에는 천부적 재능이 있었지만 성격은 다소 괴팍한 편이었다.

"한국은 남녀 문제에 지나치게 엄격해. 이혼이 뭐 어때서. 안 맞는데 어떻게 억지로 사나?"

그는 이혼에 대해 엄격하고 심지어 편협하기까지 한 한국 분위기를 못 견뎠다.

그러나 그의 까탈스러운 성격은 한준의 친모를 고통스럽게 만든 주범이기도 했다. 자유분방한 한준의 아버지 나현중 박사로 인해 한준의 어머니는 자살까지 시도했다. 수면제를 다량 먹었다. 그러나 몸만 상한 채 깨어났다. 나 박사는 그런 그녀에게 질렸다며 이혼을 요구했다.

"자식들을 두고 자살할 수 있을 정도로 모질고 독한 여자하고는 못 살겠다."

결국 그렇게 그의 아버지는 미국으로 이민 가서 LA에 정착했다. 한준은 미국으로 건너가 아버지 옆에서 3년을 보냈다. 그러나 끝내 괴팍한 아버지와 지내기 힘들다고 다시 한국의 어머니에게로 돌아왔다.

한준은 매년 겨울방학이면 아버지를 만나러 미국엘 다녀왔다. 한준이 나 박사에게 라라 이야기를 하자, 나 박사는 그곳 차이나타운의 친분 있는 중국인 점성술사에게 찾아가 한준과 라라의 운명을 물었단다. 점성술사는 점괘를 보더니 이렇게 말했다는 거였다.

"라라는 전생에 중국 황녀였어요. 당장 데려와 결혼시키세요. 남자를 제왕이 되게 하는 운명을 가진 여자입니다."

한준의 가족들은 평범한 우정을 천생연분의 애정으로, 소용돌이처럼 휘몰아 갔다.

나 박사는 이틀 만에 한국으로 날아왔다. 점성술사의 말이 그렇게 사람들의 마음을 움직이는 힘이 큰 줄, 라라는 처음 알았다.

나 박사는 그는 아들 한준에게 말했다.

"라라와 최대한 빨리 결혼해라. 그래야 네가 철이 들 거 같다. 그 애를 미국으로 데려가 공부시켜야겠어. 너보다 라라를 내 후계자로 만들고 싶다."

연로한 나 박사는 이번에는 라라를 향해 물었다.

"왜 빨리 결혼하지 않느냐?"

"저희는 대학 2학년이라, 아직 결혼하기엔 이르다고 생각합니다."

나 박사는 키가 크고 마른 체격으로, 무척 소탈해 보이기는 했으나 한편으로는 까칠해 보이기도 했다. 그러나 영락없는 학자 분위기였다. 자유분방한 한학자. 매우 어색한 조합의 괴짜를 상상하고 있었지만 소박하고 자상한 인상의 노인이었다.

그가 라라의 부모님을 한번 만나고 싶다고 했다.

"혼담은 어른들이 나서야 된다. 어차피 할 거면 뭐 하러 꾸물대니?"

라라의 집에서는 당혹감 반, 기대감 반이었다. 부모님은 대학 2학년 딸을 시집보낸다는 말에 기가 막혀 하면서도, 내심 불쾌하지는 않은 듯했다.

라라와 한준 없이 부모님들만 만나서 상견례를 했다. 어른들끼리 솔직한 대화를 하고 싶다는 거였다.

"결혼은 졸업 후에 시키기로 했다. 그리고 같이 미국에 가서 공부하는 걸로. 나 박사 하시는 일을 계승해도 좋고, 라라 네가 하고 싶은 거 해도 좋다고 하셨다. 학비랑 생활비는 그 어른이 모두 책임진단다."

아버지는 나 박사를 만나고 난 후 기분이 좋은 듯 보였다.

"이혼을 여러 번 한 사람이라고 해서 걱정했는데 의외로 점잖은 분이더라."

한준의 가족들은 라라를 이미 며느리로 여기는 분위기였다. 라라는 한준의 형님 집에 식사 초대를 받곤 했다. 어느 날, 큰형 형수가 사주팔자 좀 볼 줄 안다면서 라라의 운세를 보아주겠다고 자청했다.

"두 사람은 살이 하나도 끼지 않는 천생연분이라 백년해로할 거야."

10
첫사랑은 리허설이 없다

라라에게 우현의 편지를 적은 학보가 매주 꼬박꼬박 날아들자, 라라의 학과 동기들 사이에서는 Q대생이 라라의 남자친구라고 소문이 났다. 민상과 우현 중 누가 진짜인지를 놓고 친구들은 수근댔다.

"그 법대생은 아니었니? 라라가 양다리 걸친 거니?"

심지어 라라가 헤픈 여자라는 악담까지 돌았다. 이상하게도 한준과는 전혀 소문이 나지 않았다. 같이 다녀도 그냥 친구로만 보았다.

그러나 민상과 캠퍼스를 다니면 즉시 커플이라고 수근대는 소리가 들려왔다. 라라는 민상과 늘 도서관에 있었고, 당구와 게임을 좋아하는 한준은 학교 밖에 있었다.

라라와 민상은 도서관에서 나란히 공부했고, 저녁을 같이 먹고 캠퍼스 오솔길을 산책했으며, 특별한 일이나 약속이 없는 날은 같이 귀가하곤 했다. 민상은 기회가 되는대로 라라를 집까지 데려다주었다.

라라에게는 비밀이 있었다. 민상과는 우정 이상이었다. 우현과도 라라가 늘 원했던 지고지순한 플라토닉 러브였다. 민상이나 우현은 라라에게 손짓 하나, 몸짓 하나에도 조심스럽고 신중했다. 행여 유리처럼 투명한 감정이 다칠세라, 서로의 마음을 미풍처럼 어루만질 뿐 육체적 접촉은 자제했다. 그건 꿈꾸는 미래의 날들을 위한 천연 원석 같은 거였다.

학내에 민상이 있었다면, 밖에는 우현이 있었다. K고 동문 사이에서는 라라의 내민상 외우현 현상이라는 말까지 나왔다. 민상은 법학도였고 우현은 경제학도였다. 민상은 보수적이었고 우현은 진보적이었다. 가장 가까운 죽마고우 그들은 가장 선한 라이벌이기도 했다.

어느 가을 오후, 여느 때처럼 대학로의 조용한 모퉁이 카페 소금창고에서 우현을 만났다. 인사동 단골집으로 갈까 하다가, 복잡한 대학로를 택한 그날 그의 모습은 평소와는 달랐다. 우현은 무언가 할 말이 있는 표정이었다. 그러나 입을 열 듯 열 듯하더니, 차마 못 하겠다는 듯 딴소리를 했다.

"그냥 좀 걷자."

라라와 우현은 그렇게 대학로에서 걷기 시작해서 동대문운동장을 지나 왕십리를 지났다. 행당동을 지나 살곶이 다리를 건너 성수동까지 걸어갈 때였다. 이미 10킬로는 넘게 걸었지 싶었다. 세 시간 넘어 네 시간이 지나 사방이 이미 어두워진 시간이었다. 라라는 다리가 아팠지만 투덜거릴 분위기가 아니었다.

우현이 침묵하던 입을 열었다.

"너랑 팔짱 껴보고 싶어."

"……그래, 좋아."

라라는 대답을 해놓고는 아무렇지도 않은 척 팔짱을 꼈지만 가슴은 쿵쾅거렸다. 당황스럽기도 했다. 왠지 딜레마에 빠진 듯했다.

'그냥 친구끼리도 팔짱을 낄 수 있는 거야. 아무것도 아니야.'

우현은 관계의 진전을 원하고 있었다. 만난 지 1년이 되어가니 무리도 아니었다. 날은 칠흑 같은 어둠이 내려 있었다. 별빛이 간간이 반짝이는 날이었다. 끝내 라라가 더 이상 다리가 아파서 걸을 수 없을 정도가 되자 우현이 다시 말했다.

"이제 차를 타자."

말은 그렇게 했어도 그들은 버스가 와도 타지 않았다. 한참을 그렇게 서 있던 우현이 갑자기 라라의 손목을 잡았다. 와락 라라의 어깨를 잡아당기는 우현. 자지러지는 라라. 우현의 머리가 그녀의 얼굴 쪽으로 다가오자 라라는 눈을 질끈 감고 말았다. 우현의 입술이 라라의 이마에 닿았다. 둘의 숨이 가빠졌다. 그의 입술이 라라의 입술을 닿을 듯 말 듯 스치더니 우현이 어깨에 감았던 손을 놓았다.

"미안해. 하지만……"

라라와 우현은 어느새 서로의 등에 등을 기대고 버스 정류장에 주저앉아 있었다. 한없이 한없이.

마침내! 한준의 유급을 핑계 삼아 라라는 자신으로 돌아왔다.

'끝을 내야 해. 원하지 않는 삶은 살 수 없어. 사랑만은 운명이라야 해.'

한준과 혼담까지 오갔지만, 6개월 후면 결혼을 하기로 되어 있었지만, 끝내지 않으면 자기 자신을 잃어버릴 것 같았다. 라라는 이별을 원했고, 그리고 지연된, 예정된 이별은 끝내 찾아왔다. 아니, 해냈다. 그렇게 하는 것이 맞는 거였다.

라라는 한준이 가자는 보길도 여행에 따라나선 것은 이별을 위한 마지막 여행이었다.

"사랑 없는 교제는 싫었어. 그뿐이야. 참으면서 사는 것. 과연 그게 미덕인지 알 수 없지. 무엇을 위해 왜 참아야 하는지. 무의미한 인내는 때론 너와 나 자신에게도 죄악일 수 있어. 최소한 자신에게만이라도 죄악이라면 멈춰야 한다고 생각해."

그리고 라라는 덧붙였다.

"더 이상 너에게 미안할 수 없었을 뿐이야. 이게 너를 위해 내가 해줘야 하는 마지막 우정이야. 미안해. 고마웠어."

한준은 담배를 피워 물며 참담한 표정을 지었다.

"마지막 말이 미안해, 그리고 고마웠어. 그거뿐인 거니?"

"응, 미안해. 그래서 헤어지는 거야."

그 한 달 후, 어느 날······.

우현은 화가 나 있었다. 원래 변명 따위는 원하지 않는 그의 성격상 뭐라 설명은 없을 거란 걸 라라는 짐작했다. 다만 느낌으로도 그것은 한준과 관련된 일이었다. 그 이야기의 출처는 민상일 테니 근거 있는 사실로 화가 났을 거였다. 그러나 민상은 아직 라라와 한준의 결별은 모르고 있었다. 우현의 표정에서 그걸 보았다. 우현의 눈은 붉게 충혈되어 있었다. 라라에게 그렇게 보였는지도 모른다. 분노와 고통의 눈빛이었다. 라라로서는 예상조차 못 했었다.

'아아, 이럴 수가. 어쩌면 좋아.'

가볍게 친구로 만나보라고 그때 민상이 말했었다. 그런데 우현은 말하고 있었다.

"넌 친구가 아니라 내 여자였어. 넌 대책 없는 바보다. 그걸 몰랐니?"

우현이 폭발할 듯한 표정으로 감정을 자제하고 내뱉는 모든 말은 그녀에게 상처를 주기 위함인 듯했다.

"너란 애가 그렇게 한심한 줄 몰랐다. 특별한 줄 알았는데, 그렇고 그런 여자였어."

감당할 수밖에, 달리 변명의 여지가 없었다. 사랑은 난해한 방정식이고, 고차원의 함수였다.

"그놈 일은 잊겠다. 하지만 민상이는 안 돼. 만나면 너희 둘 다 가만두지 않겠어."

우현이 던지는 한마디 한마디가 살을 파고들었다. 세포핵까지 찌르는 듯 아팠다. 뒤돌아 서 있다가 떠나는 우현의 어깨가 흔들리고 있었다.

"우우욱……"

그의 어깨 너머에서 신음 소리가 들리는 듯했다.

똑같은 신음은 라라의 가슴 속에서도 나오고 있었다.

졸업 전날, 민상은 라라를 찾아왔다.

그들은 대학원 건물 앞을 지나 산책로인 다람쥐 길을 따라 중앙 잔디 광장까지 걸었다. 운동장을 걸었고 정문 밖을 나와 시내 거리를 걸었다. 가로수 길도 걸었고 길이란 길은 다 걸을 태세였다. 누구도 침묵을 깨려고 하지 않았다. 그렇게 두 시간이 흘렀다.

"졸업 전에 합격하려고 했는데. 미안하다."

민상이 먼저 말문을 열었다.

그는 그제야 한준의 유급과 라라와의 결별 소식을 들은 모양이었다.

"요즘 라라 왜 안 보이냐고 물었더니 헤어졌다길래, 어제 그놈이랑 술 마셨어."

라라는 힘없이 미소 지었다.

"이미 몇 달 됐는데…… 새로운 사실도 아니네."

민상이 그 말을 받았다.

"한준이한테 네가 좋아하는 사람이 나라고 말해줬어."

라라는 깜짝 놀랐다.

"뭐? 뭣 때문에? 난 그 애가 상처받을까 봐 말하지 않는데. 한준이를 사랑하지는 않았지만, 그에게 상처를 줄 생각은 없었어. 그게 내가 그 애한테 해줄 수 있는 전부였으니까. 내가 원하는 사람은 아니었지만 나쁜 애는 아니었잖아. 그냥 친구였으면 좋았을 텐데……"

민상은 화제를 돌렸다.

"우현이 요즘 심각하다. 전에는 졸업하고 대학원 진학할 거라고 했었는데. 당분간 생각 정리하고 싶다고 바로 군대 가겠대."

그리고 그가 뭔가 해명을 시도했다.

"몇 달 전에 한준이가 졸업하면 너랑 미국 갈 것처럼 말하길래, 우현이가 알고 있어야 할 거 같아서 얘기했거든. 아무것도 모르고 있더라고. 나는 그동안 한준이나 우현이 모두 보지 못했어. 고시원 들어가 있었거든. 너희가 헤어진 걸 어제서야 알았어."

그제야 라라는 고개를 끄덕였다.

"고민하다가, 사랑하지 않으면서 결혼하는 건 도덕적이지 않다고 생각했어. 그래서 정리한 거야."

라라와 민상은 잠시 서로를 말없이 바라보았다.

그가 다시 먼저 입을 열었다.

"……우현이가 오래전에 나한테 그랬었어. 너를 자기한테 달라고."

라라는 숨을 멈췄고, 민상은 잠시 쉬었다 말을 이었다.

"나는 사시 합격할 때까지 여자 사귀지 않겠다고 아버지와 약속했었어. 그런데 우현이가 그런 말을 하길래 농담인 줄 알고 그래, 하고 웃었어. 그런데 그놈은 진담으로 말하고 진짜로 들었던 거야."

라라는 놀란 표정으로 민상을 바라보았다.

민상은 잠시 입을 다물고 있다가 다시 말을 이었다.

"그때 나는 너를 붙잡고 있을 수 없었어. 그렇다고 포기할 수도 없었고. 우현이가 농담이 아닌 줄 알았지만 모른 척 농담인 양 넘기는 체했어. 차라리 너를 우현이한테 맡겨두고 싶었는지 몰라. 그래야 언제든 널 되찾아 올 수 있을 테니까. 그놈은 뭐든 늘 나한테 양보하는 놈이었거든."

그는 다시 말을 끊었다가 계속 이어갔다.

"한준이가 그때 갑자기 너를 보더니 소개해 달라고 했지만 안 된다, 거절했어. 그런데도 녀석이 너한테 접근하더군. 한 가지만 약속을 받았다. 절대 라라가 원치 않으면 건드리지 말라고."

라라는 다시 동그래진 눈으로 민상을 바라보았다. 갑자기 잊고 있던 순간의 기억이 소환되어 올라왔다. 헉!

한준이 자신의 사랑을 입증하겠다며 손목을 담뱃불로 지지던 모습이 떠올랐다. 아마도 기습 키스를 하던 날이었던 것 같다. 까맣게 잊고 있었다. 전혀 기억하고 싶지 않은 날의 일이라 강제로 기억 속에 파묻어버렸었다.

민상의 그리스 조각 같은 프로필은 허공을 쳐다보고 있었다.

라라는 민상이 졸업을 코앞에 둔 지금 이런 이야기를 꺼내는 이유가 궁금했다. 하지만 그녀는 묻지 않았다. 더 이상 알면 견디기 어려울 것 같았다. 라라는 갑자기 울음이 터져 나왔다. 이제야 모든 걸 알 것 같았기 때문이다.

그때 민상이 그녀의 어깨를 감싸 안았다.

"라라야……"

그녀는 아무런 대답도 할 수 없었다. 엇갈린 운명을 직감했다.

"라라야…… 나 너 사랑한다. 좀 기다려 줄 수 있니?"

라라는 대답 대신 그저 엉엉 터져 나오는 울음을 울었다.

그날 우현의 어깨 흔들리는 절규와 신음이 라라를 움직이지 못하게 했다.

플라토닉 러브의 우현……

육체적 사랑에 눈뜨게 한 한준……

첫사랑의 민상……

라라의 젊은 날의 초상이었다.

11
예비학부 기숙사 사람들

1991년.

모스크바 교회에서의 첫날밤이 지났다. 다음 날, 공항 픽업을 나오기로 했던 사람과 천신만고 끝에 연락이 되었다.

"아, 죄송합니다. 잊고 있었어요."

천연덕스럽게 말하는 그에게 화내는 것조차 무의미했다. 그는 라라와 준호를 프로프소유즈나야 거리에 있는 모스크바대학교 예비학부 기숙사로 데리고 갔다. 그 기숙사에는 한국인들도 있었다. 국립연구원에서 나온 김 실장, N방송사에서 어학 연수 나온 구 기자, 시인 김은정 씨, 정치학 공부를 하러 왔다는 이일욱 씨, 대기업에서 연수 나온 백성만 씨, 그리고 병원을 운영하다가 소련과 수교한다고 해서 안면 성형학을 공부하러 온 정형외과 의사 닥터 한.

그중에서도 가장 독특한 이력을 가진 사람은 닥터 한이었다.

"소련은 세상에서 전쟁을 가장 많이 한 나라여서 안면 성형 수술 케이스가 많아요. 전쟁에서 부상한 사례들이요. 그래서 러시아는 안면 복원 성형술이 발전했죠. 다른 나라는 그만큼 많은 수술 경험이 없어요. 절대적으로 경험에서 비교가 안 되니까 그 방면에서는 이 나라를 따라오지 못해요. 일반인들이 접하는 의료 서비스 수준에서는 낙후됐지만 이론적인 면이나 난이도 높은 의술은 여기가 최고예요."

영락없는 망국 형색의 러시아에 적잖게 실망하고 있던 라라에게 현직 의사 닥터 한의 말은 큰 위안이 되었다.

라라와 준호는 얼마 후 아파트를 구했다. 라히모프스키 거리는 부유한 모스크비치들, 즉 모스크바인들이 사는 곳으로 통했다.

"이런 아파트 찾기 힘들어요. 나왔을 때 빨리 계약해야 합니다. 놓치면 후회해요."

사업가인 러시아 남자가 헝가리 여자 요리사와 살다가 이혼하면서 집을 세내기로 해서 나온 아파트였다. 비쌌지만 상태는 양호했다. 임대료는, 서울에서부터 같이 살기로 약속하고 그들보다 보름 늦게 모스크바에 온 손석현과 반분하기로 했기 때문에 감당할 만한 부담이었다. 그러나 100달러를 절약하느라, 라라는 대가를 톡톡히 치러야 했다. 러시아 속담처럼, 공짜 치즈는 쥐덫 위에만 있는 모양이었다.

매사에 기대가 없으면 실망도 적은 법. 라라는 마음을 다잡았다. 준호와의 며칠간의 동거가 좋지 않은 예감을 주고 있었기 때문이었다.

설상가상.

손석현은 청소를 하지 않았다. 언제부터인가 그의 방에 들어가면 코가 매캐해졌다. 방안 구석구석 그리고 침대 밑에 쌓이고 굴러다니는 먼지들은 육안으로도 보였다. 침대 밑에서는 솜사탕 같은 먼지가 뭉게구름처럼 날렸다. 라라가 참지 못하고 팔을 걷어붙인 적도 여러 번이었다.

"저는 한 번도 청소를 해본 적이 없어요. 집에서 일하는 가정부가 다 해줘서."

"이 방은 너 혼자 사용하는 공간이니까 직접 치우지 않으면 청소해 줄 사람이 없어. 부엌과 복도는 내가 맡을 테니 네 방 청소는 네가 하도록 해."

라라가 석현의 방 먼지에서 해방된 것은 여섯 달 후 그가 독립해 나가면서였다.

어느 날 석현은 귀여운 인상의 한 아가씨를 데려왔다. 유학을 온 게 아니라 연애하러 온 사람처럼 늘 이 여자 저 여자를 전전하던 그가 드디어 참한 인상의 진희를 데리고 왔다. 선량한 눈매를 가진 아가씨였다. 지난번에 데려온 알라보다는 훨씬 어울리는 상대인 듯 보였다.

알라는 상당한 미모의 소유자로 라라보다 두세 살 어렸고 석현보다 두 살 연상이었다. 그러나 그녀는 석현을 원하는 것이 아니라, 외국인과의 결혼을 원하는 아가씨였다. 석현을 만나는 것도 그의 돈 씀씀이가 컸던 때문이었을 거란 의심이 들게 했다. 그러나 어쨌든 그건 그들의 문제였다. 남의 일에 콩 내놔라, 팥 내놔라 할 필요는 없으니까 라라는 침묵했다.

당시 모스크바 젊은 여자들 사이에서는 외국 남자와 결혼하는 것이 유행이었다. 미국과 유럽 남자들이 가장 인기가 있었고, 동양인 중에서는 잘 사는 나라 일본 남자들이 선호도가 높다고 했다. 그들 다음으로, 한국을 부유한 나라로 인식하는 러시아 아가씨들 사이에 한국 남자 선호도가 높은 편이라고 했다.

"한국이 소련에 차관을 줬잖아요. 그래서 한국이 부자 나라라는 인식이 있어요."

알라는 똑똑했지만, 백마 탄 왕자를 꿈꾸며 기다리는 듯한 느낌을 주곤 했다. 한국에서는 남자들이 속된 말로 '백마' 타러 러시아로 관광 온다는 말이 파다했다. 금발 백인 여자들과의 하룻밤 풋사랑을 맛보기 위해, 미모의 백인 여자를 값싸게 살 수 있다는 희망을 품은 얼치기 뜨내기들이 소비에트 연방이 붕괴한 러시아 땅에 무수히 드나들었다.

한번은 연해주 아무르강 크루징을 해봤다는 어떤 여행자가 국립연구원 김 실장을 따라 집에 온 적이 있었다. 그는 자기 경험담을 자랑스럽게 떠들었다.

"방에 있는데 노크 소리가 나서 문을 열어보니, 러시아 여자가 하룻밤에 5달러라고 하길래 들어오라고 했죠. 와, 정말 어떻게 그렇게 쌀 수가 있죠? 이 나라 정말 신기해요. 하하하."

그럴 때마다 라라는 그들에게 경멸의 말을 하곤 했다.

"그런 여자들 돈 필요해서 그런 거면 돈 주고 그냥 보내면 안 되나요? 꼭 그걸 그런 식으로 해야 하나요, 남자들은? 차라리 진짜 연애를 하세요. 그리고 맘껏 육체적인 사랑을 즐기라구요. 남녀의 사랑이 돈으로 거래하는 대상이 된다는 게 도무지 마음에 들지 않아요. 그건 인간에게 주어진 축복을 모독하는 행위죠."

석현은 진희와 동거한다고 라히모프스키의 아파트를 떠나기로 했다. 석현이 떠나기 하루 전, 그를 위해 환송회를 열고 예비학부 기숙사 팀을 초대했다.

"형수님, 이렇게 매일 손님치레 음식 장만하느니, 차라리 음식점이라도 차리셔야 할 것 같습니다. 돈을 받으세요. 너무 힘들게 하는 거 같아서 자주 놀러 오기도 죄송하네요."

백성만 씨가 한 상 차려 놓은 테이블 앞에서 입이 벌어져서 한 말이다.

라라는 그런 농담이 전혀 즐겁지 않았다.

"내가 공부를 하러 왔는지 밥하고 살림하러 왔는지, 하루도 손님이 없는 날이 없어요. 나도 모임을 좋아하지만, 이건 좀……"

부부 유학생들이 더러 있기는 했다. 그렇지만 어느 아내도 라라처럼 손님치레하는 걸 원하지 않았다. 사람들은 가끔씩 번갈아 왔지만, 라라는 준호와 둘이서만 밥 먹는 날이 거의 없었다. 늘 손님치레에 이골이 날 지경이었다.

"매일 데리고 오셔. 그대와 단둘이 밥을 먹느니 누군가 같이 있어 주는 게 나도 좋으니까."

라라가 핀잔을 주면 준호는 헤벌레 웃곤 했다.

"라라 형수는 모스크바의 대모야!"

석현은 그간의 고마움의 표시로 비싼 개 한 마리를 사 왔다.

"순종 포인터예요. 사냥개죠. 집 지키는 데도 끝내줘요. 모계와 부계의 혈통을 증명하는 족보까지 있는 개예요. 러시아에서는 동물을 키워야 이웃과 빨리 친해진다고 해서."

다리를 약간 저는 듯했지만 골격을 타고난 명견이라고 한껏 칭찬했다.

"어렸을 때 시골 살 때, 집에서 키우던 검둥이가 동네 큰 개에게 물려 죽은 후 다시는 개를 키우지 않아요."

라라가 말했다. 키울 시간이 없을 것 같아서 사양의 뜻으로 한 말이었다. 그러나 준호는 그 포인터를 좋아하는 듯 호들갑을 떨었다.

"와, 이 개 비싸 보인다. 우리 서울집 멍충이보다 더 크게 자라겠는데."

라라는 할 수 없이 포인터를 받았다. 석현은 그렇게 포인터 오센을 그들에게 남기고 떠났다. 오센은 가을이라는 뜻의 러시아어였다.

다음 날, 라라가 학교에서 돌아와 보니 여기저기 개똥이 있었다.

"집에 먼저 오면 개똥 좀 치워."

라라는 소파 침대, 디반에 누워있는 준호에게 말했다. 그러나 준호는 심드렁하게 어, 하고는 그만이었다. 결국 가방을 내려놓자마자 라라는 개똥을 치웠다.

그런 일은 그날 하루로 끝나지 않았다.

"집에 있으면 개를 산책시키든가, 개똥이라도 치우지 그래."

같은 레퍼토리가 여러 날 여러 차례, 매일 매일 크레센도.

그는 개똥을 요리조리 피해 다녔다. 학교 가지 않는 날에도, 개똥은 라라가 올 때까지 그대로 집안 여기저기 굴러다녔다. 한 달 내내 학교에서 돌아오면 개똥을 치우던 라라는 드디어 준호에게 말했다.

"개똥도 치우지 않을 거면 왜 받겠다고 했어? 돌보지 않을 거면, 원하는 사람에게 주는 게 낫겠어."

"난 개똥 치우기 싫어. 절대 안 해."

결국 아파트 단지 내 산책로에 나가서 오센을 안고 기다리니까 바로 개를 원하는 러시아인이 나타났다. 그는 횡재라도 한 듯 기분 좋은 표정으로 강아지를 데리고 갔다.

그날 밤, 라라는 물었다.

"일하지 않는 자여, 먹지도 마라. 이건 왜 서울 자기 방 책상 위에 커다랗게 붙여놨었어?"

그것 때문에 처음에 준호가 엄청난 노력파 성실맨이라고 라라는 생각했었다.

"멋있지 않아?"

"그거 누가 한 말인지 알기는 해?"

"글쎄, 모르겠는데. 누군데?"

"레닌이야."

라라의 대답에 준호는 아, 그래, 하는 표정이 되었다.

러시아 공산 혁명가 블라디미르 레닌이 '국가와 혁명'에서 공산주의 원칙으로 제시했던 말, 일하지 않는 자여 먹지도 마라. 원래 성서 데살로니카서에서 전해진 말을, 종교를 아편으로 여기는 공산주의자 레닌이 사용했다는 것 자체가 아이러니인데, 가장 일하지 않는 자가 이 말을 자기 방 책상에 걸어놓았다니. 이것부터가 라라로 하여금 준호를 조소하게 하는 현실로 드러났다.

"어찌 보면, 공산주의 자체가 아이러니이고 모순이긴 해. 인간의 본성을 벗어나는 일, 신이 아니면 할 수 없는 일, 인간이라면 철인이나 성인군자가 아니면 할 수 없는 일을 하겠다는 거니까. 누가 일하지 않는 자와 자기가 일해서 얻은 것을 똑같이 나누나. 공산주의자 레닌조차도 일하지 않는 자는 먹지도 말라고 했으면서. 공산주의자들은 모순적이고, 이율배반적이지. 모스크바에 와서 보니 왜 소련 공산주의가 망했는지 알 거 같아."

어느 주말 저녁, 늘 그래왔듯이 라라의 집에 유학생들이 모여 함께 저녁 식사를 하고는 마른 안주에 곁들여 맥주를 마시고 있을 때 누군가 말했다. 김 반장이었다. 맨정신일 때는 천재성을 보이는 학자였지만 그는 거의 항상 취해 있었다.

"이 러시아란 나라는 정말 이해가 안 되는 구석이 많아요. 이 큰 땅덩어리를 어떻게 통치하는지가 가장 큰 의문입니다. 사회주의 말고는 다른 방법이 없었을 지도 몰라요. 민주적인 방식으로는 통치가 불가능할 수 있죠."

그 김 실장은 연구소 출신다웠다.

그때쯤 누군가 물었다. 노총각 백성만 씨였다.

"준호 형님이 뭐라고 라라 씨에게 청혼했길래 두 분이 결혼하게 되었어요? 지금껏 장가 가고 싶은 생각이 없었는데, 두 분을 보면 결혼하고 싶다니까요."

그러자 전준호가 라라를 한 번 쳐다보더니 대답했다.

"라라가 먼저 결혼하자고 했어요."

그녀는 자다가 봉창 두들기는 소리를 들은 얼굴이 되었다.

"무슨 소리야, 내가 언제 결혼하자고 했어. 자기가 먼저 그랬지."

"아니야, 니가 먼저 그랬잖아."

"언제?"

97

사람들은 재미있다는 듯 웃었다. 그러면서 입을 모았다.

"어느 집이나 다 그래요, 누가 먼저 했느냐고 물으면 서로 상대방이 먼저 했다고 그럽니다."

준호와의 동거에 이미 회의를 느끼고 있는 라라에게는 웃을 수 있는 농담이 아니었다. 이쯤 되면 술맛도 확 달아나게 마련이다.

"니가 그랬잖아. 결혼하지 않으면 그거 안 한다고."

"그건 혼전 관계하지 않겠다는 뜻으로 한 말이지. 한국말도 이해 못해?"

좌중에서 한바탕 웃음이 터지지만 라라의 표정이 이미 농담하고 있지 않음을 알고, 순식간에 주위가 싸늘하게 얼어붙는다.

라라의 지원군은 역시 닥터 한이었다.

"어쨌든 라라 씨는 남자들의 로망이죠. 이런 나라에서 이렇게 남편 뒷바라지하는 여자가 어디 있습니까? 요즘 여자들 다 집에서 전업주부로 살림하면 인생 끝난 줄 아는데. 공부와 살림을 병행하는 거 보면 정말 존경스러워요."

그러나 김은정 씨는 준호의 말을 그대로 믿는 편이었다. 늘 준호를 옹호했다.

"저런 잘생긴 남자랑 살려면 여자가 희생해야지."

그녀가 그럴 때마다 라라도 자신만의 방식으로 반격했다. 짜증 나는 그녀의 말에 대한 조소였다.

"가까워질수록 아름다운 거리를 유지해야 할 필요가 있는 사람이 있게 마련이죠!"

김은정 씨는 한때 같은 여자라는 이유 하나로 라라가 가장 많은 대화를 했던 사람이었다. 시인이라 하기에 남다른 공감 능력을 갖고 있을 거라 기대했기 때문이다. 그러나 김은정 씨는 준호를 좋아했다. 그녀도 다른 이들처럼 라라가 행복한 줄 알고 있었다. 벌써 1년이 넘게 가장 많은 대화를 나눈 사람인데도 라라를 전혀 이해하지 못했다. 그런 사람에게, 남모르게 흐르는 라라의 눈물과 절망을 말하는 것은 뜬금없는 행동처럼 보일 터. 그것은 자체로 외로움이었다. 남들 앞에서는 더할 나위 없는 다정한 남편 준호. 그것이 라라를 더 힘들게 했다.

"저렇게 잘해 주는 남편이 있는데 왜 힘드냐고?"

　언젠가 준호와 크게 싸운 후 기분을 풀기 위해서 시인의 집을 찾은 적이 있었다. 담배와 술을 즐기는 시인은, 그날도 혼자 술을 한 후였다. 외로운 사람이라면 타인의 외로움도 보이겠건만, 어쩐 일인지 그녀에게서는 그런 기미조차 보이지 않았다. 담배를 꼬나문 채로 그녀가 시비조로 말했다.

"이번엔 또 뭐가 아쉬워서 찾아왔냐?"

　뒤통수를 맞은 기분이었다. 지금까지 이 여자는 힘들 때 이야기 상대 찾아오는 사람을 뭔가 아쉬워서 찾아오는 사람으로 보았나. 그동안 라라가 그녀를 찾아갔을 때마다 위로보다는 허전함을 느꼈던 것은 이유가 있었던 셈이다. 그녀와 함께 한 모든 시간이 허무해졌다.

"시인이라면 남다른 관찰력과 표현력으로 이 세상과 인간을 볼 수 있을 거라 생각했죠. 그런데 그것도 편견일 수 있다는 걸 처음 알게 됐네요."

　라라는 상처받은 마음에 김은정에게 독설을 퍼부었다. 김은정의 얼굴에 아차 하는 표정이 스쳐 지나갔다.

"사람들은 보통 겉으로 보이는 걸 보고 말하게 마련이죠. 편견이란 무서운 덫이고 함정이랍니다. 편견과 선입견은 모든 보이지 않는 사연과 가능성을 무덤으로 끌고 가 버리는 저승사자 같아요."

라라는 다친 마음을 추스르기 위해 싸늘하게 말했다.

김은정과 가까이 지내는 라라를 보고 주변 사람들은 대단하다고 했었다.

"저렇게 피곤한 여자를 대체 어떻게 그렇게 자주 만나는 거요? 우리는 반 시간만 이야기해도 스트레스 지수가 팍 올라가는데."

그런 라라를 김은정 씨는 치욕에 치를 떨게 했던 거였다.

그럼에도 불구하고 라라는 그녀와 가까이 지냈다. 김은정 씨는 라라가 자기에게 남들보다 따뜻한 애정과 인내를 갖고 있다는 걸 모르지 않았다. 섣불리 라라를 놓치려고 하지 않았다. 라라가 그런 김은정 씨에게 그래도 연민을 느낀 것은, 그녀에게도 남모르는 상처가 있다는 걸 알게 되었기 때문이다.

"처음 남자랑 잤는데, 그 사람이 깨어나더니 한다는 말이 술에 취해서 그랬다는 거야. 어찌나 어이가 없던지. 한참을 매달렸어. 가지 말라고. 그런데도 가더라."

첫 정을 준 남자에게 받은 상처가 컸던 사람이었다. 그 트라우마가 커서 다른 사람을 쉽게 믿지 않고, 심지어 피곤하게 만드는 거란 생각이 들었다. 트라우마는 누구에게나 있다. 외로움은 누구나 곁을 그리워하게 만든다.

어쨌든, 준호를 알아갈수록 라라는 하나씩 체념하는 습관이 생겼다. 물론 그것은 긍정의 적응이 아니었다. 그리고 부정적 적응은 무엇인가를 파괴하게 마련이다. 그 대상이 자신이거나 상대방이거나. 천성적으로 타인을 해치지 못하는 라라는 자신이 파괴되어 가는 걸, 처음에는 느끼지 못했다. 그러나 내상은 깊어지고 있었다.

동거 초부터 시작된 싸움은 점점 독하고 악해져 갔다. 관계를 회복하기란 점점 어려워 보였다.

어느 날, 준호와 말다툼을 심하게 하고 마음을 풀기 위해 밖으로 나와 무작정 걷노라니 어두워서 불안한 데다 날이 추웠다. 갈 만한 마땅한 곳이 생각이 나지 않아 무작정 걷다 보니, 어느덧 근처 닥터 한의 집 방향으로 발길을 옮기고 있었다. 닥터 한은 의사라서 기본 임상심리를 공부했기 때문에 이해심이 남다를 수 있었지만 그게 전부는 아니었다. 현명한 사람은 타인을 더 빨리 이해하게 마련이었다.

"저 사람과 같이 사는 게 왜 힘든가 설명하기가, 눈에 드러나는 나쁜 남편보다 몇십 배는 더 어려운 일이에요. 어머나, 정말 행복한 부부네요. 다들 남편이 아내를 아주 예뻐한다고 부러워하고 있어요. 그렇게 상대방이 말하면 더 이상 할 말이 없어져요."

남들 보기에 행복한 아내였다는 것. 그것은 그녀의 연기력이 탁월한 탓도 아니었다. 그저 힘들고 고달픈 것을 내색하지 않고, 사람들 앞에서 최선을 다했던 것이 오히려 진실을 알려야 할 순간에 몰이해를 초래하는 장애물이 되었다. 그의 온화한 미소 뒤에 가려져서 잘 보이지 않는 라라의 고민은 행복에 겨운 비명으로 들리곤 하는 모양이었다.

"그래서 남몰래 흐르는 눈물이 있는 거죠."

닥터 한이 조용히 혼잣말하듯 말했다.

"과연 배고픈 돼지만 고통스러울까요. 배가 고파도 싫어하는 걸 계속 먹어야 하는 돼지의 고통은, 배고픈 돼지에게는 절대 이해할 수 없는 행복한 비명쯤으로 보일 수 있죠."

배고파도 죽고, 배불러도 죽는다. 양쪽 다 고통스러운데 한쪽은 복에 겨운 비명으로 보인다는 것이 차이였다.

"자기가 진짜 먹고 싶고, 먹어야 할, 필요한 것은 먹지 못하고, 먹기 싫은 것은 억지로 강제로 먹어야 하는 것. 그것이 행복일까요. 게다가 그 고통이 남의 눈에는 행복인 것처럼 보이는 고통처럼 외롭고 고독한 것이 또 있을까요."

닥터 한은 그녀의 말을 알아들었다. 단 한 사람이라도 그런 걸 이해할 수 있는 사람이 곁에 있는 것. 그것은 신의 가호일 것이었다.

그러나 그는 학업을 마치지 못하고 모스크바를 떠나야 했다. 그가 지인 의사에게 맡겨둔 병원이 재정적 위기에 처했기 때문이었다.

12
모스크바 천일야화

> 세라자데는 죽음을 면하기 위해
> 매일 밤 왕에게 이야기를 들려주었다.
> – 아라비안 나이트 –

1992년 모스크바.

라라의 클래스 메이트인 김후원과 최준민의 친구 중 이지환이라는 사내가 있었다. 그들 세 남자는 같은 기숙사에 살면서 친해졌고, 특히 동갑인 지환과 준민은 단짝처럼 늘 붙어다녔다. 지환의 별명은 '눈이 예쁜 남자'였다. 그 촉촉한 눈매가 젊은 여심을 매료시키고 있다는 소문이 심심찮게 들렸다. 바람둥이라는 말도 따라다녔다. 그들은 그것을 레종 도뇌르 훈장처럼 여기는 눈치였다.

"저 라라 씨 좋아해요. 그래도 되죠?"

모스크바 한국 유학생들이 회식하던 날, 오작교 식당에서의 일이었다. 지환이 사람들 앞에서 공개적으로 고백했다. 순간 남자들은 와하하하 하면서 웃음과 야유를 터뜨렸고, 여자애들은 갑작스러운 상황에 숨을 죽이고 고개를 숙인 채, 안 보는 척 눈만 옆으로 움직여 응시하고 있었다. 일부는 매우 호기심 어린 눈으로 흥미롭다는 듯, 그 뚱딴지같은 상황을 지켜보았다.

준호는 멀뚱해진 눈으로 당혹감과 무기력감이 혼재된 눈으로 라라를 바라보았다. 그는 눈만 껌벅일 뿐 아무 말 못 하고 있었다.

"야, 임마. 여기 이 형이 형수님 남편이야. 인사나 드려."

준민이 지환의 어깨를 탁 치며 다그치는 척했다. 지환은 준민에게 핀잔을 주었다.

"알고 있어. 그게 뭐 어때서. 나 형이라고 부르기 싫고, 라라 씨를 형수님이라고 부르지도 않을 거야."

"어어, 하하하하."

좌중에서 웃음소리가 터져 나왔다.

전준호는 아무 말도 못 하고 여전히 음식을 먹던 고개를 들어 멍한 표정으로 지환과 라라를 번갈아 쳐다보더니, 주변에 마치 도움이라도 청하는 눈빛으로 사방을 소심하게 둘러보았다. 누군가 지환을 질책하기를 기대하는 눈치였다.

그러나 웃음소리와 왁자지껄 떠드는 소리만 커졌을 뿐, 준호의 기대에 부합하는 사람은 없었다. 그러자 최준민이 짐짓 이지환의 옆구리를 다시 쿡 찌르는 척했다.

"저 형한테 사과해."

"싫다니까."

지환의 거절이 생뚱맞을 정도로 크게 들렸다.

술에 취해 이야기에 열중하는 저쪽 끝 몇 명만 제외하고, 대다수 학생의 눈이 라라와 지환과 준호 쪽으로 쏠려있었다.

지환의 그런 행동에 대해 준호는 여전히 한마디 말도 못 하고 있었다.

"아, 그런 황당한 일을 당해도 화 한번 안 내고 넘어가시네예. 성품이 부처님 반토막이라예. 라라 씨는 좋겠어요, 그런 사람하고 사니까. 인물 좋지, 성격 좋고……"

그건 그들이 집에 돌아와서의 상황을 한참 모르는 이야기였다. 집으로 돌아가는 차 안에서부터 라라를 들들 볶는 준호였다. 사람들 앞에서는 꼼짝 못 하더니 집에 오자 그녀 앞에서 길길이 날뛰었다.

"그놈을 언제 만났어? 밖에서 얼마나 꼬리를 치길래 젊은 사내새끼들이 저렇게 나오는 거야? 말해, 무슨 사이야?"

"그런 얘길 왜 그때 그 남자애 앞에서는 못하고, 꼭 내 앞에서만 이 야단법석이야. 정말 피곤하다. 거기서 그에게 따끔하게 얘길하든가 혼을 내줘야 안 그러지, 자기를 만만하게 보니까 앞에서조차 대놓고 그러는 거 아냐."

라라가 되받아쳤다.

"그게 여자 처신 문제지, 어떻게 내 문제야. 다 니 탓이지. 대체 밖에서 어떻게 하고 돌아다니길래 나이 어린 사내새끼들까지 저래?"

"따로 본 일조차 없는 남자애가 저렇게 나올 줄 누가 상상이나 했나."

지환과는 달리 준민은 라라를 깍듯이 누님 혹은 형수님으로 대하고 있었다. 준민은 라라의 대학 동창 진수연에게 관심이 있었다. 수연이 중국에서 귀화한 한국인이라는 걸 알고는 짱꼴라네 했지만, 눈에 띄는 미모의 수연에게 준민은 계속 호감을 감추지 않았다.

라라와 수연이 지환과 준민을 처음 본 것은 예비학부 입학할 때 학교 병원에서 신체검사를 받을 때였다. 잔디밭에서 스쳐 간 두 남자가 라라와 수연에게 다가왔다.

"인사하고 친하게 지내고 싶어요."

그들은 철들지 않은 사내들 티가 너무 났기 때문에, 라라나 수연은 관심갖지 않았다. 그러다가 유학생 전체 회식 자리에서 예기치 않은 일이 벌어진 거였다.

그후 준호는 툭하면 사람들을 붙들고서 떠들기 일쑤였다.

"라라가 맨날 그런 놈들하고 희희덕거리며, 칠렐레 팔렐레 돌아다닙니다."

그러면 라라와 준호를 모두 잘 아는 지인들은 준호가 겉보기와는 달리 무능한 데다 강직하지 못한 사람이라는 걸 눈치챈다. 그러나 먼발치에서 가끔 넘겨다보는 사람들 눈에 그는 영락없는 성인군자였다.

특히 백성만은 늘 외로운 자신을 불러 밥을 먹여주는 준호가 고마울 뿐이었다.

"준호 형님은 부처님 반토막입니다. 성인군자예요."

준호가 웃을 때 특히 호인으로 보이는 것은 어쩌면 그에게는 하늘이 마지막으로 허락해 준, 혹은 악마가 준 밑천으로 여겨졌다. 얼핏 보면, 준호는 너른 들판 같고 바다 같은 심성을 지닌 사람으로 보인다. 그러나 막상 그 물은 발목도 채 잠기지 않는 깊이였다. 안타깝게 찰랑거리는 접시 속 물이었다. 그걸 파악하는 데 3개월이면 충분했다. 그러나 스쳐 지나면서 대하는 사람들은 보통 인상만으로 판단한다.

그런 점에서 라라는 늘 큰 손해를 보는 편이었다. 그녀는 피해자이지만 가해자처럼 보였고, 준호는 가해자이지만 피해자처럼 보였다. 신의 은총일까, 악마의 저주일까. 준호의 존재와 두 사람의 만남 자체가 그에게는 전자였고, 라라에게는 후자였다.

처음에는 준호도 그걸 인정했다. 그러나 자신의 입지가 초라해지기 시작하자 변명을 찾기 시작했다.

"라라는 남자 없으면 못 사는 여자예요. 늘 남자들에 둘러싸이길 원하죠."

라라를 만났을 때, 준호는 대학 졸업을 포기하고 있던 나이 든 대학생이었다. 이유를 알 수 없는 라라는 그에게 인생의 목표를 찾아주고 싶었다.

"돌파구를 찾아야지. 이대로 허송세월할 수는 없잖아. 유학 가자, 미국으로."

라라의 설득은 효과가 없지 않았다. 그러나 잠시 후, 그는 핑계를 찾았다.

"미제의 앞잡이가 되고 싶지 않아."

제국주의니 자본주의의 침탈이니 하는 것이 준호가 미국을 기피하는 변명이고 구실이었다. 그의 미국에 대한 반감은 열등감이었다. 유학 자체가 공포였다. 여기에는 웃지 못할 이유가 있었다.

졸업 후 친한 선배가 만든 서클에서 알게 되어 사귄 지 3개월이 되자,

라라는 준호가 자신과 같은 방향을 보고 있지 않음을 눈치챘다. 그와 한국어로 소통하는 게 외국인과 외국어로 소통하는 것보다 더 힘들었다. 가치와 세계관의 공통분모가 없었다. 아닌 것은 아닌 것일 뿐.

라라는 준호에게 헤어지자고 했다. 그러자 눈 오는 겨울날, 준호는 라라의 집 앞으로 장미꽃을 들고 찾아와 울먹였다.

"너와 헤어질 수 없어."

"적어도 한국에서 살려면 대학 졸업장 정도는 있어야 한다고 생각해. 대학 졸업장이 중요해서가 아니라, 남들 다하는 대학 공부 정도는 했으면 한다는 거야. 최우수 졸업을 원하는 게 아니라, 기왕 하는 거라면 졸업장 정도는 거뜬히 받을 수 있는 사람이면 좋겠다는 거야. 대학 졸업장 받는 것조차 힘들어 한다면 나와는 안 맞는 거 같아. 그건 능력 이전에 의지의 문제라고 보기 때문이야."

어느 날, 그는 라라의 집으로 들이닥쳤다. 그는 머리를 긁적였다.

"경영학 원론 교수가 수업 시간에 표시해 준 부분만이라도 공부해 오면 졸업은 시켜준다고 했어."

그가 내민 책은 경영학 개론 원서였다. 내용을 보니 고등학교 1학년 때 배운 가장 기초적이고 초보적인 경제 이론이었다. 게다가 중학생이라도 해석할 수 있는 수준의 영어. 그것을 대학생이 해석 못한다고 졸업을 포기하고 있었던 거였다. 그날, 라라는 그의 시험 준비를 도와주었고, 그는 마침내 10년간 지속된 기나긴 대학 생활에 마침표를 찍었다. 그는 기뻐 날뛰었지만 라라의 마음엔 그늘이 졌다.

'그가 어떻게 이 대학에 왔을까?'

라라의 마음에 커다란 물음표가 또렷이 떠오르는 걸 어쩔 수 없었다.

결국 미국 아닌 그가 원하는 러시아로 함께 유학을 온 후, 라라는 준호가 사람들 앞에서 자랑처럼 떠벌리는 걸 몇 번인가 들은 적이 있었다.
"나는 전교 일등도 해봤고, 전교 꼴찌도 해봤어."
그는 악마의 선물 같은 '사람 좋아 보이는 미소'를 지으며 떠들곤 했다.
어느 날, 라라는 더 이상 참을 수 없어 준호에게 면박을 주었다. 사람들을 속이는 그의 거짓말에 심연 속에서 올라오는 혐오감을 참지 못했다.
"전교 일등은 전교 꼴찌를 할 수 있어. 자기가 아는 답을 다 피해 가면 되기 때문이야. 그러나 전교 꼴찌나 중간치들은 마음먹는다고 언제든지 전교 일등을 할 수 있는 게 아니지. 수백 명의 변수가 존재하기 때문이야. 특히 그런 외국어 실력으로는 전교 일등은 절대 할 수가 없거든. 우리 대학엘 온 것도 이상하게 생각될 경우가 있어. 왜지?"
그런데 그녀의 그 마지막 말에 준호는 움찔하는 거였다.
그러나 그는 결국 아무것도 하려 하지 않았다. 유학은 가족들의 눈총을 피해 마음껏 놀 기회였다. 준호 자신에게 공부하라고 요구하는 라라는, 비록 가슴으로는 애정의 대상이었지만, 머리에서는 어머니나 아버지보다 더 어렵고 힘든 존재였다. 부모의 눈은 속일 수 있어도, 한 집에서 그의 일거수일투족을, 그리고 한 이불 속에서 그를 속속들이 들여다보고 있는 사람의 눈을 속일 수는 없었다.
"최우수 장학금을 받으라는 요구도, 돈을 벌어오라고 요구도 아니잖아. 꼴찌를 해도 좋으니 이왕 시작한 것만 끝내자구."

자기를 합리화시킬 방법이 없는 비겁자는 항상 그렇듯이 연약한 상대에게 폭력을 행사하게 마련이다. 모든 파국의 시작은 준호의 폭력이었다.

시간이 갈수록 보이는 것은 그의 위선이었다. 그러나 그 선량해 보이는 미소 때문에 사람들은 그가 폭행한다는 사실을 상상조차 하지 못했다.
준호의 첫 폭행은 동거 5개월쯤 지나서였다.
"제발 공부해. 유학 온 거잖아. 지난날이야 어떠했던 새로 시작하자고 했잖아."
그렇게 시작된 언쟁은 늘 격한 말다툼으로 번졌다. 그러다 제 분을 못 이긴 준호가 주먹을 휘두르는 것으로 끝이 났다. 그는 자신의 변명과 거짓말에 대해 정곡을 찌르는 그녀의 공격을 견디지 못했다. 다른 사람들처럼 속지 않는 그녀였다. 그녀의 반론과 반격은 늘 매서웠다. 준호는 그것을 이기지도 견디지도 못했다. 도망쳐 빠져나갈 곳이 없었던 그가 처음 찾은 폭행의 핑계는 부부싸움에 집안 들먹이면 안 된다는 어른들 말씀이었다.
"왜 집안을 들먹이느냐구!."
그러나 그녀가 한 말은 한 마디였다.
"너 같은 인간을 두고, 너희 집에서 그렇게 결혼을 반대했던 거니?"
그 한마디에 주먹이 얼굴로 날아들었다. 세상에 태어나서 처음으로 남자에게 폭행당한 날, 하늘이 무너지는 것 같다는 말이 비유가 아니라 실제 그렇다는 걸, 라라는 깨달았다. 두개골이 깨지는 듯하더니, 푸른 하늘이 뇌우에 쪼개지는 듯 번쩍이는 게 보였다. 창 너머 하늘은 파란빛이 아니라 노랬다.

소설이나 영화에서나 보았던 일, 남편한테 폭행당하는 여자 이야기가 실제라는 것. 그것이 자신에게도 일어날 수 있었다는 것. 그리고 그 앞에서 지금 힘으로 저항할 기운조차 상실한 채, 거대한 체구의 낯선 남자, 러닝셔츠를 입고 있는 저 남자와 같은 방 안에 있는 것. 그 모든 것이 가증스럽고 혐오스럽고 두려웠다.

절-망-!

멍해서 쓰러져 가만히 있는 그녀를 보고, 그도 뭔가 심각하다는 걸 눈치챘다.

"미안해, 미안해. 잘못했어. 아이고, 이를 어쩌냐. 정말 미안해. 아프니?"

라라는 아무 말도 하지 않았다.

'왜 이 남자가 지금 내 옆에서 아양을 떨듯 달래려 하고 있을까. 저 미안하다는 말과 저 비루한 눈웃음을 왜 나는 참고 견뎌야 하나.'

그녀는 준호를 보고 싶지 않아 무심한 눈으로 허공을 응시했다.

그렇게 망망한 눈동자를 한 라라에게 준호는 덮치듯 덤벼들어 옷을 벗기고 있었다. 라라는 저항도 잊었다. 혼이 나간 듯했다.

그리고 얼마 후 그런 순간에 자기 몸 속에 들어가 헐떡이는 그를 그녀는 아무 저항 의지도 상실한 채 견뎠다. 자신이 작은 체구의 약한 여자라는 게 이때만큼 원망스러웠던 적은 없었다.

'나는 없다, 나는 죽었다.'

동거 이후 그동안 라라와 준호는 거의 매일 아침저녁으로 섹스했다. 그의 성욕은 식을 줄 몰랐다. 게다가 인간의 몸이란 게 얄궂었다. 이성의 입김과 손길이 닿으면 의지와 상관없이 반응하는 것이 육체였다. 젊은 육체는 더더욱 그랬다.

그러나 지금까지는 아무리 그가 싫었어도, 이 순간처럼 마른 나무토막처럼 굴었던 적은 없었다. 그런 행동을 한 직후 여자를 겁탈하듯 안고 거친 숨을 몰아쉬는 남자를 그녀는 그 후 벌레 보듯 쳐다보게 되었다. 남자로서의 존재 가치를 상실한 물체를 보듯 바라보게 된 거였다. 아직 싸울 만큼의 손톱만한 관심은 남아있었다. 그러나 한번 시작된 폭력은 다시 반복되기까지 그리 오래 걸리지 않았다.

어느 주말 오후, 라라는 샤워를 하다가 자지러졌다. 왼쪽 어깨부터 팔 절반이 시커맸다. 순간적으로 이유를 몰라 멍해졌다가, 다음 순간 영화 속 장면처럼 페이드인되는 것이 있었다.

전날 다시 말다툼 끝에 준호가 라라를 향해 커다랗고 두꺼운 하드커버 어학사전을 집어던졌다. 그 거구의 손에서 그녀의 머리를 향해 날아오는 그것을 막기 위해 반사적으로 팔을 쳐들어 올렸다. 머리 대신 쳐들려 올려진 어깨를 강타하면서 사전은 바닥으로 떨어졌다. 아무렇게나 펼쳐진 채 나뒹구는 그 사전과 그를 멍하니 그리고 물끄러미 쳐다보면서 충격에 떠밀리듯 라라는 쓰러지며 주저앉았었다.

그날도 울긴 했다. 그녀가 멍하고 얼음처럼 싸늘해진 눈빛으로 앉아 있는 것을 본 그는 당황했다. 덤벼들지 않는, 아니 오히려 조용하고 차분함을 유지하고 있는 그녀에게 그는 호들갑스럽게 사과하며 다가와 끌어안았다. 아무런 저항을 하지 않고 가만히 있는 그녀를 보자, 또, 섹스를 했다.

무기력에 빠진 무저항을 합의라고 착각한 걸까. 그녀는 그를 쳐다보지도 않았다. 눈을 마주치지 않으려 먼 허공만 바라보았다. 그는 저항 의욕조차 잃은 그녀를 다시 범했다. 폭행 직후의 섹스는 강간이다. 왼쪽 어깨를 가득 채운 시커먼 멍은 그 강간의 흔적처럼 크고 선명했다.

  목욕실 거울 앞에서 샤워기에서 쏟아지는 물에 감춰진 뜨겁고 굵은 눈물이 라라의 뺨을 타고 폭포처럼 흘러내리고 있었다. 라라는 이날 가슴속에 두 번째 참을 인忍자를 새겼다. 최후의 忍자가 남았을 뿐이었다. 모든 것이 바로 잡히기엔 터무니없이 짧은 시간일 것이었다.

13
그녀의 이름은 라라

내가 그의 이름을 불러주었을 때
그는 나에게로 와서 꽃이 되었다.
- 김춘수 -

"라라? 당신, 혹시 우리 러시아에 친척이 있나요?"

러시아어 교수 베라 이바노브나가 수업 시간에 그녀의 이름을 묻더니 흥미를 느낀다. 예비학부 때부터 시작된 이 질문은 언론학부에 올라와서도 계속되었다. 모스크바대학 언론학부에 서울에서 온 학생 이름이 러시아의 위대한 문학 작품 '닥터 지바고'의 여주인공 이름과 같다는 사실이 그들을 즐겁게 만든 모양이다.

교수들뿐 아니라, 거리의 택시 운전사들도 '닥터 지바고'를 언급하며 동양 여자 라라를 반가워했다.

"당신은 우리의 라라군요. 지바고의 라라는 매력 있는 인물이죠."

이곳에 온 직후인 1991년 8월, 공산주의로 회귀하려는 보수파 세력과 동조 군인들의 쿠데타 시도가 있었을 당시, 어떤 정보도 제대로 얻을 수 없어서 탱크가 다니는 거리로 나서야 했던 라라는 미소 지으며 유쾌하게 인사하는 모스크바 사람들의 웃음 속에서 러시아에 대한 막연한 불안을 떨쳐내곤 했다.

라라에게는 자신의 이름을 꺼리던 시절이 있었다. 유년 시절 그녀는 아이들의 놀림의 대상이었다.

"라라! 너는 왜 그리 이름이 이상하니. 무슨 이름이 그래?"

왜 나에게 다른 애들처럼 좀더 예쁜 이름을 지어주지 않았을까. 지희, 소희, 영애, 수연, 민아, 은하…… 예쁜 이름이 얼마든지 많은데.

이름에 대한 서운함이 사라진 것은 중학 시절이었다. 라라가 세계적 명작의 주인공이라는 걸 알게 되었기 때문이다. 특히 언젠가 엄마와 이야기를 나누다, 그녀가 아버지와 결혼한 이유가 그의 청혼의 말 때문이었다는 걸 알고는 더욱 그랬다.

"나는 가진 것이 없는 빈털터리다. 있는 것이라곤 튼튼한 몸과 마음뿐이다. 내 마음을 받아준다면 당신과 결혼하고 싶다."

작은 시골학교 교사 초년생이던 아버지의 청혼에, 6·25때 양친을 잃고 친척 집에서 자란 엄마는 눈물을 글썽이며 결혼을 약속했다고 한다. 그 사랑의 결실로 태어난 첫 아이가 라라였다는 거였다.

나이가 들면서 완고한 사람이 되어갔지만 아버지는 젊었을 때 무척 진취적인 사람이었다고 한다. 소중한 첫 아이에게 뭔가 시대를 앞서가는 이름을 지어주고 싶었단다. 더구나 아버지가 아이의 눈동자가 어찌 이리 별처럼 밝게 빛날 수 있을까, 감동하며 '아름답고 아름다우라'고 나나라고 지었다고 했다. 그러다가 어느 프랑스 소설에서 나나가 창녀의 이름임을 기억해내고는 라라로 바꿔 불렀다는 것이다. 한자는 필요한 경우 '아리따울 나' 자로 쓰고, 한글로 쓸 때는 라라로 썼다.

평범한 걸 별로 좋아하지 않던 라라는, 이름이 가진 사연이 나름 특별해서 자기 이름이 좋아지기 시작했다. 그 이름이 러시아에서 대문호 보리스 파스테르나크의 소설 주인공 이름과 같다는 이유로 환영받자, 라라는 자신이 모스크바의 히로인이 된 것만 같았다.

명칭은 때로 메타포나 상징일 때가 있다. 라라의 운명이 에밀 졸라가 칭조한 희대의 창녀, 나나를 닮은 듯 보이는 것은 우연이 아닐지도 모른다. 그러나 그녀는 나나^{Nana}가 아니라, 나나娜娜이고 라라^{Lara}였다.

"나는 당신이 프랑스 나나보다는 러시아 라라이길 바래요."

라라의 이름에 담긴 사연을 들은 러시아의 문학 교수는 말했다.

어느 날, 저널리즘의 역사 수업 시간에 알렉세이 파블로비치 교수가 물었다.

"저널리즘은 세계에서 두 번째로 오래된 직업이죠. 그러면 가장 오래된 직업은 무엇인지 누구 아는 사람 있습니까?"

"매춘입니다."

라라가 러시아어로 대답하자, 모두들 놀란 표정으로 라라 쪽을 바라보았다.

"오호, 놀랍군요. 러시아어 공부한 지 1년밖에 안 됐는데 어려운 단어를 알고 있네요. 맞아요. 창녀죠. 매춘이 가장 오래된 직업이라고 확인되고 있습니다."

여기 언론대학은 러시아 혁명의 산실이었다. 19세기 러시아 인텔리겐차의 사상 논쟁은 저널들을 통해서 이뤄졌다. 세계사를 뒤바꾼 사람들의 혼이 깃든 공간. 그들의 사유와 사상이 멈춰진 시간. 그 역사의 현장을 그녀는 매일 걸어다니는 것이다.

어떻게든 오늘보다 더 나은 내일을 만들기 위해서는 펜의 힘이 필요하다고 라라는 생각했다. 자신의 꿈이 현실이 되는 것. 그것이야말로 멋진 일이다. 권력의 심장, 크레믈린과 마주보고 있는 곳, 언론대학은 참으로 상징적인 지점에 위치하고 있었다. 권력에 맞서 저항도 할 수 있고, 권력의 친구도 될 수 있고, 권력의 시녀도 될 수 있는 위치다.

모스크바국립대학 본관이 위치한 레닌 언덕을 지금은 원래 명칭인 참새 언덕으로 바꾸었지만, 모스크바에서 가장 높은 지대인 그곳에 학문의 전당 대학이 위치한다는 사실 역시 러시아 인텔리겐차에 대한 신뢰를 갖게 했다. 학문하는 사람들에게 세상을 굽어보고 살피게 만들면서 동시에 세상을 품에 안는 꿈을 꾸게 만드는 곳에 대학을 짓는다는 사실은 시사하는 바가 적지 않았다.

사람들이 아무리 스탈린을 독재자라고 욕해도 모스크바대학교 하나만 놓고 보면, 그 건물 건축의 명령자인 스탈린이 어떤 사람인지 궁금하게 한다. 모스크바대학 대강당을 보면 학문의 전당이라는 말이 무슨 뜻인지 이해된다. 교육에 대한 순수함과 그 본질을 이해하는 사람이 무작정 정적이라고 숙청했을까, 그런 의구심이 들지 않는 것도 아니었다. 소련에서 스탈린은 한국의 박정희와 대중적 위상이 비슷했다. 나라를 일으킨 독재자. 쿨트 리치노스치. 우상적 존재. 권력의 화신. 부정적 이미지는 어쩌면 베리야 등 측근의 과잉 충성과 정적들 간 권력 경쟁 때문이었을지 몰랐다.

언젠가 라라는 박기헌과 그 테마를 놓고 이야기한 적이 있었다. 모스크바에서 이런 민감한 테마의 대화가 통할 사람은 기헌뿐이었다. 기헌은, 닥터 한이 서울로 귀국한 후 라라가 유학생 모임에서 알게 된 선배뻘 연배의 박사과정 유학생이었다.

"독재자라는 말은 원래 그리스어에서 왔다. 전시 등 비상 상황에서 성상적 통치가 이뤄지기 어려울 때, 모든 권한을 위임하여 통치를 위탁받은 군사령관을 말한다. 독재자란 말 자체에 알레르기 반응을 보이는 것은 어쩌면 과민 반응 아닐까. 모든 자연적 역사는 인간의 상황과 시대정신이 낳은 결과일 거야. 박정희가 군사혁명을 위한 쿠데타를 일으킨 것은 어쩌면 이런 원칙에 토대한 것일 수 있다. 그는 그 시대에서는 앞선 선진 교육을 받은 사람이었을 테니까. 그런데 사회주의 국가에서 종신직이 일반화된 것은, 좋은 리더라면 얼마든지 장기 집권이나 종신직으로 일할 수 있도록 보장한 것 아닌가. 그것이 어째서 비민주적인가. 자질이 안 돼도 누구든 원하면 나와서 거짓 선동으로 속여서라도 권력을 얻겠다고 하는 것이 어째서 민주적인가. 원래 데모크라시는 아무나 통치나 권력을 갖는 것을 의미한 적이 없다. 오직 현대에 이르러서 뿐이지. 발상지 그리스에서조차 데모스라는 인민의 자격은 엄격히 제한되었다. 민주주의를 제대로 하려면 자격 제한이 엄격해야 한다는 의미가 아닐지. 물론 지금과 그 당시의 제한 기준은 달라져야겠지만, 누가 누구를 판단할 수 있느냐는 이유로 자격 무제한을 말하는 것은 불특정 다수에게 피해를 줄 수 있는 파괴적 발상이라고 봐. 나에게는 지금과 같은 민주주의는 절대선이 아니라 필요악일 뿐. 인간이 너무나 다양하다 보니 어쩔 수 없이 의사 결정을 하기 위해 택한 불가피한 선택이었을 뿐이지 그것이 절대적으로 옳아서가 아니란 것이지. 민주제는 기본적으로 인간을 선하게 전제해. 그것이 그러나 정당한가. 우리는 악마 같은 인간도 적지 않게 보게 되는데."

기헌의 논리에 라라는 고개를 끄덕였다. 학생운동의 중심에 있었지만 기헌의 학문은 편중되지 않았다. 흔치 않은 사람이었다. 대부분 외눈박이로 살기 쉬웠다. 기헌은 전방위적 지식의 보유자였다.

"공산 사회주의가 무너지고 그 이론에 입각한 언론 교육도 파국을 맞은 후, 새로운 이론이 정립되지 않은 진공의 공백기를 통해 그 자체로 소련의 옛 모습을 추측할 수 있을 듯해요. 새로운 방향 모색을 위한 그들 인텔리겐차의 치열한 고뇌와 방황을 지켜보니, 러시아 인텔리들은 존경할 만한 존재들입니다. 러시아 학문은 그들의 겨울밤처럼 깊은 거 같아요. 19세기 인텔리겐차의 가난한 나로드, 인민 다수 대중을 구하기 위한 사상적 고뇌가 공산주의와 사회주의를 낳은 힘이라는 걸 짐작하기는 어렵지 않은 일이죠."

기헌에게도 라라는 말이 통하는 좋은 후배였다.

"인간은 자유의지로 태어난 것은 아니다. 그러니 누구건 태어난 이상 그 사회에서 정상적이고 행복한 삶을 영위할 권리가 있다는 것이 기본이고 핵심 사상일 것이다. 문제는 방법론이다. 자본주의와 공산주의는 그 방법론일 뿐이다. 소비에트 연방이라는 실험 결과, 공산주의만으로는 불가능하다는 것이 드러난 셈이다."

"네, 저도 같은 생각입니다. 사회주의냐, 민주주의냐도 방법론의 문제죠. 방법은 유연하고 융통성 있게 적용되어야 해요. 방법론에 목숨 거는 것은 어리석죠. 그래서 80년대 그 시절 대학가의 분신 같은 극단적 행동과 그 숭배가 목구멍에 걸린 복숭아씨처럼 숨 막히고 고통스러웠어요. 자신의 생명보다 중요한 이데올로기, 그것은 가장 위험한 위선처럼 보이거든요. 그걸 종용하고 권유하는 사회는 정의를 원하는 사회가 아니라고 봐요. 젊은 이들에게 죽음을 권하는 사회, 죽음을 위한 사회는 폭력 숭배를 강요하는 것과 다르지 않다고 봅니다."

"러시아에 와서 보니, 한국의 노동운동과 학생운동은 소련의 이론을 차용하고 있었네. 그러나 그들은 분신 같은 극단주의 행동은 하지 않는다. 모든 것은 토론과 논쟁을 통해 이뤄진다. 대화와 토론의 전통이 부족한 한국 같은 나라에서는 이방의 이데올로기가 교조적 신앙으로 변질된 거란 생각이 드네."

"동감이에요. 방법론을 신앙화하는 것은 몰상식한 무모함이에요."

라라와 기헌의 대화는 둘만 있을 때나 사람들과 함께 있을 때나 그런 식이어서 다른 사람들은 그냥 각별한 선후배 사이로만 보았다. 그러나 준호만은 라라와 급격히 친해진 박기헌을 질투심이 가득한 표정으로 바라보았다. 그들 사이엔 특별한 무엇이 있는 것처럼 보였다. 그리고 그런 남자의 육감이 꼭 틀린 것만은 아니었다.

14
모스크바에 평범한 일상은 없다

　라라의 지도교수는 블라디미르 바실리예비치 모로조프였다. 러시아인들은 평상시 이름과 중간의 부칭으로 부르거나 언론지상 등 공식상으로는 이름과 성을 부르고, 이름만 부르는 경우가 많지 않다. 이름만 부르는 경우는 보통 친한 사람들 사이이므로 애칭을 사용한다. 러시아 학생들이 블라디미르 바실리예비치라고 부르는 그를 라라는 한국식으로 모로조프 교수님이라고 불렀다.

　라라가 프로페소르 모로조프라고 그를 부르면, 그는 웃으면서도 이내 곧 정색을 하고는 "나는 프로페소르가 아니다"라고 정정하곤 했다. 그러면서 그는 학과 간판에 적힌 학과장인 자기 이름 밑에 쓰인 도첸트라는 글자를 가리키면서 말한다.

　"나는 부교수다. 정교수가 아니다."

　"우리나라에서는 대학에서 강의하는 선생님들을 모두 그냥 통칭해서 프로페서, 교수라고 부르는 관습이 있습니다."

　그렇게 라라가 설명하자, 그는 편안한 미소를 되찾았다.

　"그런가. 그래도 우리는 그냥 블라디미르 바실리예비치라고 부르면 충분해. 여기는 러시아니까 러시아식으로 하는 게 낫지 않나."

블라디미르 바실리예비치는 언제나 이런 식으로 사실 관계를 정확히 하는 학자였다. 늘 다정하고 매너가 깔끔하면서도 냉정한 신사였다. 수업에서는 차갑고 이지적인 인상을 발산했고, 수업 후 복도에서 마주치면 다정하고 부드러운 미소로 눈웃음을 지어 보였다. 날카로운 눈매와 높고 곧은 콧날에, 나이에 비해 불그스름한 빛이 여전히 남아있는 뺨, 자연스럽게 뒤로 넘겨진 그레이 헤어의 블라디미르 바실리예비치는 러시아 학생들 사이에서도 신사로 정평이 났다. 젊은 시절에는 따르는 여자가 많아 수업하기 힘든 경우도 있었다고 한다.

그런 모로조프 교수와 학과 사무실에 앉아 논문 지도를 받을 때면, 그는 언제나 라라가 눈물을 글썽일 정도로 냉철하고 칼날 같았다. 그녀가 성심성의껏 써서 흡족한 부분에 대해서는 그도 잘했다고 칭찬했고, 정확한 이해가 안 된 채 참고문헌의 자료를 인용해 놓으면 반드시 지적하고 넘어갔다. 그는 라라가 보아야 할 자료 리스트들을 모두 암기력으로 알려주는 교수였다. 마치 지도 학생이 그녀 하나뿐인 듯 착각할 정도로 세심하게 신경을 썼다. 저널리즘을 전공하니까 기자로서 직접 취재해서 논문을 쓰라고 말했다. 그러면서 그는 현직 언론인들의 리스트와 연락처를 라라에게 주었다. 그렇게 해서 그녀는 러시아 언론인 인터뷰를 다니게 되었다.

앵커인 블라디미르 리스티예프 ORT 러시아 방송사 사장을 인터뷰하기로 약속이 된 날이었다. 리스티예프 사장의 비서가 약속 시간을 잡아주었다. 블라디미르 모로조프 교수의 지도 학생으로 논문을 쓰기 위해 인터뷰하고 싶다고 하자 선선히 수락해 주었다. 비권위적인 태도가 인상적이었다. 다르구나. 서울의 스타일과는 많이 달랐다. 러시아 인텔리 스타일로 보였다.

겨울로 넘어가는 늦은 가을이었다. 눈발이 날리기 시작했다. 라라가 과거 러시아 황실의 말 수련장이었다는 마네쥐나야 광장에서 택시를 기다리는데 외제 승용차 한 대가 와서 그녀 앞에 멈춰 섰다. 앞머리가 약간 벗겨진, 고급 양복을 입은 중년 남자가 어디 가느냐고 묻고는 같은 방향이니 타라고 했다.

"어느 나라에서 왔어요?"

이 질문으로부터 시작해서 이름이 뭐냐는 일상적인 물음들이 이어졌다.

"오스탄키노에는 무슨 일로 갑니까?"

"논문에 쓰기 위해 언론인들 인터뷰하러 갑니다."

"기자가 되려고 하나요?"

그렇다고 대답하자 다시 묻는다.

"어떤 주제에 대한 글을 쓰고 싶은가요?"

"청소년 문제라든가 사회적 주제에 대해 쓰고 싶어요."

"예를 들면, 어떤 사회적 주제?"

"음, 조직 범죄, 폭력이라든가 그리고 마약 같은 문제들 그리고……"

그러자 운전대를 잡고 가던 그가 갑자기 끙 하는 신음 소리를 냈다.

다음 순간, 그는 주머니에서 성냥갑을 꺼냈다. 담배를 피우려나 생각하고 쳐다보다 고개를 돌리려는데, 그가 성냥갑을 열고 이상한 초록 풀을 보여주었다.

"이건 마리화나입니다. 나는 가끔 기분이 좋아지고 싶을 때 이걸 피웁니다. 내가 원하는 행복을 추구하는 게 나쁩니까? 해본 적 있나요?"

"한 번도 해본 적이 없어서 얼마나 해롭고 위험한지 아직 구체적으로는 모릅니다. 그러나 우리나라에서 연예인들이 마약을 해서 사회적 물의를 일으키곤 하는데, 그게 긍정적으로 보이지 않습니다. 마약과 섹스 파티라든가…… 부도덕한 행위들과 일반적으로 연계되기 때문에 금지한다고 생각합니다."

"섹스가 나쁜가요? 인간이 행복을 느끼는 최고의 순간이 사랑하는 사람과 육체적 관계를 가질 때라고 합니다. 어떻게 생각합니까, 마리화나를 피우면 그 즐거움을 더욱 깊이 느낄 수 있는데 왜 나쁘다고 합니까?"

"인간이 쾌락을 위해서 모든 것을 해도 된다고는 생각하지 않습니다. 때로 자신의 행복 추구가 타인에게 위협이 된다면 그것은 더 이상 행복을 추구할 자유의 범위 내에 있지 않다고 봅니다. 마약은 인간의 신경을 이완시켜 절제력과 통제력을 약하게 만들고, 그로 인해 자신조차 원하지 않는 행동을 할 수도 있다고 알고 있습니다. 그런 것들 때문에 금지하는 것은 정당하다고 봅니다."

"젊은 아가씨가 똑똑하군요."

그는 미소를 지으며 운전을 계속했다. 갑작스러운 폭설로 도로가 주차장을 방불케 했다.

"잠깐이면 되어요. 잠시 들릴 곳이 있어요. 조금 돌아갈 테니 이해해 줘요."

그는 리쥐스키 자유시장에 들러 무엇인가를 샀다. 그는 얼마 후 돌아왔지만, 라라는 이미 초조해지고 있었다. 그곳의 정확한 위치와 오스탄키노와의 거리를 잘 몰라 답답했다.

'늦으면 어쩌나. 만약 늦게 되면 리스티예프가 계속 기다리지는 않을 텐데.'

불안이 엄습했다.

'인터뷰에 선선히 승낙해 준 저명 인사에 대한 예의가 아니야, 초면에 늦는 것은!' 초조감은 시간에 따라 상승 작용을 일으키고 있었다. 10분밖에 남지 않았는데, 아직 오스탄키노로 보이는 건물은 나타나지 않고 있었다. 눈 오는 길은 계속 막혔다. 결국 15분 가까이 지나서야 오스탄키노 텔레비전 센터에 겨우 도착했다.

"늦어서 곤란하네요. 그는 이미 다른 일정이 있어서 출발했어요. 그는 그렇게 한가한 분이 아닙니다. 죄송합니다."

비서의 친절하면서도 사무적인 싸늘한 어투가 전화기 저쪽 편에서 들려왔다.

낭패감에 라라는 어쩔 줄 몰랐다. 중요한 일을 망쳐버린 자신의 경솔함에 대한 자책감으로 안타까움만 더했다.

"다시 한번 기회를 주세요."

라라가 사정했지만 비서는 단호히 어렵다고 말했다.

'차라리 내려서 다른 택시를 잡아야 했어.'

후회가 밀물처럼 밀려들었다.

"여보세요, 나 때문에 젊은 한국 여학생이 오늘 약속에 늦어버렸습니다. 어떻게 다시 인터뷰 시간을 내주실 수 없겠습니까. 부탁합니다. 중요한 일이라 실망이 큰 거 같아서 너무 미안해서요. 아, 나는 C은행 부은행장입니다."

비서가 뭐라고 대답한 모양이었다. 그는 알았다, 고맙다, 하고는 전화를 끊었다.

"다시 시간을 잡아주겠다고 약속했어요. 너무 걱정하지 말아요."

자신을 리스티예프의 비서에게 부은행장이라고 밝힌 남자는 다시 말을 이었다.

"이제 걱정하지 말고 식사나 하도록 하지요. 사과의 뜻으로 내가 저녁을 사지요."

유명 저널리스트와의 인터뷰에 대한 기대가 컸던 만큼 너무 실망하고 낙담이 큰 나머지, 어찌해야 할 줄 몰라 고민하던 라라는 그냥 무심결에 고개를 숙였다. 눈물을 참기 위한 제스처가 그렇게 수락의 표현처럼 보였던 모양이다. 다시 전화했을 때, 무사히 약속을 잡을 수 있을지 불안이 여전히 남았다.

펠릭스라는 이름의 부은행장은 다시 그녀를 태우고 출발했다.

쿠투조프 대로에 있는 미국 피자 레스토랑 앞에 차를 세우고 내리면서 그가 말했다.

"맥도널드와 피자헛은 지금 모스크바의 최신 유행입니다. 심지어 100미터까지 줄을 서야 하는 일도 있어요. 맥도널드가 비교적 저렴해서 젊은이들이 많이 찾는 장소라면, 피자헛은 좀 더 형편이 나은 사람들이 주로 이용하지요."

처음 보는 외국인 남자와 저녁 식사를 함께 한다는 사실이 마음 한켠으로 부담스러웠다. 그러면서도 한편으로는 어젯밤에도 격한 말다툼을 한 남편 준호에 대한 반감 때문에 뭔가 울컥 치밀어 오르자, 라라는 자신을 합리화했다.

'사람들을 만나는 것은 저널리스트의 직업적 일이야. 적응하고 적극적이어야 해. 어설프게 양심 찾느라 소극적으로 행동하면 일을 제대로 할 수 없어.'

가슴 명치에 걸려 있던 일말의 꺼림칙함이 가스 불에 캐러멜 녹듯 순식간에 누그러졌다. 그리고 이미 그녀의 품에는 펠릭스가 도로변에서 꽃 파는 중년 여인으로부터 산 싱싱하고 굵은 커다란 붉은 장미꽃 다발이 안겨져 있었다. 사과의 뜻이라고 했다.

"모스크바에는 혼자 왔어요? 남편이 있나요?"

"아……"

"혼자인가요? 어디에 사나요?"

"기숙사에 삽니다."

말하면서도 라라는 엉뚱한 사고를 저질렀다는 후회가 몰려왔다. 남편 있다는 말을 하고 싶지 않은 저항감이 고개를 젓게 하고 말았던 거였다.

'어찌 수습해야 하나.'

막막했다. 양심의 가책에서 벗어나기 위해 몸부림치는 자기 모습이 악마의 유혹을 뿌리치기 위한 절규인지 그의 유혹에 넘어간 부끄러움의 몸짓인지 알 수 없었다.

'될 대로 되라지.'

기숙사에 사는 것도 사실이었다. 크라프첸코 거리의 기숙사를 레닌 언덕의 본관 기숙사라고 둘러댄 것뿐이다. 혹시라도 그가 올까 걱정되어서였다.

펠릭스라는 남자는 황당한 제안까지 했다.

"아파트를 구해줄 테니 같이 살지 않겠어요?"

라라는 당혹해하며 거절했다.

"공부하는 동안은 기숙사가 좋아요. 외국인에게는 정보를 얻기 쉬운 곳이라서요."

블라디미르 리스티예프와의 인터뷰는 끝내 다시 성사되지 않았다. 땅을 치고 후회했지만 엎질러진 물이었다. 누구의 탓도 아닌 자신의 실수였다.

만날 기회를 잃은 그와의 만남은 영원히 돌이킬 수 없는 것이 되고 말았다. 며칠 후 리스티예프가 암살되었다. 정치적 암살이라는 것만 항간에 회자되었다. 그뿐이었다. 러시아 국영방송사 사장이자 앵커였던 그의 죽음의 이유와 범인은 끝내 밝혀지지 않았다.

'그때 그를 인터뷰했더라면 그 암살의 원인이 될 만한 단서 같은 것을 얻을 수 있지 않았을까?'

두고두고 라라는 아쉬웠다.

또 한 사람 당대 가장 영향력 있는 저널리스트인 키셀료프를 제외한 다른 언론인들과는 인터뷰를 가질 수 있었다. 파르표노프도 만나서 대화를 나눴다. 외국인 학생이 러시아 변혁기에 러시아 저널리스트의 역할을 어떻게 생각하느냐는 질문을 가지고 인터뷰를 청하자 그들은 거절하지 않았다.

"그들이 이렇게 솔직하게 속내를 이야기하는 걸 어디서도 본 일이 없다. 아마도 외국인 여학생이 논문을 쓰기 위해 인터뷰를 청하니까 그럴 수 있었을지 모른다는 게 우리의 추측이다. 가치 있는 자료다."

논문 발표회에 참석한 교수들이 그렇게 말했다.

교수들 같은 러시아 인텔리겐차들과의 교류는 라라에게 끊임없는 활기를 불어넣었다. 지도교수의 깊은 애정과 관심 속에서 라라는 활짝 피어날 수 있었다. 외국인 학생들에게는 저승사자였고 러시아 학생들에게조차 혹독하고 엄하기로 악명높은 미론스키 교수로부터 라라는 최고점을 받은 유일한 외국인 학생이 되기도 했다. 러시아 학생들도 어렵다는 현대러시아어 시험에서도 만점을 받았다. '대단한 한국 여학생'이라는 평가가 라라의 이름 뒤에 따라다녔다.

진수연은 중국 상하이에서 태어나 한국인 영화감독과 재혼한 어머니를 따라 한국으로 귀화한 중국 한족이었다. 라라와 대학 동창이란 이유로 둘은 빨리 친구가 될 수 있었다. 다른 한국 여학생들보다 더 아량이 있고 더 선량했다. 뒷담화로 날을 새는 한국 사람들보다 수연에게 라라는 친근함과 편안함을 느꼈다. 수연은 얼굴이 가무잡잡하면서도 매력적인 서구적 미모를 지녔고, 성격도 솔직했고 직설적이었다.

"난 중국이 내 나라지만 싫어. 중국은 너무 더러워. 한국이 좋아, 깨끗하잖아. 난 돈 많이 벌고 싶어. 그래서 한국이 좋아. 열심히 일한 만큼 돈을 벌 수 있으니까."

라라와 수연이 더욱 깊이 친해진 것은 미론스키 교수의 과목 시험 덕이었다.

라라 앞자리에 수연이 앉았다. 문제지를 뽑아서 자리로 돌아온 라라에게 수연이 뒤로 손을 내밀어 쪽지를 건넸다.

"라라, 우리 문제 서로 바꾸지 않을래. 나 전혀 모르는 문제가 걸렸어."

"난 대충은 공부한 문젠데 만점은 자신 없다. 어디 바꿔 볼까."

둘은 문제지를 교환했다. 라라는 회심의 미소를 지었다.

"넌 어때, 그 문제 괜찮아?"

"응, 바꿔. 나 이거 좋아."

수연은 흔쾌히 바꾸며 좋아했다. 라라 역시 어젯밤 열심히 외운 부분이 그녀의 문제지에 적혀 있어서 쾌재를 부르며 기뻐했다.

라라가 교과서에 있는 내용을 정확하게 대답하자, 까다롭기로 소문난 미론스키 교수가 만족스러운 미소를 지었다.

"당연히 5점 만점이군. 이의 없네."

그렇게 성적 카드에 기록하고 사인을 한 그는 그녀에게 가도 된다고 했다.

먼저 시험을 치른 수연은 복도에서 기다리고 있었다. 그녀는 4점을 받았다고 했다. 그녀는 매우 만족해하고 있었다. 그 교수한테는 4점도 좋은 점수였기 때문이다.

시험을 마친 둘은 쥬르팍 건물 밖으로 나와 크레믈린 앞 알렉산드롭스키 공원과 아르바트 거리를 산책하며 홀가분함을 만끽했다.

라라가 수연에게 물었다.

"너 결혼은 안 해?"

"응, 자꾸 싸워서. 해야 할지 말아야 할지 아직 모르겠어."

"누구, 전에 말한 그 화교 그 남자?"

"응, 좋아하기는 하는데, 말이 잘 안 통할 때가 많아. 너무 고집에 세. 여자는 집에서 살림하는 게 좋대. 나는 일하고 싶거든."

"그러니. 나도 전에는 그랬는데, 지금은 조금 생각이 바뀌는 중이야. 남자가 벌어다 주면 집에서 살림하는 것도 나쁘지 않은 거 같아. 그게 너무 안정적으로 보이고 부럽기조차 하다. 너도 잘 생각해 봐. 그런 게 나쁜 것만은 아닌 거 같아. 남자가 자기가 가정 책임지겠다는 거잖아. 그것도 아무나 할 수 있는 거 아니다. 내 남편은 나보고 밖에서 돈 벌어오래, 자기가 집안에서 살림한다고. 웃니? 농담인 줄 알았더니, 정말 그렇게 생각하더라고. 그걸 남녀평등이라고 하더라. 정말 짜증 나. 난 그런 남자 매력 없어 싫거든. 틀에 박힌 사고라고 비판받을지 몰라도 나는 남자는 남자답고, 여자는 여자다운 게 좋아. 자연의 이치라는 거 괜히 있는 게 아니잖아. 신이 괜히 남자를 신체적으로 더 강하게 만들었겠어? 다 이유가 있겠지."

"어머 정말, 니 남편 그렇게 안 봤더니 정말 뜻밖이다. 그렇게 덩치 크고 건장한 남자가 여자보고 밖에서 벌어오래? 자기는 집안에 있겠다고? 난 싫다. 차라리 혼자 살지."

15
예기치 않은 임신

"혹시 임신한 거 아니니?"

라라가 임신을 원할 리 없었다. 피임도 하느라 나름 신중했다. 모스크바 지인들이 물었을 때도 아니라고 라라는 눈을 살짝 흘겼다.

그런데 임신 테스터에 반응이 두 줄 양성으로 나타났다. 숨이 탁 막혔다. 상상조차 해본 일이 없었다. 라라는 방으로 와 아직 잠자리에 누워있는 준호에게 말했다.

"임신인가 봐. 테스터가 양성이야."

순간 멍한 표정을 짓던 준호가 갑자기 웃기 시작했다.

"ㅎㅎㅎㅎㅎ······"

그러더니 준호는 라라를 끌어당겨 안으면서 말했다.

"갑작스럽긴 하지만 기분은 좋은데."

그가 여기서 멈췄으면 라라가 또 울화가 치밀지는 않을 수도 있었다. 그러나 준호와 라라 관계에 그런 행운은 드문 일.

"아, 틀림없이 아들이어야 하는데. 내 인생에 딸은 없다. 오로지 아들 딱 하나. 꼭 아들 낳아야 해. 딸은 안 돼, 알았지. 아들이야, 아들."

준호가 그렇게 다짐하듯 못을 박았다. 라라는 할 말을 잃고 가만히 그를 바라보았다. 그러다가 톡 쏘아붙였다.

"그래, 너 같은 남자 만날까 봐 나도 딸 낳기 정말 싫다. 나도 아들 원해. 그렇지만 지금 임신하고 싶진 않아. 갑자기 이 무슨…… 흑!"

라라는 순간 울컥했다. 나이 스물일곱. 공부를 마치기 전엔 임신 계획 따윈 없었는데. 결혼이 지속될지조차 장담하기 어려운 때에 임신이라니.

물론 기왕 임신이라면 아들이길 바라는 건 사실이었다. 그의 폭력을 처음 당한 날 이후 그녀는 여자라는 사실이 서러웠다. 준호가 그녀에게 두 번째 폭력을 쓰던 날, 라라는 결심했다.

'난 언젠가는 널 떠난다. 반드시 떠나고 만다. 아버지 체면 때문에 지금 약혼 파혼은 못 하지만, 이혼은 할 수 있다. 결혼하더라도 나는 너를 떠나고 말 거다.'

그런데 임신이라니. 악마의 장난치고도 심한 일이었다.

서울에서의 결혼식조차 할 말이 없는 결혼식이었다. 결혼 기념 사진도 찍지 않고 함도 들이지 않았고 드레스도 대충 싼 걸로 임대했다.

"한복도 폐백 때나 입을 거니까."

시어머니는 그렇게 말하며 종로 한복집에 가서 제일 싼 걸로 맞췄다.

라라의 엄마는 울화를 터뜨렸다.

"내가 귀하디 귀하게 키운, 어느 동네에 내놓아도 자랑스러운 딸을 거지 결혼을 시키냐. 이게 대체 무슨 짓인지 모르겠다. 그 집은 있는 척이란 척은 다 하더니, 결혼한다면서 하는 짓 보니 세상에 그런 인색한 노랭이들이 없다. 첫딸이라 얼마나 기대가 컸는데, 이게 무슨 일이래니."

예식도 그랬는데, 신혼여행이라고 예외일 리 없었다. 신혼여행 대신 시내 호텔에서 하룻밤 자는 걸로 때웠다. 모스크바로 돌아간다는 핑계였다.

라라는 준호와의 잠자리가 혐오스러웠다. 그가 몸 위로 올라오면 발로 걷어차 내려보내기 일쑤였다. 그러면 그는 그녀가 잠들기를 기다렸다. 부부관계가 아니라 강간이었다. 그런 날들이 이어지고 있었다.

그런 상황 속에서 임신이라니…… 기가 찰 노릇이었다. 결혼식 후 모스크바로 돌아온 지 불과 일주일이었다. 임신이 아니라고 확신하면서도 혹시나 해서 테스터를 뜯었다. 겁도 났다.

"낳아야 하나 말아야 하나. 낙태하다가 잘못되기라도 하면 어쩌나. 아이를 낳는 것만큼이나 낙태하는 것도 못 할 짓이다."

모스크바 25번 산부인과 병원에서는 의사가 초음파 검사로 임신 사실을 확인해 주면서 말했다.

"축하해요. 아들입니다."

그러면서 의사가 덧붙였다.

"왜 이렇게 늦게야 왔어요? 일찍 왔어야지. 벌써 임신 4개월째 접어들었어요. 이미 중절할 좋은 시기로 보이지는 않는군요. 물론 낳을 거라고 믿지만."

5개월 후 라라와 준호는 아들을 낳고는 유모를 구했다. 유모 라나는 큰 도움이 되었다. 아이를 진심으로 아껴주는 러시아 여자였다. 그녀 없이는 아무것도 할 수 없을 정도로 도움을 받았지만 아무래도 육아는 라라의 책임일 수밖에 없었다. 라나가 돌아간 뒤 저녁부터 아침까지는 오로지 라라가 맡아야 했다.

당연히 학업에 지장이 생겼다. 한 번도 결석하지 않던 라라가 아이가 아파 학교에 가지 못하기도 하고 수업에 늦는 일도 잦아졌다. 한 학기를 휴학하면서까지 가사와 육아와 학업을 병행하려 했지만, 결국 아이를 한국으로 보내기로 결정한 것은 아이가 도무지 먹지 않는다는 이유에서였다.

뭘 줘야 먹으려나, 늘 고민인 라라는 학교 수업을 마치면 시내 아동용품 전문 백화점에 가서 유아용 먹을 것을 고르느라 시간을 보냈다. 한국 엄마들 사이에 인기가 있어 고가에 팔린다는 스위스제 시밀락 분유부터, 독일제, 미국제, 영국제는 물론 러시아제까지 두루 먹였지만, 소용이 없었.

결국 8개월 된 아들 주원을 서울 친정집에 맡아달라고 부탁하자 라라의 엄마는 흔쾌히 허락했다. 한국 것을 먹으면 좀 나아질 거라고 어른들도 반대하지 않았다. 친정엄마는 라라가 아들을 낳자 홀가분한 심정이었다. 손자를 키워보고 싶은 욕구가 컸던 친정엄마에게는 첫 손자가 금동이 옥동자였다.

라라는 친정엄마에게 미안하고 고마웠다. 소위 사위라는 작자에게 그런 일을 당하고도 아이를 키워달라고 청하는 딸의 요청을 기꺼이 받아들여 준 데 대해서였다.

출산 직후, 산후 조리를 돕기 위해 모스크바에 온 라라의 엄마 앞에서 준호는 어이없는 행동으로 라라와 엄마를 충격에 빠뜨렸다.

사태의 시작은 이랬다.

친정엄마가 와 있는데도, 준호는 학교에 가지 않고 집에서 누워서 빈둥거리기 일쑤였다. 그걸 보고 이상한 생각이 든 엄마가 라라에게 물었다.

"전 서방은 왜 저러고 있냐, 학교는 안 가는 모양이다. 하루 종일 집에 있는데, 내가 아이를 보고 있는데, 왜 저러고 있냐. 나가서 공부를 하든, 일을 하든 해야지. 덩치는 남들보다 커서, 허우대 멀쩡해서 결혼 허락했더니, 덩치값도 못 하는 인사로구먼."

라라는 마침내 그날도 누워 자는 그를 깨워 일으켜 세웠다.

"그만 일어나. 엄마 있는 동안만이라도 제발 학교에 나가라고."

그는 그대로 누워있었다.

"이래서 사람들이 결혼할 때 학력 가지고 따지는구나. 나는 그런 거 다 저속한 사람들이나 하는 짓이라고 경멸했었는데. 결국 본교 나왔다고 속이고 결혼하더니. 그런 사람이 유학을 왔으니 매일 집에서 뒹굴고 있는 거겠지. 속은 내가 바보지."

그는 결국 일어나더니 아직도 출산 후 하혈 중인 그녀의 성하지 못한 몸을 떠밀었다. 라라는 힘없이 바닥에 쓰러지고 말았다. 라라는 중심을 잃고 넘어질 때 자기도 모르게 비명을 질렀다.

친정엄마 들을까봐 조용히 말하려고 애쓰던 것이 물거품이 되고 말았다. 아무리 조용히 말해도 거실이 따로 없는, 방 두 개짜리 작은 모스크바 아파트였다. 싸우는 소리가 예사로울 리 없었다. 부엌에서 저녁을 준비하던 친정엄마는 손이 젖은 채 방으로 문을 열고 들어서서 그 폭행 사태를 보고는 그만 비명을 지르고 말았다.

"자네, 대체 뭐하는 짓인가. 내 듣고 싶지는 않았지만 목소리들이 심상치 않아서 문밖에서 듣게 됐네. 내가 이상하다 했더니 결국 그랬었구먼. 저 애가 하는 말 하나도 틀린 말 없는데, 어떻게 여자를 저렇게 때릴 수가 있나. 그것도 애 낳고 며칠 안 돼서 성치 않은 몸 아닌가. 자네 평소에도 이러나. 내가 놀라서 지금 말이 안 나오네. 이런 말도 안 되는 경우는 내가 살다살다 첨 보네."

준호는 라라의 친정엄마 앞에서도 뭔가 불만에 차서 씩씩거리고 있었다. 하다못해 이런 모습을 보여드려 죄송합니다라는 기본적인 사과의 말조차 하지 않고 볼멘 소리를 하고 있었다.

"그래요, 다 내가 돈이 없어서 그래요. 다 내가 돈이 없어서 그래."

준호는 식탁을 주먹으로 쾅 내리쳤다.

친정엄마와 라라는 아닌 밤중에 홍두깨 격으로, 느닷없이 이게 무슨 소린가 싶은 표정이 되었다. 왜 여자를, 그것도 아이 나은지 겨우 열흘 된 여자를 폭행하는지 그에게 묻는 중이었다. 그런데 그의 말이 가관이었다.

"우리 엄니는 손주 봤을 때, 사위에게 용돈 오십만 원을 줬어요."

그런데 장모가 자기에게 아무것도 주지 않는다고 불만이 생긴 거였다. 어이를 상실한 모녀는 기가 막혔다. 다른 사위들은 장모가 산모 조리 도우러 온다면 비행기 왕복표 값 드리고 모셔 올 일이었다. 라라의 친정에서는 그 모든 비용을 직접 들여, 딸과 사위를 돕기 위해 기쁜 마음으로 달려와 주었다.

친정엄마는 마치 뒤통수라도 얻어맞은 표정으로 얼이 나간 채 눈물이 핑 돌았다.

"그래 내가 용돈도 못 줘서 미안하네. 장모가 되어서 그런 것도 못 하니 미안하네. 근데 여기 오는 비용이 얼마나 들었는지 아나? 비행기표 값에, 아이 옷과 물건과 먹을 것, 자네 좋아한다는 것 사느라고 든 돈만 해도 얼만 줄 아나? 내가 그거 자네한테 달라고 한마디라도 했나? 그저 내 딸 사랑하고 잘 데리고 살라고 여기까지 온 거 아닌가. 내가 이런 경우는 살면서 듣도 보도 못했네. 내가 사람을 잘못 봐도 한참 잘못 봤어. 이 애 데리고 한국으로 가고 싶네, 지금 당장이라도. 결혼 아주 잘못 시킨 거 같아 내가 지금 억장이 무너진다고."

엄마는 결국 울음을 터뜨리며, 아기가 있는 방으로 들어가 문을 닫아버렸다.

"엄마가 산후 수발한다고 여기까지 왔는데, 엄마 앞에서 꼭 이렇게밖에 할 수 없었어. 용돈이 어쨌다고? 니가 정상이야 지금? 미친놈. 네가 나한테 하는 건 참았는데, 애 낳고 아직 하혈 중인 여자를 폭행하는 놈 그리고 산후 수발들러 멀리서 온 장모 앞에서 주먹질하며 행패 부리는 놈까지 참지는 못하겠다. 두고 봐."

그러면서도 라라는 방으로 들어와 엄마를 위로했다.

"엄마, 평소에 저렇지는 않아. 잘해 나한테. 그런데 오늘 왜 저러는지 모르겠다. 엄마가 좀 이해해 줘."

"내가 사람 볼 줄 안다. 저 인간 평소에도 손찌검하지? 이게 처음이 아니지? 그 버릇 못 고친다. 내가 니 표정이 왜 그렇게 어두워지고 한숨을 자꾸 쉬는지 이상했었는데, 이제 다 이해가 된다. 너 나하고 서울 가자. 도저히 안 될 인간이다. 하나를 보면 열을 안다. 저런 인간은 기본이 안 된 인간이야. 너 평생 후회한다. 아직 아이랑 정들지 않았을 때 끝내라. 아들은 어차피 자기 핏줄 찾아간다. 아이 두고 나랑 가자. 내가 니 성격 안다. 너는 저런 인간이랑 절대 못 살아."

"엄마, 내가 알아서 할게. 너무 걱정하지마."

라라와 엄마는 그날 밤 서로 등을 대고 누운 채 흐느꼈다. 울음소리를 눈치챌까 서로 등을 돌린 채 눈물을 삼키며 울었다.

"나는 여기 남을게. 아이를, 보름 지난 아이를 어떻게 두고 떠나. 난 못 해. 내가 견딜 수 있는 데까지 견뎌 볼게. 엄마는 다 잊고 떠나. 악몽을 꾸었거니 하고, 마음 편하게 가. 나머지는 내가 알아서 할 테니 걱정말고 돌아가. 아빠한테는 이야기 안 했으면 좋겠어."

친정엄마는 울면서 모스크바를 떠났다. 세 번째 참을 인忍자는 산산이 부서지고 말았다.

16
그녀의 불륜, 과거를 위한 레퀴엠

신은 죽었다.
- 니체 -

1년 후, 1994년. 아이를 서울로 보낸 라라는 전에 지환이 준 전화번호를 눌렀다.
'더 이상 이대로 있을 수는 없어. 스스로에게 정당하면 되는 거야.'
라라는 그렇게 자신을 설득했다.
"전화 올 줄 알았어요. 기다리고 있었어요."
지환의 웃음 띤 목소리가 저쪽에서 들려왔다.
"왜 그렇게 생각했죠? 내가 그렇게 보이게 행동했나요?"
"아니요, 그냥 내가 라라 씨가 언젠간 내게 올 거라고 믿었어요."
망설이며 했던 전화였다. 그의 말에 다소 안도감을 느꼈다. 이미 주사위는 던져졌다. 약속 장소와 시간을 정하고 그녀는 전화를 끊었다. 라라는 거울을 보았다. 거울 속에서 고혹적인 마녀가 미소 짓는 듯했다.
며칠 후.

'그냥 집으로 돌아갈까. 과연 내가 지금 옳은 건가. 이게 정말 나다운 일일까.'

라라는 지환의 아파트가 있는 칸코보 거리에서 멈춰선 채 망설였다. 마침내 그녀는 그의 아파트 초인종을 눌렀다. 추위로 발갰진 라라를 집안으로 안내한 후, 지환은 오렌지빛 주스 한 잔을 가져왔다.

"몸이 따뜻해질 거예요. 어서 마셔요."

밖에서 떠느라 춥고 심하게 목이 말랐던 라라는 그걸 받아 쭈욱 마셨다. 오렌지 주스치고는 왠지 쓴맛이 났다. 얼마 후 얼었던 몸이 녹기 시작하는 듯, 온몸이 나른해지면서 취기처럼 어지러운 느낌이 몰려왔다.

"아, 왜 이럴까요, 어지럽네요."

라라가 머리를 움켜쥐며 말하자, 지환이 미소 지으며 답했다.

"그럴 거예요. 주스에 진과 보드카를 좀 넣었어요, 몸 따뜻해지라고. 옷 벗고 이쪽으로 좀 누우세요. 한숨 자요."

그는 그녀의 옷을 벗기기 시작했다. 라라는 저항하고 싶지 않았다.

'위선자가 되느니, 창녀가 되는 편이 낫지.'

그녀를 실오라기 하나 남기지 않고 벗긴 후, 자신의 침대에 라라를 눕히고 이불을 덮어준 지환은 잠시 그녀를 토닥토닥하더니 갑자기 일어섰다.

그리고 잠시 후, 지환도 알몸이 되어 그녀의 옆에 누웠다.

짙은 커튼으로 햇빛을 차단한 지환의 아파트 방은 색지로 감은 전등이 발산하는 불빛이 은근했고, 그가 내놓은 밸리스 칵테일만큼이나 달콤했다. 그것은 그의 아름다운 외모가 만들어내는 환영이고 환상이었다.

어스름한 불빛 아래 거리의 추위에 떨던 라라의 몸이 그가 오렌지 주스에 몰래 탄 보드카인지 진 때문에 갑자기 녹으면서 정신이 아득해져 왔다. 젊은 유부녀가 연하의 잘생긴 미혼남과 갖는 관계는 정신을 혼미하게 하기에 충분한 불륜의 독한 향기를 품고 있었다. 칸코보의 은밀한 정사는 그녀를 흔들어 놓았다. 죄의식과 죄책감과 함께 오기와 저항심이 뒤죽박죽되어 침대 위에 흐트러져 나뒹굴고 있었다.

 그것이 지환과의 첫 관계였다. 준호를 부정하고 지우기 위한 것이라면 그 누구라도 상관없었다. 거구의 준호가 가냘프고 작은 라라에게 행한 폭력들은 그녀로 하여금 준호에게 남편이라는 호칭 자체를 거부하게 했다. 어떤 계기가 되어야 자신이 이혼이라는 벽을 뛰어넘어 저편으로 건너갈 수 있을지, 여러 밤 그런 고뇌를 알코올로 잠재웠다. 그러던 그녀에게 지환의 장난기 어린 애정 공세, 그러면서도 노골적이고 직접적인 파상 공세는 라라를 흔들어 놓았다. 그것은 그녀의 내적 방황을 외적 행동으로 이끌었다.
 '상관없어, 준호 너만 아니면 되는 거야. 너를 부정하는 것은 내 권리고 의무이며 자유야. 난 전준호의 여자가 아니야. 아내라니 터무니없어. 나는 그냥 나 자신일 뿐이야.'
 라라가 첫 외도의 상대로 지환을 받아들인 것은 희망이 아니라 포기였고, 기대가 아니라 좌절이었다. 그래도 상관없었다. 그와의 정사는 자신을 버리기 위한 행동이었지 얻기 위한 것이 아니었다.
 현재를 버리기 위한 절망의 몸짓, 그것이 지환과의 관계였다. 소심하고 이기적이고 희망 없는 청춘과의 외도. 그것은 준호의 아내, 라라에 대한 조소였다.

'준호를 부정하고 모욕하는 데는 이지환 정도면 되는 거야. 너무 훌륭한 남자라면 오히려 미안할 일이지. 이것은 미래를 위한 행진곡이 아니라, 과거를 위한 진혼곡이니까.'

그것은 모스크바 광시곡의 시작이었다.

라라의 행동은 모든 기존 관계에 대해 파괴적이었다. 박기헌과의 관계도 점점 브레이크 없는 기관차로 치달았다. 그러나 그와의 관계는 단순하지 않았다. 많은 이의 자존심이 걸려 있었다. 특히 기헌의 아내 진옥이 문제였다.

박기헌과 그의 아내 이진옥은 잉꼬부부였다. 기헌은 지적이고 박학다식한 영락없는 학자였고, 낭만적 신사였다. 진옥은 학구적이면서도 전형적인 현모양처였다. 남편 뒷바라지하는 걸 보면 희생파였다.

물론 보이는 것이 전부는 아니고, 그렇게 보인다고 모두 진실도 아니었다. 그러나 그들 부부는 적어도 라라와 준호 같은, 매의 발톱 같은 갈등을 감추고 있지 않다는 것쯤은 분명했다. 라라가 보기엔 참 아름다운 커플이었다.

특히 스스로 모든 것을 알아서 챙기는 기헌 같은 남자를 남편으로 가진 진옥이 부러웠다. 저런 남자와 함께 살면 얼마나 행복할까. 어쩌면 저렇게 철저히도 다를 수가 있나, 준호를 볼 때마다 기헌의 모든 것이 정당하고 옳아 보였다. 비교하고 싶지 않았지만, 그들은 존재 자체가 비교를 위해 창조된 것 같았다. 기헌의 크지 않은 체구까지도 존경스러웠다.

"기헌 선배 같은 오빠가 있으면 좋겠어요."

그러자 박기헌은 그녀에게 진짜 '오빠'로 다가오기 시작했다. 기헌은 마치 그녀를 구하기 위해 모스크바에 온 구원 투수 같았다.

기헌과 진옥은 라라 부부와 각별히 지내고 있었다. 진옥은 이렇게 말하곤 했다.

"우리 기헌 씨가 그러는데, 라라 씨보다 똑똑한 여자 지금까지 본 일 없대."

그러면 기헌은 또 이렇게 이야기했다.

"우리 집사람 진옥이가 다른 여자를 자기보다 낫다고 생각하는 거 처음 봤다. 라라는 정말 매력이 있다고 하더군."

물론 그것은 기헌이 라라에게 각별한 감정이 있다는 걸 진옥이 서서히 눈치채기 전까지였다. 둘 사이에 뭔가 있다고 느끼게 된 진옥은 더 이상 자애롭고 다정한 언니만은 아니었다. 냉정함을 가감 없이 드러냈다. 그것은 자존심을 다친 여자의 몸부림이라는 걸, 라라는 모르지 않아 미안한 마음에 어쩔 줄 몰랐다. 그래도 진옥은 다른 아줌마들과는 달랐다. 어떻게든 라라를 보듬으려 했다.

민라라에게 박기헌은 정신적 지주였다. 그가 그녀의 연인이 되어버린 후, 그리고 진옥이 그런 미묘한 감정을 읽어내고 있다는 걸 라라도 눈치채지 못할 리 없었다.

진옥은 좋은 여자였다. 그녀에 대한 미안함이 기헌에 대한 혼란스러운 감정으로 표출되곤 했다. 공연한 짜증을 부리기도 했고, 그를 마음에서 밀어내야겠다는 의무감이랄까 부담감이 그녀의 말과 행동을 지그재그로 만들어버리곤 했다. 그는 당황했지만 이유가 진옥 때문이라는 걸 알고 오히려 미안해했다.

　라라가 결국 준호와의 갈등을 견디지 못하고 서울로 귀국하기로 결정한 데는 기헌의 조언이 결정적이었다. 기헌이 그녀의 귀국에 동의한 것은 준호가 다른 사람들이 보는 앞에서 그녀를 폭행한 날 이후였다.
　성당 청년회 야유회가 있던 날, 라라는 집에서 야유회에서 먹을 야채들을 씻고 있었다. 성당 청년회장을 맡고 있던 기헌이 라라에게 특별히 부탁했기 때문이었다.
　라라가 정성껏 야채를 손질하고 있는 걸 보더니 준호가 비아냥거리기 시작했다.
　"기헌이 시키는 일은 잘도 하는군. 집에서 밥은 안 하면서."
　"언제 안 했어. 매일 집으로 들이닥치는 사람들 밥하느라고 하루도 둘이서 밥 먹은 적조차 없을 정도였는데. 그리고 앞으로 집에서 밥하지 않겠어. 니가 지금 말한 대로. 할 일 없이 집에서 노는 사람은 직접 해서 먹으라고. 무슨 이유로 내게 해내라고 하는 건데. 곧 사람들이 올 텐데, 그러고 있을 거면, 차라리 청소라도 좀 하라구. 기헌 선배는 청소는 자기 일이라고 생각하고 누가 시키지 않아도 한다고 진옥 언니가 그러더라. 기헌 선배와 친하게 지내면서 그런 좋은 점이라도 좀 배우면 안 되나. 남자가 다 자기 할 일 스스로 알아서 하니까 여자가 존중하고 아끼는 거 아니겠어. 기헌 선배는 매일 밤늦게까지 논문 준비하느라 책 보느라고 건강 탈 나지 않을까, 그 언니가 걱정하던데, 나도 그런 걱정 좀 해보고 싶고 남편 건강 챙겨보고 싶어."

그러자 준호가 발끈했다.

"그거야 워낙 진옥이가 남편을 잘 내조하니……"

"그럼 그런 여자 만나. 왜 나 같은 여자 찾았어. 넌 밥보다 섹스를 더 좋아하잖아."

준호는 이미 분노인지 흥분인지 모르게 숨을 헐떡이고 있었다. 그런 준호를 가증스럽다는 듯 라라는 바라보며 마지막 일격을 가했다.

"네가 학력을 속이고 결혼하지 않았다면 너랑 여기까지 올 일도 없었어. 지금 누구한테 엉뚱한 트집을 잡는 거야. 웬 적반하장?"

준호의 얼굴이 일그러지더니 그녀의 뺨을 후려쳤다. 그녀가 쓰러지는 그 순간을, 열린 문으로 들어서던 백성만이 보고 말았다.

당황한 것은 오히려 백성만이었다. 그동안 백성만은 라라를 아끼면서도 남자로서 준호의 편을 들어주는 편이었다.

"학업에 성실하지는 않아도, 그래도 인물 좋고 성격 좋잖아요."

그런 백성만에게 자그마한 여자를 거구의 남자가 폭행하는 모습은 상상 못한 충격을 준 모양이었다.

"나 원 참 이거야. 어째야 할 줄을 모르겠네. 아니 어쩌다 이러신 겁니까. 이건 좀 심하군요."

그는 할 말을 잇지 못하고 말끝을 흐리며 혀를 찼다.

백성만에게서 그 이야기를 전해 들은 기헌은 라라에게 한국행을 적극 권했다.

"여자를 폭행할 정도로 분별력이 없는 사람이라고는 생각 안 했는데, 기대 이하더군. 지금껏 그런 짓을 계속해 온 거였어? 그걸 라라가 참았다는 걸 진옥이조차 믿기 어려워하더군. 차라리 이혼이 서로에게 좋을 거 같다고 진옥도 그러네. 나도 같은 생각이야. 더 이상 여기서 그가 공부 마치기를 기다린다는 건 시간 낭비 같아."

그에 대한 답이라도 되는 양 라라가 기헌에게 밝혔다.

"저 서울에 방송국 일자리가 생겼어요. 가는 걸로 결심했어요."

라라가 귀국하기 며칠 전, 박기헌은 라라에게 아르바트 거리에서 보자고 했다.

"외무성에 스탈린 시대 한반도 관련 외교 문서들을 찾으러 자주 아르바트에 와."

기헌은 마주 앉은 카페에서 라라 앞 테이블 위에 곱게 포장된 상자를 내밀었다.

"뭔가 하나 사주고 싶어서 좀 둘러봤는데, 어떤 취향인지 몰라서."

"왜 이렇게까지?"

라라가 눈이 동그래져서 물었다.

"그냥 라라를 행복하게 해주고 싶어. 내가 할 수 있는 게 뭔지는 모르겠지만, 힘들 때 조금이라도 힘이 된다면 좋겠네."

그날 둘은 늦은 시간까지 함께 있었다.

여름의 저녁은 해가 길었지만 자정을 바라보는 모스크바 레닌 언덕에도 포근한 밤의 어둠이 내렸다.

"진옥은 연인이라기보다는 동료이고 친구 같은 존재야. 정말 좋은 사람이지.”

결국 역사는 밤에 이루어지는가. 모스크바의 한 작은 호텔에서 라라와 기헌은 서로에게 신혼 같은 밤을 가졌다. 상처받은 날개를 가진 영혼을 치유해 주는 존재가 지금 기헌이었다. 그래서 그의 육체적 사랑까지도 받아들일 수 있었다.

그러나 기헌과의 관계가 주는 행복감은 가시 돋친 장미를 손에 움켜쥔 듯한 것이었다. 나는 누구인가, 어떤 인간인가. 답이 궁한 질책들이었다.

사랑스런 여인. 가증스런 배신자.

배신이란 말이 뇌리에 떠오르자 라라는 화들짝 경악했다. 자신에게 도저히 용납할 수 없는 것 중 하나가 그거라고 믿어왔다. 그런데 지금 그 하나를 잃은 것 같은 상실감이, 이 행복에는 배태되어 있었다. 고리까야 프라브다. 쓰디 쓴 진실이었다.

그러나 라라는 더 이상 준호라는 굴레에 갇히기 싫었다. 그를 위해 아니 그 때문에 자신이 원하는 것을 포기하고 싶지 않았다.

“포기가 습관이 되면 자포자기해지고 말 거야.”

그녀는 스스로에게 경고했다. 라라는 최근 자신이 삶을 포기하고 말 것 같은 위기감을 느끼고 있었다. 폭행을 당하면 자존감을 잃었다.

‘저 창밖으로 몸을 던져버릴까.’

창밖을 보며 그런 생각도 들었다. 그 창밖으로 몸을 던지느니 좋아하는 사람에게 던지는 편이 훨씬 낫지. 자신을 원하는 뜨거운 기헌의 손길에 이제 인형의 집을 떠나는 노라가 되어도 좋다는 결심이 섰다.

‘준호가 남편이라면, 나 라라에게는 세상 모든 남자가 다 애인이고 남편

이야.'

진짜 자신을 라라의 남편이라고 하면서 돕는 사람도 있었다. 김후원이었다. 그는 깐깐하고 까탈스러운 사람이었다. 입맛도 까다로웠고 여자를 보는 눈도 까다로웠다. 나이 마흔이 되도록 결혼하지 않고 있다는 것으로도 짐작할 수 있었다. 그는 말이 곧 행동인 사람이었다. 농담과 진담의 구분 없이 떠들 뿐, 아무것도 하지 않는 준호와는 상반되는 성격이었다.

후원은 라라에게 문제가 생기면 자기 일처럼 나서서 도왔다. 김후원은 라라의 비자 문제나 체류 문제가 생겨도 자기가 나서서 비자를 받아주었고 문제를 해결해 주었다. 필요하면 그는 라라를 자기 아내라고 말하면서까지 나서서 해결했다.

사실상 그랬다. 서류상에만 준호가 남편이었다. 다른 모든 일은 주변의 남자들이 돕고 해결했다. 준호는 자기가 라라의 남편이라는 착각에 빠진 외인이었다.

그들 셋이 함께 있을 때조차, 사람들은 라라와 후원을 부부라고 오해하곤 했다. 김후원이나 라라 두 사람 중 누구도 거기에 대해 일체 반응하지 않았다. 터무니없다는 생각조차 터무니없을 정도로 그들의 관계는 말 그대로 순수한 우정이었다. 거기에 추문이 개입하는 것이 그들에겐 생소할 뿐더러 상상되지 않는 일이었다. 누가 보면 부부처럼도 보이고 남매처럼도 보이고 연인 관계처럼도 보였을 테지만, 유독 당사자인 두 사람만은 생뚱맞은 표정을 지었다.

심지어 김후원의 애인인 러시아 여자 올가가 간혹 라라 문제로 그와 실랑이하는 일도 있다는 얘기를 들었으면서도 별다른 생각이 들지 않았다. 라라에게 김후원은 나이도 제법 있는 아빠 같고 오빠 같은 사람이었다. 그런 것은 마치 근친 간의 불미스러운 감정으로나 치부될 만큼, 이상하게 두 사람의 감정은 서로에게 초여름 날 밥상 위의 상큼한 물김치처럼 정갈했다.

그래도 올가는 후원이 라라에게 대하는 감정이 간혹 우정 이상이 아닐까 걱정스러운 모양이었다. 아마도 후원이 자유로운 영혼의 소유자로서, 결혼을 염두에 두지 않고 그녀와 사귀기 때문일 것이었다.

"한국에서 선을 봤는데, 나는 아무래도 한국 여자하고는 못 살 것 같다."

후원이 언젠가 라라에게 한 말이었다. 한국 여자들과 대화가 안 통한다는 거였다.

그는 라라에게만은 늘 허심탄회했다.

"올가가 자꾸 아이를 갖고 싶다고 해서 아주 부담스럽다니까요."

러시아 여자들은 대학가지 않으면, 고등학교를 졸업하고 일찍 결혼하는 것이 일반적이었다. 올가에게는 대학 졸업을 앞둔 시점에서 6년 넘게 사귀던 후원이 청혼하지 않는 것은 불안하고 힘든 일이었다.

라라로서는 올가를 서운하게 만들거나 원망을 들을 만한 행동을 하고 싶은 마음은 털끝만큼도 없었다. 기헌과는 어쩔 수 없이 그렇게 발전했어도, 그 죄책감만으로도 이미 충분히 괴로웠다. 친구의 사랑을 탐하는 것은 나쁘고 고통스러운 일이었다.

올가가 결국 임신을 했다는 사실에 라라는 올가에게 좀더 따뜻이 대해주지 않으면 안 되겠다고 마음먹었다. 혼전 임신은 여자에게 힘든 결정일 수밖에 없음을 라라는 이해하고도 남았다. 올가는 아름답고 성실하고 똑똑하고 심성 고운 여자였다. 이제 그녀는 노처녀 소리를 들어야 하는 나이에 달해 있을 만큼 후원과 함께 지낸 세월이 길었다. 라라는 후원이 올가를 책임져야 한다고 믿었다.

그런 중에 올가가 박사과정을 시작하면서 임신을 결행했던 거였다.

"후원이 뭐라 해도 아기를 포기하지 않을 거예요."

올가는 가장 가까운 한국 친구인 라라에게 고백했다.

"남자들은 아이라도 있어야 떠날 생각을 포기하거든요."

물론 라라는 후원이 올가를 버리고 떠나는 건 무조건 막을 작정이었다.

"남녀 간의 우정도 귀한 것이지만 여자들 사이의 우정은 희귀한 만큼 더 소중한 것이기도 해. 나는 널 존중해, 올가. 남자가 그 정도 여자를 데리고 있었으면, 책임져야 하는 것이 옳은 일이야."

후원은 결국 올가와 결혼 신고했다.

"내가 늙은 모양입니다. 전에는 절대 결혼 같은 건 할 생각이 없었는데, 이제 한 여자한테 묶여서 살기로 한 걸 보면 말입니다. 살다 보니 그런 날도 오네요."

"늙어서 그런 게 아니라 상대가 좋은 사람이니까 그렇죠. 안 그랬으면 죽어도 할 사람이 아니죠."

라라의 말에 후원은 고개를 끄덕이며 미소 지었다.

17
서울 랩소디 – 그녀는 온에어

1996년.

서울에 도착한 다음 날, 라라는 방송국으로 갔다.

김 피디는 클래식 음악 베테랑이었다. 지금 임신 중인 그녀는 2년 전 모스크바에 왔을 때보다 다소 살이 올라 있었다. 차이콥스키 콩쿠르 취재를 위해 모스크바에 왔던 그녀와 라라는 인사를 했었다.

김 피디는 말했다.

"그때 모스크바에서 뵌 분이란 거 알고 라라 씨 글 좀 보내 달라고 부탁했어요."

그러면서 그녀는 다시 말을 이었다.

"그때 처음 간 모스크바에서 제가 신세를 많이 졌죠. 그런데 라라 씨가 지금 많이 힘들다고 했었죠. 그렇지만 사실 우린 그래요. 힘든 사람 돕는 것도 좋은 일이지만. 여기는 프로들의 세계고, 또 방송계가 굉장히 까다롭고 타이트해요. 무엇보다 작가는 글발이 돼야 뒷말이 없으니까. 다행히 라라 씨 글이 좋았어요. 특히 '미시족을 위한 변명' 그리고 '시베리아의 눈물 바이칼' 정말 마음에 들더군요."

며칠 후 김 피디는 신입 후배 양 피디를 라라에게 소개해 주었다. 기획 프로그램 작가 필요하다고 해서 라라를 소개했다는 거였다.

"동대문 일대에 러시아 매춘녀들이 많다고 하는데, 그걸 취재하고 싶어요."

양 피디는 미혼의 여자였다. 키가 크고 마른 체격에 이지적이면서도 앳된 미소를 지니고 있었다. 순수해 보이는 인상이었다. 캡을 써서 그런지 보이시한 분위기가 편안함을 주었다.

라라는 다음날부터 취재에 나섰다. 매춘한다는 러시아 여자들은 눈에 띄지 않았다.

"외국인들의 매춘은 음성적으로 존재할지언정 밖에서 업소를 차리고 공개적으로 영업을 하는 것이 아니어서 찾기가 쉽지 않을 겁니다. 남자 기자들이 손님인 척 위장 접근해야 겨우 찾을까 말까 하니까요."

그 인근 경찰서의 담당자는 귀띔을 해주었다.

"더구나 요즘은 그런 사람들이 어디론가 모두 자취를 감추고 보이지 않아 더 힘들 겁니다. 얼마 전까지만 해도 그 뒤쪽 골목이나 모텔 근처에 가면 저렴한 가격에 매춘을 제안하는 러시아 여자들과 고려인 여자들이 있었는데. 어려 보이는 얼굴부터 그런 일 하기에는 무리가 있어 보이는 나이 든 여자들까지 다양하죠."

그 말을 듣는 순간 라라는, 일부는 매춘도 있지만 일부는 아닐 수 있다는 생각이 들었다.

'소련 붕괴 후 급격히 자유로워진 그리고 내면적으로는 유럽의 전통 속에 있는 러시아가 갖는 성적 개방성에서 비롯된 행동이지, 직업적으로 매

춘을 하는 것은 아닐지도 몰라.'

"러시아에 있을 때 듣기로는, 한국 남자들의 유혹에 넘어가 한국에 따라왔다가 버려진 경우, 체류 비용이나 돌아갈 비용이 필요해서 그런 일들을 하는 경우도 드물지 않다고 해요."

그런 이야기를 하자 양 피디는 화들짝 놀랐다.

"우리가 여기서 외피만 보고 아는 것과 속사정이 다른 경우가 있겠군요. 그게 사실이라면 이 특집은 기획부터 재검토해야겠네요. 괜히 불쌍한 러시아 여자들에게 매춘업자나 창녀라는 오명을 씌울 수 있겠어요."

그 후 양 피디와 라라는 서로에 대한 인간적 신뢰를 갖게 되었다.

"다음 개편 때 맡게 될 예정인 프로그램에 작가가 없는데, 주말에는 제가 일이 많아 프로그램 준비하기가 벅찰 거 같아요. 주말 작가를 맡아주시면 좋을 거 같아요."

라라는 비록 주말 이틀뿐이지만 정규 프로그램 작가로 입성하는 데 성공했다. 라라가 주말뿐 아니라 프로그램 준비를 위해 주 하반기 3~4일 자료 수집 차 출근하면서 일에 대한 성의와 적극성을 보이자 양 피디는 일하는 라라에게 고마워했다.

어느 날 양 피디는 맥주를 마시며 라라에게 털어놓았다.

"사실 우리 부모님도 별거 중이에요."

양 피디는 말을 이었다.

"저는 정말 놀랐어요. 현지 주재 대사님이 직접 스타디움 현장에서 중계 해설해 주시는 경우는 방송 역사상 처음이에요. 윗분들도 관심이 아주 크셨어요. 칭찬들 많이 하셨구요. 어떻게 그분들까지 섭외하느냐고 놀라시구요. 하긴 민 작가님 친화력이면 못할 일도 아니죠. 제가 정말 놀라는 것은 그거예요. 처음 본 사람들하고 5분만 이야기하고 나면 오랜 친구처럼 친밀감을 형성하고 속 깊은 이야기까지 나누는 걸 보면 정말 대단한 분이란 생각이 들어요. 저도 피디니까 그런 면이 있어야 되거든요. 저는 그게 부족한데 작가님은 정말 잘 하시니까, 나도 그렇게 좀 됐으면 좋겠다, 부러운 생각이 들어요."

그러면서 귀여운 미소를 지으며 말을 이었다.

"다음 개편 때 이 프로그램이 저녁 8시 프라임타임 대로 확대돼서 가게 되었어요. 제가 민 작가님을 적극 추천했어요. 앞으로는 매일 일하시게 될 거예요. 진행자 성 아나운서와 맞추는 것만 좀 신경 쓰시면 잘하실 거 같아요."

양 피디는 그렇게 말하며 새로 프로그램을 맡게 된 김 피디와 안 피디를 소개해 주고는 교양 프로그램을 맡아 다른 부서로 옮겼다.

매일 프로를 맡게 된 지 한 달가량 지나서였다. 이제 세팅이 되고 나름대로 적응도 하고 있었다. 그러나 진행자인 성 아나운서가 원고 없이 자기 자유대로 진행하기를 원하는 사람이라 걸핏하면 오프닝 멘트가 엉성해지기 일쑤였다. 그걸 조금이라도 조율하느라 힘들었지만 결국 진행자가 다루는 원고를 최소화하고, 작가의 원고를 성우가 읽는 방식으로 조정하고 나니 서로 조금 편안해졌다. 더구나 성우가 워낙 감각이 있고 똑똑한 여자라 작가의 의도를 100퍼센트 이해하고 읽어냈다. 여자 성우 이지연은 라라에겐 구세주였다.

"지연 씨가 아니었더라면 이 코너가 이렇게까지 인기를 끌지 못했을 거예요. 어제 택시 타고 가는데 기사 아저씨가 우리 프로 애청자더라구요. 그런데 그 코너가 제일 재미있다고 했어요."

그러면 상냥한 이지연은 매력있는 음성으로 대답하곤 했다.

"무슨 말씀을요, 원고가 진짜 마음에 들어요. 그래서 제가 이해한 대로 표현을 하니까 청취자들에게 먹히는 거 같아요. 다른 성우들이 작가가 누구냐고 물어봐요."

라디오 본부 황 부장 앞으로 익명의 투서가 날아든 것은 그 무렵이었다.

"이거 그 팀 일이니까 알아서 처리하라고."

팀 차장에게 넘어온 두 장의 종이에 무슨 내용이 쓰여 있었는지 읽던 차장의 얼굴이 웃음과 일그러짐이 동시에 일었다.

"어이, 김 피디, 이거 무슨 내용이야. 나는 잘 모르겠는데 알 만한 내용인가?"

그것을 건네받아 읽던 김 피디는 얼굴이 확 붉어지면서 벌컥 화를 냈다.

"이거 나보고 하는 소리야? 내가 작가랑 그렇고 그런 관계라는 거야? 안 피디, 이것 좀 읽어봐. 나 너무 황당하네."

신입 피디인 젊고 세련된 분위기의 안 피디는 읽다가 웃음을 터뜨리고 말았다. 그리고 정색을 하더니 말했다.

"이거 너무 3류 소설 같지 않아요? 표현도 그렇고 내용도 그렇고. 민 작가님에 대한 내용인데 읽어보실래요?"

라라는 당혹스러웠지만 별 내용 있겠나 싶어 받아 들고 읽어 내려갔다.

'……이 프로그램의 작가가 남자 피디들을 유혹하기 위해서 온갖 교태와 아양으로 눈살을 찌푸리게 만들며, 실력으로 일하려 들지 않고 알량한 몸으로 일하려 들고 있습니다. 남자들 앞에서는 새색시처럼 교언영색하고 여자들 앞에서는 낯빛 새파래지는 그녀를 보면서, 동료인 저희 작가들과 리포터들은 도저히 함께 일할 수 없다는 판단에 이르렀고 이를 부장님께 알려 조치를 취해주실 것을……'

라라는 얼굴이 홍당무처럼 빨개지고 화끈거렸다. 동시에 손이 부들부들 떨리면서 온몸이 경련과 함께 와들와들 떨렸다. 전율할 충격이었다. 라라는 무너질 것 같은 몸을 겨우 버티면서 물었다.
"이거 제가 가져도 될까요?"
"그럼, 가져가. 익명의 투서는 아무도 신경 안 써. 여기는 말 공장이잖아."
황 부장이 직접 허락했다. 박 피디의 제안을 적극 수용하고, 양 피디의 추천을 받아들여 라라를 프라임타임 작가로 채용한 황 부장은 미소를 지어 보였다.
그렇지만……
라라는 끝내 울음을 참지 못하고 화장실로 달려나가 펑펑 울고 엉엉 통곡했다.
'실력으로 일하려 들지 않고 알량한 몸으로 일을 하려 든다.'
그게 자신을 향한 말이라는 걸 믿을 수가 없었다.
'어쩌다 내가 이런 소리까지 들을 지경이 되었나. 내가 그 정도로 형편

없는 건가. 그래서 진행자가 원고를 거부하는 건가. 이 투서는 누가 왜 쓴 걸까.'

머릿속에 생각의 생각이 꼬리를 물었다. 안 피디가 그녀를 찾으러 왔다가 그녀가 우는 걸 보고는 오히려 미안해했다.

"저, 김 피디님이 민 작가님 불러오래요, 지금 할 게 많다고. 너무 힘들어 마세요. 근데 누구 짐작 가는 사람이라도 있어요?"

라라는 말 대신 고개를 저었다. 우체국 소인을 보니 마포구였다. 그곳에 사는 작가는 역시 같은 부서에 있다가 얼마 전 일을 손에서 놓은 그녀였다. 그런데 그 여자 작가는 언젠가 같이 점심을 먹고 방송국 내 공원을 산책하면서 라라 씨는 천상 여자야, 라고 했던 바로 그녀였다. 라라가 선배 작가로 믿던 사람이었다. 그런데 모든 다른 정황은 그 여자 선배 작가의 소행이라고 말해주는 듯했다.

안 피디가 말했다.

"우리 부서 사람 맞겠죠. 회식 때 일을 언급한 걸로 봐서?"

라라는 고통스럽게 고개를 저었다.

'함부로 의심하지 말자. 누군가 다른 사람이 넘겨짚고 썼겠지.'

김 피디 앞으로 간 라라는 말했다.

"저, 그만둘게요. 이런 투서를 받고 어떻게 일을 하겠어요. 다른 사람들이 보기에 제가 너무 부족한가 봐요."

그러자 김 피디는 격앙된 목소리로 되받았다.

"누군가가 라라 씨를 쫓아내려고 작정하고 투서 보낸 건데, 진짜 나가면 그 사람들 뜻대로 되잖아요. 이럴 때일수록 버티고 진짜 실력을 보여줘야죠. 이 바닥이 얼마나 독종들이 모인 곳인데요. 그렇게 여리고 순진해서는 여기서 못 버텨요. 우리 지금 특집도 해야 하고 할 일이 많단 말예요."

권 차장은 라라와 젊은 남자 피디 김 피디와의 관계를 의혹의 시선으로 보는 눈치였다. 그러자 옆에 있던 황 부장이 한마디 했다.

"내가 방송일 하면서 이런 일 두세 번 겪었어. 자주 있는 일은 아닌데 아주 드문 일도 아니지. 간혹 새로 온 사람이 잘 나가면 이런 일이 생기더라고. 민 작가는 일 시작한 지 한 텀밖에 안 됐는데 일찍 겪는 편이지. 보통 2~3년차 돼서 좀 뜨려고 하면 저런 일로 끌어내리더라고. 안타까운 일이지. 피디들은 그러면 부담 생겨서 같이 일하기 겁내게 되지. 그런 걸 노리는 거라고 봐. 너무 힘들어하지 말고 힘내. 민 작가 약하지 않잖아, 안 그래? 그래서 내가 작가 선정 결재한 건데. 여기선 실력밖에 없어. 상당히 힘든 동네지, 허허."

그 투서는 머지않아 예언이 되어버렸다. 투서 사건은 김 피디의 보호 본능을 자극했다. 그는 힘들어하는 라라를 지탱해 주기 위해 마음을 써주었다. 늦게 일이 끝나고 버스를 여러 차례 갈아타고 가는 라라를 매일 아현동 집으로 태워다 주겠다고 제안했다.

"우리 집으로 가는 길목이라 전혀 문제없어요."

김 피디와 라라가 매일 같이 퇴근하면서 관계가 미묘하게 복잡해지기 시작했다. 남녀 사이에서 흔히 벌어지는 일이 그들 사이에서 조짐을 보였다.

김 피디가 어느 날 라라의 집 앞에 차를 세우고 그녀에게 말했다.

"이런 말하면 어떨지 모르지만, 사실 나도 집에서 거의 아내 내조를 받지 못하는 남자지. 아내는 직장 다닌다고 아침에 일어나기 바쁘게 자기 준비만 하고 나가니까, 아줌마 올 때까지 내가 아이 먹이고 출근 준비하고 나오거든. 딸이 두 살인데 엄마랑 있는 시간보다 나랑 있는 시간이 더 많아. 아내가 해준 밥이란 건 거의 먹어 본 일이 없지. 내가 왜 결혼했나, 그런 생각 드는 때가 한두 번이 아니야. 결혼이란 건 대체 왜 필요할까 싶기도 하고."

라라는 아무 말도 할 수 없었다.

"우리 공개적으로 사귀는 거 어떻게 생각해?"

라라가 조용히 고개를 가로저으며 입을 열었다.

"내가 김 피디 아내보다 더 낫다는 생각이 안 들어요. 의사라는 직업을 가진 여자의 삶이 어떤 건지 짐작이 가거든요. 나라고 해도 그녀보다 더 잘할 수 있을 거 같지 않아요. 여자끼리 서로 다치게 하는 것은 좋은 일 같지 않아요. 더구나 김 피디는 한창 어린 딸도 있잖아요. 딸을 사랑하고요. 아들은 아빠가 키워도 되지만 딸은 달라요. 여자는 사랑을 먹고 크는 나무예요. 그런 사랑은 친엄마 외엔 해낼 수 없다고 봐요."

그는 말없이 고개를 끄덕이며 중얼거렸다.

"딸, 그렇지. 잠시 잊었어. 내 딸을 많이 사랑해. 엄마가 옆에 있어 주지 못해서 화가 난 건데…… 그렇기는 해도……이대로 계속 가는 건 그럼 무슨 희망이 있지."

"그냥, 우리 지금처럼 서로의 옆에서 친구처럼 애인처럼 곁에 있어 주는 거 자체로 소중한 인연이 아닐까 해요. 김 피디가 아니었으면 난 그때 버티지 못했을 거고, 김 피디는 일과 육아 사이에서 지친 나머지 아내에게 더 모질게 행동하고 진작 이혼 선언을 했을 수도 있어요. 그런 파국을 막았다고 위로를 삼으면 안 될까요?"

"그래, 모든 만남이 미래를 가질 수는 없겠지."

김 피디는 다음 개편 때 엠디를 맡겠다고 지원했다. 아이와 시간을 더 보내기 위해서였다. 또 다른 프로그램을 맡으면 라라를 만나기가 어려울 수도 있기 때문이기도 했다.

그러나 세상은 늘 계획대로 되는 것은 아니다. 새로 오기로 내정된 최 피디 주변에 몇몇 작가와 리포터들이 다가서고 있었다. 왠지 그 투서의 숨은 작가들처럼 보이는 수상한 풍경이 연상되었다. 그리고 후임자 최 피디와는 한 번의 기획 회의를 끝으로 볼 수 없었다. 세상에 우연은 없는 법.

다음날 약속된 2차 회의 시간을 기다리는데 새 팀원들이 모두 나타나지 않았다. 회의실에 혼자 남겨진 그녀는 어찌해야 좋을지 몰랐다. 그렇게 그녀에게는 아무런 언질도 없이 최 피디는 작가를 경질했다. 교체하기로 했다거나 하는 일체 설명이나 변명조차 없었다. 최소한의 예의도 없었다. 처음 대하는 최 피디가 라라에게 그럴만한 이유는 전혀 없었는데도 말이다.

방송국 일을 그만둔 후, 라라는 들어가기 힘들다는 유명 통역대학원에 합격했다. 그러나 라라에게는 모스크바의 구로반점이 기다리고 있었다. 꿈을 펼치기도 전에 접어야 하는 상황이었다. 박기헌 역시 그녀가 다시 모스크바로 가는 것을 원하지 않았다.

"준호에게 1년간 한시적으로 해보라고 김후원을 설득해 넘긴 식당이 라라를 다시 모스크바로 불러들이는 걸 보고 운명의 아이러니를 느낀다."

라라의 모스크바행 속에는 다시 기헌과의 이별이 잠재되어 있었기 때문이었다. 기헌은 공부를 마치고 귀국해 강의 중이었다.

그러나 묘하게도 자포자기한 심정의 라라는 커다란 짐을 벗은 기분이 들기도 했다. 이유는 있었다. 기헌이 진옥에게 더 이상 비밀을 유지할 수도 없는 딜레마에 빠져 있었다.

박기헌은 고뇌를 털어놨다.

"진옥이는 참 좋은 여자야. 차마 상처 주고 싶지 않아."

라라는 그렇게 서울을 다시 떠나 모스크바로 향했다. 라라 역시 진옥에게 상처를 주길 원치 않는다는 걸 기헌도 확인했다.

"나한테 진심으로 잘해줬던 언니예요. 언니는 힘들어도 끝까지 나를 마음에 보듬으려 했으니까. 그런 여자 거의 없어요. 대부분 이유 없이도 비난하고 배척하고 망가지길 원하죠. 진옥 언니는 달랐어요. 그런 사람을 다치게 하는 건 옳지 않아요. 진옥 언니가 이겼어요. 이건 내가 아무리 힘들고 망가져도 절대 포기할 수 없는 나만의 룰이에요. 나를 이기는 방법을 언니는 아는 거죠."

"진옥이 라라를 진짜 부러워해. 아무한테도 그런 감정 가진 적 없는 여잔데……"

"오래전 2차 대전 당시 클라우디아라는 이름의 실존 러시아 여자가 이런 말을 했어요. 타인의 불행 위에 내 행복을 세울 수는 없다고. 나도 나를 아끼고 존중하는 사람의 불행 위에서 승리의 샴페인을 터뜨리고 싶지는 않아요. 진옥 언니와 기헌 선배의 행복을 빌어요."

18
파랑새 죽이기

1999년 봄, 모스크바.

베라와 다리야는 '파랑새'를 여전히 '구로'라는 이름으로 부르고 있었다. 반감의 의지를 시위라도 하듯. 그것은 갑자기 나타난 라라를 주인으로 인정하지 않겠다는 속내를 내비치는 행동이었다.

라라 역시 그걸 모르지 않았다. 라라는 곧 대응법을 찾아냈다.

"그런 촌스러운 이름을 우리 한국에서 온 유좐들은 좋아하지 않아요."

그것으로 충분했다. 물론 농담이기는 했다. 라라를 골탕 먹여 포기하고 물러서게 하려는 그녀들에게 한국에서 온 사람들, 그들 표현대로 남한에서 온 '유좐(남한에서 온 사람들을 고려인들이 그들식으로 지칭하는 표현)'에 대한 그들의 열등감을 자극하는 것으로 은근히 앙갚음할 수 있었다. 그들은 동포이면서도 이방인으로 처신했다.

구로반점이라는 이름은 다리야와 베라가 미스터 김이라고 부르는 그들의 옛 주인 김후원이 서울 구로에서 오랫동안 주방장을 했던 나이든 할머니 요리사의 강권에 못 이겨 지은 이름이었다. 한국말 발음에 서툰 그녀들이 반점이라는 단어를 어려워해서 그저 구로라는 이름으로 부른 것이다.

그게 무슨 특별한 의미라도 있는 줄 알았다가, 그냥 서울의 한 지명이라는 것을 알고 내심 서운하면서도 라라 앞에서는 끝까지 구로라고 불렀다. 이름이 바뀌면 다른 식당이 되어 자신들이 쫓겨날지 모른다는, 나름의 근거 있는 우려였다.

라라에게는 구로반점이라는 이름 자체가 트라우마였다. 그 식당의 존재를 처음 알게 된 순간의 충격은 그만큼 컸다.
"구로반점이 뭐야?"
그 이름을 후배로부터 듣는 순간, 타박하듯 후배를 핀잔주며 따져 물었다.
"구로인지 목로인지…… 내가 어떻게 알아. 그게 뭔데?"
"아직 모르고 있었어요? 준호 선배 거기서 식당하고 있는데……"
그 후배는 벌써 1년쯤 되었다며 자못 호들갑스럽게 걱정스럽다는 듯 말했다.
"아, 라라 언니는 준호 선배 거기서 식당하는 걸 전혀 모르고 있었구나. 괜한 이야기를 했나?"

모스크바에 다시 돌아온 후 벌어진 일들은 라라의 충격과 우려가 공연한 것이 아니었음을 입증해주었다. 아들 주원이 다니게 된 학교의 학부모들인 기업과 대사관 주재원 부인네들이 구로반점, 구로반점 하면서 한술 거들었다.
"아이고, 이름이 뭐 그렇게 촌스럽냐. 호호호"

그들은 그녀 앞에서 노골적으로 놀려대듯 약올리듯 빈정거렸다. 구로반점이라는 이름을 라라가 지은 줄 알고 고의적으로 그러는 사람도 있었다.

"주원 엄마는 식당하는 사람 이미지가 아니죠, 다방이라면 또 몰라도. 호호홋!"

그들의 놀림과 모욕은 그런 식이었다. 헐뜯고 싶은 상대가 있는데 때마침 조롱할 이유와 구실을 찾아낸 듯 그들은 신이 났다.

그럴 때마다 라라에게는 그녀들에 대한 분노보다 준호에 대한 분노의 감정이 솟구치곤 했다. 그녀들, 즉 주재원 부인네들에 대한 서운함은 상황을 모르는 자들의 무지의 소치로 돌리면 그만이었다. 그러나 그 모든 비웃음과 놀림의 원인 제공자인 준호만큼은 용서가 되지 않았다. 구로반점이, 결국 남편 준호에 대한 라라의 인내와 인고의 결과인 양 형체를 드러냈을 때, 준호에 대해 그녀가 느낀 분노와 배신감은 치욕감을 동반했다.

처음 음식을 팔고 돈을 받던 날, 라라는 눈물이 쏟아질 것 같았다. 수모감과 억울함이 라라를 거의 울게 했다.

'내가 원해서 좋아하는 사람들에게 대접하던 음식을 이제는 돈을 받고 팔아야 한다. 모든 게 그렇지 않은가. 자기가 좋아하는 사람들을 위해 즐거움으로 하던 일이 생계를 위한 강제이고 의무가 되면 그 기쁨도 빛을 잃어버린다. 예를 들어, 공부도 그렇다. 자기가 좋아서 할 때는 즐거움이 되지만, 먹고 살기 위한 방편일 때는 고통이 되듯 말이다.'

파랑새에서 일하는 사람 중 라라의 마음을 헤아려주는 사람이 이라였다. 이라는 간호학과를 나와 병원에서 일한 적이 있었다고 했다. 한국계

혼혈인 그녀는 맛을 내는 법을 가르쳐주면 간이 잘 맞게 끓여내곤 했다. 한국 사람들조차 한국 요리사가 해내는 음식으로 여겼다.

그러나 다리야나 베라가 만든 음식은 홀에서 퇴짜맞기 일쑤였다. 서빙하는 웨이트리스 여자애들이, 손님이 주인을 불러오라고 한다며 울상을 짓고 들어오곤 했다. 무례한 사람일 경우, 그릇을 거의 뒤집어버릴 듯 손으로 탁탁 거칠게 음식 그릇을 밀쳐가며 항의했다.

"이걸 먹으라고 준 거요? 직접 먹어봐요. 이걸 돈 주고 먹으란 말이요?"

라라가 얼굴이 홍당무가 돼서 땀 뻘뻘 흘리며 사과하고 다시 해드리겠다고 겨우 진정시키면 기다렸다 먹고 가는 사람도 있었고, 시간이 없다며 큰소리로 휭하니 나가는 사람도 있었다.

그런 탓에 다리야와 베라에게는 까다로운 손님의 음식은 잘 맡기지 않았으나 이라가 쉬는 날에는 그런 상황이 드물지 않게 벌어지곤 했다. 그런 다리야와 베라가 쫓겨날지도 모른다고 우려하는 건 그들 자신이 누구보다 잘 알고 있었다.

베라는 그나마 산더미처럼 쌓인 채소며 반찬거리 밑손질이라도 후다닥 해내는 재주가 있었다. 어떻게든 해보려고 나름 고심하는 기색이 역력했다.

문제는 다리야였다. 그녀는 사회주의식 대충대충하는 습관을 버리지 못했다. 그런 그녀에게 주방장을 맡긴 건 오로지 연장자라는 이유에서였다.

"요리하는 노동자들이 해준 음식을 고맙게 먹어야지, 무슨 불평을 한단 말이요."

다리야는 자본주의 사회의 고객이라는 사람들이 얼마나 까탈스러울 수 있는지 상상도 이해도 못 했다. 그녀는 네 것도 내 것도 아닌 일을 대하는,

소련 사회주의식 습성이 몸에 밴 사람이었다. 그녀의 모든 표정과 행동은 마치 해주는 대로 먹지 무슨 말이 많아라고 웅변하고 있었다.

"유좐은 사람들이 유별나요. 왜 음식이 아무 문제도 없는데 트집을 잡아요? 나는 한국 주방장 할머니가 가르쳐준 대로 만들었어요. 그냥 우리 고려 사람들이 만들었다고 괜히 얕보고 그러는 거예요."

다리야는 예전에 일했다는 육순의 주방장 할머니를 핑계 삼았다.

라라가 오기 전에는 그런 일이 벌어지는 날이면 다리야와 베라는 전준호에게 늘 모욕적 응징을 당했다고 한다. 고려인 동업자 김미샤는 그들 스타일대로 말로 타이르듯 지적하고 넘어갔지만, 다혈질적인 준호는 냄비나 의자를 그녀들을 향해 집어 던지는 일도 드물지 않았다고 했다.

"그나마 라라가 오고 난 후 덜해졌지, 전에는 더 심했다."

이라와 웨이트리스들이 그녀에게 귀띔했다.

중년의 다리야와 베라는 30대 초반의 라라가 어리다고 풋내기 취급하려 들었다. 라라의 지적을 '젠스키 컨플릭트'니 여자들끼리의 자존심 걸린 갈등이니, 어쩌고 터무니없이 호도했다. 자신들이 음식을 못해서가 아니라 남자들의 마음을 차지하기 위한 여자들 간의 갈등이라는 거였다. 다리야와 베라는 라라가 얼굴과 몸으로 남자들 구슬려서 먹고사는 여자라고 생각하는 표정이었다.

다리야에게도 믿는 구석이 없지 않았다. 알료나의 존재와 역할이었다. 알료나는 아르바이트로 일하는 유학생으로서 구로에서 마치 무주공산의 여주인처럼 행세하던 중이었다. 다리야에게는 어제의 적이 오늘의 동지였다. 다리야는 알료나 뒤로 숨었다. 알료나 역시 라라에 대한 견제에 그들을 이용하기 원하고 즐기는 눈치였다.

한국인 주인 남자의 아내라는 여자가 느닷없이 나타난 데 대해 알료나는 적응하지 못하고 거부 반응을 보였다.

유학 와서 아르바이트하는 알료나를 바라보는 라라의 솔직한 심정은 달랐다.

'도대체 어떤 남자길래 아내를 남의 식당에서, 그것도 남자들만 있는 식당에서 주방일을 시키나. 세상에는 이해할 수 없는 일들이 많아.'

사람들은 알료나가 곧 그만두려니 생각했다.

그러나 누구나 할 말은 있다. 알료나도 역시 그랬다.

"나도 원해서 시작한 일이 아니에요. 김후원 씨가 간청하길래 어쩔 수 없이 시작한 일이에요. 남편은 당연히 반대했구요. 나도 이제 논문 써야 해서 계속할 수 없어요."

그러나 알료나는 그만두지 않았다. 그만두면 라라에게 지는 거라고 여기는 듯했다.

알료나는 다리야와 베라와 함께 휴게실에서 담배를 피우며 히죽히죽 웃는 일이 잦아졌다. 이유는 나중에야 알 수 있었다. 역시나 시아버지인 전무학이 그들의 황당하고 어처구니없는 비아냥과 조소의 진원지였다.

"결혼을 안 시킬려고 했는데, 쟈가 배가 남산만해져서 나타나니께 우짜노. 할 수 없이 혼인시킸지."

라라보다 3개월 먼저 모스크바 식당으로 온 준호의 아버지 전무학은, 그녀가 오기 전까지만 해도 식당에서 일하는 사람들과 사이가 좋지 않았다.

"그것도 음식이라고 하나. 여자들이 우찌 글케 음식을 못 해여. 맛이 읍어서, 먹을 수가 읍다니께. 니가 관리를 안 허니까 그래, 이눔 자슥아. 다 니 할 탓이래."

말끝마다 그는 아들 준호를 탓하기를 잊지 않았다.

주방 여자들은 전무학을 그들 사고방식으로 반박했다.

"아바이가 왜 여기 들어와서 참견합니까. 여기는 당신 식당이 아니요. 나가소, 아바이."

그는 툭하면 집에 올라와 잠을 자는 아들의 게으름을 나무라면서 식당과 집안 안팎의 잔일이란 잔일은 도맡아 하고 있었다. 그건 그의 성격이기도 했고, 더부살이하는 사람으로서의 존재 가치를 인정받고 싶은 욕망이기도 했을 터였다.

준호의 아버지 전무학은 이성계의 스승이었던 왕사 무학舞鶴대사 같은 인물이 되라고 지은 이름이었으나 배우기를 싫어해서 동네 건달 짓을 하며 청춘을 보내고, 결혼한 후 야무진 아내의 잔소리에 못 이겨 서울로 올라와 수박 장사를 시작했다. 돈을 좀 벌어 청계천 뒷골목에 전화 부품 가게를 하나 냈다. 길가에 평상을 내놓고 고스톱으로 시간 때우며 아내 덕에 겨우 유지하면서도, 꼬박꼬박 승리통신 전 사장님 소리 들으며 배 내밀고 거들먹거리며 그랜저를 몰고 다녔다.

"형편이 그리 부유하지도 않은데 왜 그랜저를 몰고 다녀, 과한 허세 아냐?"

라라가 결혼 전에 준호에게 물었다.

"같은 업종에 종사하는 사람들이 다 그렇게 타고 다니기 때문에 작은 차를 타면 없어 보여서 영업에 방해가 된다."

라라는 전무학과는 공존할 수 없을 듯했지만, 전무학의 아내, 그러니까 시어머니 김말희 여사와는 나쁘지 않았다. 여자로서의 공감대랄까. 사는 모습에서 김말희 여사와 라라는 닮아 있었다. 라라와 김말희 여사를 보면 고부간이 아니라 친정엄마와 딸 같다고 말하는 사람들이 왕왕 있었다.

라라의 시어머니 김말희 여사는 아들 선호사상을 가진 경상도 선비 집안에서 태어난 막내딸이었다. 그곳에서는 그녀를 끝순이라고 불렀다. 다행히 마을의 존경을 한 몸에 받던 학식 있는 집안 어른이 이름을 지어주어서 말희라는 고상한 이름을 호적에 올릴 수 있었다. 그러나 여자는 학교에 다닐 필요 없이 집안에서 조용히 살림 배우다 시집가는 것이 최고라는 가풍 때문에 소학교를 겨우 마친 여인이었다. 머리가 영민한 탓에 오빠들 틈에서 이리저리 기웃거리며 글을 깨우쳤다. 그러나 그녀의 재능은 남편 전무학을 만난 탓에 피어나 보지도 못하고 부엌과 노점상과 구멍가게를 전전해야 했다. 그래도 그녀는 주변의 인심을 잃지 않아 돈을 좀 벌었고 사모님 소리를 들을 수 있었다.

그러나 남편 전무학이 노년에 말썽을 일으키자 끝내 용서하지 않겠다고 했다.

"여태껏 등골이 휘도록 뒤치다꺼리하면서 살았고, 밖에서 여자랑 놀고 다녀도 사내가 일하다 보면 그럴 수 있지, 내 다 참았대이. 하지만 농탕이 치다가 이 나이에 사업 말아먹은 늙은이랑 내는 더 이상 몬 산다. 이혼을 하면 했지, 대신 빚은 못 갚아준다. 집을 내가 왜 팔아요. 절대 안 된대이."

 그렇게 다 늦어 평생 자기를 도와주던 마누라에게 버림받듯 모스크바로 도망쳐 온 전무학이었다. 친구들의 빚 독촉을 피해 온 거였다. 서울에서 폐업을 코앞에 둔 조그만 가게를 운영하면서 빚 독촉받는 것보다는 이곳 모스크바가 폼나고 살 만했다.

 어쨌든 전무학은 라라가 식당일을 맡기 위해 모스크바로 돌아오자 자신의 입지가 애매해진 거였다. 이곳에서 식당 주인 행세를 하고 있다가 자기더러 한국으로 돌아가라고 할까 지레짐작한 전무학은, 자기가 여기에 남아있어야 함을 역설하기 위해 라라를 깎아내렸다. 베라와 다리야는 그것이 라라의 실체라고 키득거렸다.

 알료나는 고려인 틈에 있으면 고려인이라고 여길 정도였다. 서툰 러시아어만이 알료나가 고려인이 아님을 알려주는 표식이었다. 알료나는 라라와 준호의 문제에 대해 오해하고 있었다. 준호의 말만 일방적으로 듣고 있어서였다. 또 진실을 안다고 한들 믿으려고 할지도 의문이었다.

 "남자가 Y대 나올 정도면 실력은 인정해 줘야지."

 마치 라라가 준호를 이해하고 도와주지 않아서 그가 아무것도 못 한 것이라 여기는 듯했다. 라라를 만만히 우습게 보는 이유였다. 예상된 파국이 오고야 말았다.

 어느 날, 준호와 라라 사이에 언쟁이 벌어졌다. 주방 복도에서 두 사람의 언성이 높아지고 있었다.

 "식당 근처에서 왔다 갔다 하지 말고 논문 준비하고 복학하란 말이야."

그러나 이미 라라가 짐작하고 있던 대로, 준호는 단순히 복학할 수 있는 상황이 아니었다. 그는 이미 학교에서 제적당한 상태였다. 아무에게도 말하지 않고 속이고 있었다. 아무도 저간의 내막은 모른 채, 그녀를 모스크바로 불러들였던 거였다.

"말해 봐, 복학 못 하지? 학교에서 복학 허용 안 하는 거지. 제적당한 거 맞지? 그러면서 사람들이 아무것도 모르고 나를 여기로 불러들이게 입 다물고 있었지?"

탈의실에서 다른 고려인 여자들과 담배를 피우던 알료나가 뛰어나와서 라라와 준호 사이를 가로막고 나섰다.

"아니, 여자가 남편이 벌어다 주는 돈으로 잘 먹고 잘 입고 호강하고 있다가 왔으면 됐지, 왜 여기까지 나와서 남편 일하는데 이 소란을 피우는 거예요."

여태껏 알료나가 그렇게 분통해 하고 한편으로 기세등등했던 이유가 그거였다. 자기가 일해서 벌어준 그 돈으로 라라가 서울에서 호의호식했다고 믿었던 거였다.

남편의 월급 봉투 한번 받아보지 못한 라라는 남편이 벌어다 준 돈으로 호강했다는 말을 듣고서 피가 거꾸로 솟구쳤다.

"알료나 씨, 무슨 얘길 하는 거죠. 내가 언제 저 사람이 보내주는 돈으로 호강하다가 왔나요. 나는 남편에게서 돈 받아 쓴 일 없습니다. 내가 일해서 벌어서 애 키우다가 다시 오게 된 겁니다. 내가 원해서 온 것도 아닙니다. 모스크바에 와서 일을 도와 달라고 지인들이 요청했고 시어머니 부탁도 있고 해서 온 거예요. 가족끼리의 약속 이야긴데 왜 제3자가 잘 알지도 못하면서 개입합니까. 이렇게 경우 없는 분인 줄 몰랐네요."
 알료나는 라라의 거친 듯 차분하고 낮은 음성의 반박을 듣고는 당혹스러워했다. 얼굴이 경련으로 씰룩거리고 있었다.

 그날 언쟁 이후 알료나는 결국 떠났다. 기분 나빠서 일하기 싫다는 거였다. 그런데도 인정 없는 젊은 여자가 주인이라고 갑자기 나타나서 그동안의 은혜도 모르고 열심히 일하던 알바생을 쫓아냈다고 소문이 퍼졌다.
 여자들은 남녀 분쟁에서 은근히 남자의 편을 들었다. 같은 여자로서 자기가 그런 일을 당했어도 그런지, 속이 터질 때가 한두 번이 아니었다. 라라의 이름과 얼굴조차 모르면서 구로식당 여자라고 부르면서 험담한다는 거였다. 식당 이름이 파랑새로 바뀐 후에도, 그들은 자기들이 촌스럽다고 비웃는 구로반점이라는 이름으로 부르길 고집했다.
 그런 그들은, 준호의 표현을 빌리자면, '그렇게 못생긴 여자' 알료나에 대한 동정심은 아낌없이 보여주었다. 그들 부인네들이 파랑새에 발을 끊은 이유는 이러했다.
 "여자가 서울에서 갑자기 나타나서는, 그동안 죽을둥살둥 일해온 알바 알료나 씨를 쫓아냈대요."
 불쌍한 처지의 여자를 위한 그들의 동정과 같은 여자로서의 연민은 그렇게 발휘되었다. 그들에게 라라는 불운한 여자가 아니라 남자 잘 만나 운 좋고 팔자 좋은 여자로서 공공의 적이었고, 알료나는 그런 그녀에게 모욕당한 불쌍한 여자였다.
 그들의 자기 합리화였지만 라라는 꼼짝없이 당해야 했다. 그들은 고객이고 그녀는 식당 주인이었다. 그녀들은 그녀들만의 방식대로 충분히 정당하고 합리적이고 영악했다. 배은망덕한 라라를 단죄하고 싶은 심리는 훌륭한 정의감으로 포장되고 정당화되어 그 좁은 교민 사회에서 작지 않은 힘을 발휘했다.

그들은 라라를 비난했다.

"남자 능력이 좀 없으면 어때. 부부면 서로 이해하고 참고 용서하고 살아야지."

모스크바의 잘 나가는 한가람식당의 임 실장이 라라를 찾아온 것은 구로를 파랑새로 이름을 바꾸면서 시작한 새 단장이 마무리되어 갈 때였다. 큰 변화가 필요하다는 라라의 판단에서 대대적 수리 작업이 벌어진 후였다. 임 실장은 김후원이 데려오라고 라라에게 권한 적이 있는 사람이었다.

"거기 주방장 임 실장이 음식 솜씨가 좋으니 한번 데려와 봐요. 뭐니 뭐니해도 식당은 맛이 있어야 해요."

그런데 인연이란 것이 있긴 있는 모양이었다. 그 임 실장이 제 발로 찾아와 주었다.

임 실장은 키가 훤칠하고 인물이 훤했다. 아직 서로 낯설고 어색해 분위기가 살짝 굳어질 때마다 오른손으로 이마 쪽부터 뒤통수 쪽을 죽 훑으며 머리를 쓸어 넘기곤 하면 그의 살짝 벗어진 넓은 이마가 눈에 확 들어왔다. 남도 사람임이 분명한 억양이었지만 여러 지방 사투리가 섞여 있었다. 타지 생활이 오래라는 방증이었다.

"주방장 생활만 40년이 넘어유. 십 대부터 일찍 주방장을 시작했슈."

모스크바의 주재원들이 믿고 먹는다는 셰프였기에, 그리고 그녀는 무엇보다도 무뢰한 손님들의 신경질, 짜증 그리고 고함이라는 지옥에서 벗어나고 싶은 심정에 망설임 없이 임 실장을 받아들였다.

19
위험한 정사

　라라의 결정에 반색하며 환영한 건 김후원이었다. 애초 구로반점을 만든 건 그였다. 그가 계획에도 없던 식당을 시작한 건 사업하면서 만난 고려인 동업자 때문이었다.
　김미샤라고 하는 카레예츠, 고려인 청년에게는 돈 많은 삼촌이 있었다. 그 삼촌이 돈을 빌려주고는 떼이게 생겼는데, 돈을 빌려간 사람에게 식당을 하던 공간이 있다는 거였다. 결국 그곳을 빚 대신 받기 위해 채무자와 쫓고 쫓기는 숨바꼭질 끝에 겨우 받았다는 것이다. 김미샤가 김후원에게 거기에 식당을 제안했던 거였다.
　모스크바에서 식당을 한 건 김후원이 그만큼 모스크바 생활에 지쳐 있었기 때문이었다. 후원은 한식을 먹고 싶은 날이면 라라의 집으로 와서 오랜만에 밥과 국과 김치를 먹고는 좋아하곤 했다.

　그렇게 탄생한 김후원의 식당이 나중에 라라의 인생을 송두리째 뒤엎어 놓을 줄은 그 누구도 상상하지 못했다. 식당을 준호에게 일시적으로 넘겨준 것은 후원이 라라에게 보여준 최고의 우정이었다. 식당을 해서 그 돈으로 공부 마치고 라라와 아들에게 돌아가라고, 후원은 한 푼도 받지 않고 식당을 내주었다.

선의가 의롭지 못한 자에게 닿으면 독이 될 수도 있었을 뿐이다.

"라라가 빨리 모스크바로 가서 식당을 틀어잡고 해야 일이 끝나요. 준호가 저렇게 맹탕처럼 앉아 있어서는 죽도 밥도 안 됩니다. 식당은 여자 없이는 안 되는 일이에요. 박기헌이 찾아와서 식당을 준호에게 1년만 넘겨주자고 했을 때, 나나 기헌이나 모두 라라가 좋아하지 않을 거라는 건 예상했어요. 그렇지만 이대로 부부가 떨어져 있는 것도 그렇고, 무엇보다 라라가 서울에서 아이 데리고 혼자 애쓰는 게 안쓰러워서, 준호가 공부 마치고 돌아가게 하자고 나와 기헌이가 결정한 일입니다."

김후원이 그때 한 말이었다.

이제 파랑새로 변한 그곳에서 라라에게 남모르는 고민 하나를 더 만들어주는 존재는 이일욱이었다. 혼자 있는 라라를 보면 일욱은 늘 뒤에서 덮치듯 달려들어 끌어안기 일쑤였다. 처음에는 마치 힘들어하는 그녀를 위로하듯 어깨를 주물러주며 부드럽게 안아주었다. 우정의 행동으로 보였다. 거부하는 것이 오히려 오버일 수 있었다.

그러다 보니 어느새 그것이 그에게는 안아도 좋다는 시그널로 읽힌 듯했다. 아니면 그는 그냥 그 모든 것을 무시하고 자기가 원하는 것을 행동으로 나타냈는지도 모른다. 처음에는 그녀가 혼자 있을 때만 노리던 그가 언젠가부터는 옆방에 준호가 누워있어도 그녀를 자기 침대 속으로 끌어당겼다.

"얼마나 라라 씨를 원하는지 모르실 겁니다. 형수님이라 부르고 싶지 않아요. 내 품에 안고 싶어요."

그녀가 원한 것은 아니었다. 그러나 그를 거부할 이유가 없었다. 준호와의 결별을 결심한 라라로서는 일욱이라고 딱히 거절할 필요가 없었다. 일욱에 대해 라라가 평소 호의적 입장은 아니었다. 그러나 좋아하는 남자만 고집할 이유가 없었다. 어쩌면 준호를 모욕하고 부정하기 위해서 가장 적절한 대상은 준호의 가장 가까운 동료이자 가장 위험한 적, 일욱이었기 때문이었다.

그런 라라의 생각과 행동은 그녀가 식당을 맡아 운영하는 대신 준호는 공부를 마치고 함께 귀국한다는 약속을 준호가 지키지 않음으로써 정당화되고 있었다.

이일욱은 준호와 라라의 갈등 틈바구니에서 이쪽저쪽을 오가며 제 입장에 유리하게 줄타기 했고 시소게임을 즐겼다. 그렇게 보였다.

그리고 그 사실이 확인되자 라라는 일욱과의 모든 관계를 즉각 중단했다. 그의 능수능란한 애무와 테크닉도 그녀를 사로잡는 데는 실패했다. 그녀는 사랑의 노예는 될 수 있어도 섹스의 노예는 될 수 없었다.

물론 일욱이 라라에 대해 그렇게 행동한 데는 이유가 있었다. 어느 날 차시훈에게서 걸려 온 전화를 마침 전화 옆에 있던 일욱이 받았던 거였다. 그 전화를 라라에게 건네준 후 그녀의 밝은 목소리와 환한 미소를 본 순간부터 그의 가슴 속에 불타오른 것은 강렬한 질투심이었다.

"아, 그루지아 식당이요? 지금 알아보고 연락해 줄께요, 차 기자님!"

통화를 마치고 그루지아 식당으로 달려가는 라라의 모습은 기쁨과 행복에 차 있었다. 그런 라라의 모습을 일욱은 일찍이 본 적이 없었다.

차시훈은 한국에서 온 출장자를 데리고 파랑새 옆에 있는 그루지아 식당에 가려는 거였다. 시훈은 라라에게 오늘 저녁에 그녀가 있는 근처로 간다는 말을 전하려 일부러 전화했던 거였다.

아무튼 이일욱은 얼굴색이 새파래졌다. 그의 태도가 준호 쪽으로 기울었던 것은 그 이후였다. 그때까지만 해도 일욱은 라라 편에 서 있었다. 그러나 시훈의 전화를 받는 라라의 안색에서 어떤 특별함을 눈치챈 거였다. 그런 면에서 동물적 감각을 가진 일욱이었다.

그러나 이일욱이 이중인격자랄까 신의가 없다는 사실은 변명의 여지가 없었다.

"형은 지금 아픈 사람이에요. 무능하다는 생각 때문에 형수를 놓칠까봐 아무것도 못 하고, 형수가 다른 남자 만나지 않을까 오로지 의부증에 사로잡혀서 아무것도 안 해요. 감시만 하려고 한다고요. 놓치기는 싫은데 잡을 능력이 없으니까, 저러고 있는 거예요. 어쩌겠습니까, 그런 사람이란 걸 인정하거나 아니면 끝내야죠. 아버님이라도 한국으로 돌아가셔야 좀 여러 모로 상황 변화가 있죠. 이도 저도 해결 못하는 거 하루 이틀 문제 아니잖아요. 제가 설득할까요?"

그런 이일욱이 준호 앞에서는 전혀 딴 소리를 했다.

"아버님이 한국으로 돌아가시면 형수는 금방 다른 남자 노골적으로 만날 걸? 식당도 형수한테 뺏길 거야. 그러니까 절대 아버님 보내면 안 돼. 그걸 노리는 놈팽이들이 한둘이겠어? 정신 차려, 형!"

그들 사이의 비밀은 유지되지 않았다. 준호는 라라를 안고 싶은 욕망에 일욱이 한 모든 말을 침대 속에서 그녀의 귓가에 속삭여 주었다. 물론 준호는 일욱이 라라에게 하는 짓을 짐작조차 못 하고 있었다.

"그 새끼 절대 믿지 마. 그놈은 여자가 자기를 거부하면 당장 뒤에서 씹는 놈이야. 저번에도 여자애 꼬시다가 안 되니까 뒤에서 그 여자 욕하고 다니더라."

준호와 일욱은 서로에게 천적이었다. 가장 친한 형의 아내를 덮치는 사내. 서로를 가장 잘 알기 때문에 서로를 경멸하고 혐오했다. 그러면서 서로 가장 편했다.

파랑새는 카멜레온 같은 인간들이 모인, 위험한 인간들의 작은 막사였다. 비틀어진 거울 속의 라라는 파랑새가 아니라 흑조였다. 백조 오데트를 차지하려는 마왕이 지그프리트 왕자와의 사랑의 맹세를 깨기 위해 보낸 흑조 오딜. 그러나 결국 흑조를 연기하며 춤추는 것은 백조를 맡은 그 프리마돈나다. 오데트와 오딜은 하나이며 둘이다. 라라는 모스크바 파랑새 속의 백조이면서 흑조, 블랙 스완이었다.

20
까레예츠 이야기

파랑새의 동업자 미샤는 본명이 미하일 알렉세예비치 김이었다. 준호보다도 큰 키에 다소 마른 체구를 가진 훈남 스타일의 미샤는 사람 좋은 호인이었다. 자기가 일에 대해, 특히 한국 음식에 대해 잘 모르기 때문에 일체 간섭이 없었다. 그저 자기가 처리해야 될 일만 간간이 처리하는 매니저나 관리인 역할을 했다. 큰돈은 아니었지만 그의 친구 중에 그만큼 버는 사람도 없었기 때문에 그는 만족했다.

미샤는 노총각이었다. 그러나 신분증인 패스포트에는 이미 여러 차례 결혼과 이혼을 반복한 복잡한 사연의 남자였다. 한국말을 못 하는 그는 타슈켄트 사투리가 섞인 러시아어로 말했다.

"러시아 국적을 얻기 위해 여러 번 위장 결혼을 했다. 서류상으로만 이뤄진 결혼이고 이혼이었다. 심지어 만나보지도 못한 사람과 브로커를 통해 서류상으로만 결혼하기도 했다. 이젠 정말 내 여자를 만나고 결혼하고 싶다."

라라가 미샤에게 물었다.

"대학은 왜 그만두었죠?"

"다녀봤지만 특별한 의미를 찾지 못했다. 내가 공부에 자질이나 욕구가 있지 않다는 생각이 들었다. 지금은 돈을 버는 게 중요한 시대가 되었다. 이제는 공산주의가 아니라 자본주의 시대다. 돈이 필요하다. 많은 돈을 벌고 싶다. 학자 중에 학문 포기하고 돈 벌러 외국으로 나가는 사람도 많다."

이번에는 미샤가 라라에게 질문을 했다.

"준호와는 왜 사이가 나쁜가? 그는 좋은 사람 아닌가?"

"우리는 너무 다른 인생을 살아온 사람들이라 서로를 이해하는 게 힘들다. 그를 사랑하지 않는다. 아이 때문에 살고 있다. 그에게 마지막 기회를 주기 위해서 여기 왔다."

"준호도 나처럼 그냥 공부에 뜻이 없어서 그만둔 것 아닌가? 좀 이해를 해주면 좋지 않나. 나는 라라도 준호도, 모두 좋은 사람이라 생각한다."

"그는 너와 다르다. 그에 대해서는 내가 이미 10년을 함께 살아서 잘 안다. 미샤처럼 분명한 자기 확신과 계획을 가지고 살아가는 것이라면 공부하지 않는다고 뭐라 하지 않는다. 부부 문제는 다른 사람들은 잘 모른다. 둘만의 이유가 있는 법이다. 밖에서 보는 것과 실제는 많이 다를 수 있다."

"그렇다. 나는 사정을 잘 모르겠지만 잘 해결하기 바란다."

이라는 전직 간호사였다. 많은 러시아 인텔리가 직장을 그만두고 외국인 집에 자가용 기사나 집사 혹은 가정부 등으로 들어가 일하는 시절이었다. 월급이 300~400달러 수준이었지만, 급여가 100달러를 넘지 않는 러시아 직장에 비하면 비교할 수 없을 만큼 좋은 조건이었다. 게다가 식당에서는 당당히 요리사여서, 일이 고된데도 불구하고 해고당할까봐 염려하면서 다니는 괜찮은 직장이었다. 이라는 요리사 경험이 다리야나 베라에 비해 적은데도 음식 맛을 이해하고 손맛을 낼 줄 알았다. 그래서 라라는 연장자인 베라가 아닌, 젊은 이라를 주방장으로 올려놓았다.

그녀는 남편과 별거 중이었다. 돈 벌러 독일에 간 남편이 거기서 여자가 생겼다고 했다. 이라는 혼자서 아이를 키우고 있었다. 그녀는 라라에게 음식으로만 도움이 되는 것이 아니었다. 어느 바쁜 날, 라라가 직접 주방에 들어가 거들다가 손가락을 베어 제법 피가 흘렀다. 그러자 이라는 꿀을 가져와 지혈해 주었다. 응급지혈법을 알고 있었다. 임금이 적어서 간호사를 그만두고 식당 주방에서 일하게 되었다고 했다. 감각도 있고 눈치가 빨라 라라로서는 함께 일하기 편한 사람이었다. 젊은 나이라 아침잠이 많아 지각을 자주 했지만 주방 일이 늦게 끝나니 이해 못 할 바 아니었다.

이라는 임 실장이 오면서 주방장 자리를 내주게 되었다. 30대 초반의 이라와 육순을 거의 앞둔 임 실장은 서로의 존재가 불편했다. 라라는 이라를 내보낼 마음이 없었다. 그러나 결국 임 실장의 요구로 이라를 해고하지 않을 수 없었다. 그 업계의 일종의 불문율이라고 했다. 이라는 나가고 싶어 하지 않았다. 그러나 임 실장의 눈총은 꽤나 싫었던 모양이었다. 어느 월말 월급을 받고는 자기 물건을 챙겨 떠났다.

이라가 일을 그만두고 난 후 반년쯤 지났을 무렵, 친구의 생일파티를 하겠다며 찾아왔다. 라라는 무척 반가워 같이 앉아 그간의 이야기를 나누었다. 이라는 소베트스카야 호텔의 바에서 일하는데, 야간 근무를 해서 잠을 자지 못해 힘들다고 했다. 다시 돌아오라는 말이 목구멍까지 치올라왔다.

그러나 더 이상 구로반점이 아닌 파랑새는 임 실장 중심으로 움직이고 있었다. 주방을 확장해서 이미 구로반점의 좁고 옹색한 주방도 아니었다. 인원도 많이 충원되어 주방은 이제 어엿한 잘 나가는 한식당의 풍모를 갖추고 있었다.

이라는 부럽고도 서운한 기색을 감추지 못했다. 라라는 이라를 그냥 보낼 수밖에 없었다. 자칫 임 실장이 오해하고 틀어질 수 있었다. 모든 일에 가장 복잡하고 머리 아픈 일은 늘 사람 문제였다.

이라의 빈틈을 채우는 사람이 바로 베라였다. 젬병이라 할 만큼 음식 솜씨는 엉망이었지만 아침잠이 적었다. 나이 들어가는 탓이었다. 늘 제일 먼저 나와서 어지간한 야채 손질은 혼자 해놓았다. 그런다고 문제가 사라지는 것은 아니었다. 임 실장이 쉬는 날 베라가 혼자 해서 내보낸 음식에서 사고가 터졌다. 홀에서 너무 모욕당한 날이면 라라가 주방으로 들어와 베라에게 잔소리하고, 그러면 그녀는 자존심 상해했다. 그만두겠다고 나서는 날도 있었다. 라라는 그럴 때마다 베라의 어깨를 감싸 안았다.

"나가란 뜻이 아니라 좀 더 세심하게 일해 달라는 뜻이란 거 아시잖아요. 한국 사람들 유좐들이 얼마나 까탈스러운지 잘 알면서 왜 그래요. 대충하면 유좐들이 알아요. 그들이 평생 먹어온 음식이거든요."

라라를 고문하는 듯한 구로반점 시절 주방장이었던 다리야는 전무학을 유혹해서 자기 집으로 끌어들이려 하기도 했다. 시어머니 김말희 여사가 이혼이라도 하겠다고, 차라리 거기서 여자라도 얻어 살았으면 좋겠다는 막말까지 한 바 있는 걸 알고 있는 라라로서는 뭐라 말릴 이유도 없어서 보고만 있었다. 아내에게 버림받고 아들에게 와 있는 늙은이가 다른 여자 집에 드나들건 말건 관심 가질 일은 아니었다. 전무학은 라라가 남편 준호 때문에 스트레스받아 이혼을 고민하는 줄도 모르는 사람이었다. 며느리가 시댁에 소홀하고 어른 모실 줄을 모른다며, 못된 며느리라고 모스크바 동네방네 떠들고 다녔다.

다리야는 그런 전무학을 이용해 여기저기 라라에 대한 좋지 않은 풍문을 내는 사람 중 하나였다. 결국 미샤와 준호는 다리야에게 나가달라고 했다. 그래도 저자거리에 한번 퍼진 소문은 사그러들지 않았다. 사람들은 자신이 보고 싶은 대로 보고, 듣고 싶은 대로 듣고, 믿고 싶은 대로 믿을 뿐이었다.

구로반점 시절, 주방에서 일하는 사람 중 카례예츠가 아닌 유일한 러시아인은 설거지하는 마샤 아줌마였다. 마샤 아줌마는 설거지나 아무 일이라도 좋으니 하겠다고 찾아왔었다. 처음 그녀가 벨을 울릴 때, 문에 달린 렌즈를 통해 문밖에 선 그녀를 보는 순간부터 그런 느낌이 들었다.

'이 사람은 내 사람이구나.'

뚱뚱한 몸집에 금발 머리, 그러나 눈빛이 아주 선량한 중년 여자였다. 불평 한번 없었다. 그녀는 원래 제빵사였다. 직장이 문을 닫고 경기가 나빠 그 일도 할 수 없다며 아들 하나 데리고 사는 그녀는 설거지라도 하겠다고 나섰던 거였다. 그녀는 늘 있는 듯 없는 듯 소리 없이 성실했다. 배타적이고 공격적인 고려인 여자들도 마샤 아줌마에 대해서만큼은 아주 우호적이었다. 말없이 한편에서 자기 할 일만 부지런히 하는 그녀에게 그들도 별달리 시비를 걸 이유가 없었기 때문이었다.

마샤가 어느 날 울면서 라라를 찾았다. 갑자기 하혈을 한다면서 눈물을 펑펑 흘렸다. 요즘 종종 그랬다는 거였다. 마샤는 당분간 일을 쉬겠다고 했다. 몸이 나아지면 다시 일하고 싶다고 했다.

그러자 옆에서 임 실장이 라라의 옆구리를 쿡 찔렀다.

"몸 아픈 사람은 쓰는 게 아니유. 식당에 재수 없어져유."

그러나 라라는 마샤에게 말했다.

"기다릴 테니 몸이 좋아지면 오세요. 나는 마샤 아줌마라면 언제든 환영해요."

마샤 아줌마에게 급여와 치료비를 주고 응급차를 불렀다. 담당 여의사에게 잘 보살펴달라고 부탁하고는 그녀를 응급차에 태워 보냈다.

그 후 5개월쯤 지나 마샤는 돌아왔고, 조금 병약해진 듯했지만 일을 원했다. 몸에 무리가 없도록 설거지 일을 교대로 하게 해주었고, 급여는 이전 그대로 주었다. 그런 라라의 배려를 고마워했다. 마샤는 라라가 힘들어할 때면 위층에 올라와 그녀의 아파트를 청소해 주는 일도 자청했다. 집안에 올라와 보는 마샤 아줌마는 가끔 놀라곤 했다. 용변 후 변기를 닦지 않는 준호로 인해 변기는 더러운 경우가 드물지 않았다. 라라는 그런 소소한 일들로부터 받는 스트레스에 신경이 날카로울 대로 날카로워지곤 했다.

자칭 운동권 출신 준호가 그런 걸 여자 일이라고 생각하는 자체, 입으로만 민주주의 어쩌고 남녀평등 저쩌고 하는 꼴이 역겨웠다.

"너는 운동권이 아니라 그냥 룸펜이야. 먹고 운동권, 놀고 룸펜. 어디 가서 학생운동했다고 다른 사람들까지 망신시키지 마."

유학 왔으면서 기본적인 공부조차 안 해놓고는, 그녀에게는 아내의 도리 운운하고 여자는 내조로 남자를 키워줘야 한다고 말하는 준호는 라라에게 극혐의 대상이었다.

사실 그거야말로 라라가 진심으로 바라는 바였다. 남편 하나 제대로 키워서 세상에 내놓고 싶은 욕심이 라라에게는 있었다. 깔끔하게 수트 입혀 출근시키고 자신은 프리랜서로 일하고 싶은 게 계획이고 희망이었다. 라라에게 소중한 것은 무엇보다 사랑하는 남편이고 가정이었다. 그러나 준호와의 결혼은 그런 평범하고 소박한 꿈을 불가능한 것으로 만들어 놓았다. 가장 평범한 것이 가장 위대하고 힘든 일이라는 걸 뼈아프게 웅변하게 만드는, 웃기는 남자가 바로 남편이라는 이름의 전준호였다.

마샤 아줌마는 한국어를 몰라도 그녀의 마음을 이해했다. 마샤 아줌마의 심성에는 천성적 선량함 같은 게 있었다. 선량함, 그것은 사물의 본질과 진실을 꿰뚫어 볼 수 있는 힘이기도 했다.

주방 일을 하는 여자들은 처음에 라라를 고까운 눈으로 보았지만, 홀 서빙하는 젊은 종업원 여자애들은 그들과는 또 달랐다. 한국 사람이라고 가까이 본 여자가 유일하게 알료나였는데, 그녀와는 완전히 다른 여자가 주인이라고 나타나자 호기심을 갖고 반가워했다. 주인 남자들과만 친했던 알료나에 대한 반감도 있었던 듯했다.

물론 젊은 그녀들이 나이든 여자들의 친절한 교활함에 이용당하지 않는 것은 아니었다. 주방 여자들의 속살거림에 넘어가 라라를 힘들게 할 때도 있었다. 일손이 부족할 때를 이용해 웨이트리스들은 자기들의 집단적 힘을 과시하려 했고, 그만두고 나가겠다는 말을 쉽게 내뱉었다.

특히 다리야가 젊은 그녀들을 그런 식으로 길들이고 속살거렸다.

"너희가 라라보다 더 젊으니까 준호와 미샤를 잘 유혹해 봐. 남자들은 젊은 여자 좋아하니까."

다리야는 서빙하는 웨이트리스들이 말을 듣지 않으면 밥도 챙겨주지 않았다.

그것도 오래가지는 않았다. 다리야가 그만두고 나갔기 때문이기도 하지만, 이유는 다른 데도 있었다. 남자들이 일을 관리할 때와는 상황이 달랐다. 그녀들이 예전처럼 대충 일하면 라라가 몇 사람 몫의 일을, 혼자서 단시간에 해내는 걸 자신들의 눈으로 보아야 했다. 그들이 겨우 한 테이블에 서빙할 때, 라라는 서너 테이블을 한꺼번에 가뿐히 치러냈다.

마샤가 아파서 쉴 때 고용한 타냐가 아파서 못 나오고 주방에도 일손이 부족했던 어느 날, 라라가 직접 설거지했다. 그 후 일손이 바쁠 때 그만둔다는 그들의 협박성 으름장은 사그러들었다.

"사모님 정말 역빠릅니다. 어찌나 역빠른지 다들 놀랩디다. 일이라고는 평생 한 번도 안 해본 사람으로 보이는데 어찌 그리 역빠릅니까."

조선족 손 아줌마의 말이었다.

러시아 땅에 사는 그들은 그래도 순수했다. 잘못을 깨달으면 인정하고 사과할 줄 알았다. 상대를 파악한 후에는 더 이상 함부로 굴지 않았다. 그들이 보기에도 라라는 치맛바람 휘두르며 돈질이나 하고 다니는 유한마담이 아니었다. 돈을 벌어도 호화로운 옷 한 벌 사지 않았다. 오히려 그네들과 비슷하게, 구소련 국가에서 제조한 옷이나 튀르키예제, 발트 3국에서 온 저렴한 옷들을 사 입었다. 검소한 그녀를 보며 주방 여인들의 태도도 눈에 띄게 달라져 갔다.

그러나 골치 아픈 문제들은 항상 있게 마련이었다.

인상 좋고 용모단정한 여자애들을 고용해 놓으니 술에 취한 남자들이 웨이트리스들을 덮치곤 했다. 다른 여자애들이 사모님, 사모님 외치며 달려왔고, 라라는 놀라서 화급히 뛰어가서 상황을 보고 자신의 힘으로 감당이 안 되면 김미샤와 안드레이를 불러 데려갔다.

"이봐요, 젊은 양반, 그만두시죠. 이러면 곤란합니다."

"넌 뭐야, 자식아, 꺼져."

"이리 나오시죠, 밖으로 나가서 이야기하죠."

"뭐야, 어딜, 니까짓 게 참견하고 나서."

그러면 김미샤는 힘으로 그런 사내들을 제압했다. 시장에서 물건을 사 입하는, 거구의 안드레이가 뛰어 올라와 미샤와 함께 추태를 부리는 남자들을 쫓아내곤 했다.

예쁘장한 젊은 웨이트리스를 애인이나 현지처로 들이는 한국 남자들도 있었다. 운이 좋아야 미혼 남자의 애인이 되었다. 상당수는 유부남의 현지처 신세가 되었다. 그녀들은 어느 날 말없이 사라져서 조그만 아파트 하나 얻어서 그들의 아이를 낳고 살아간다고 했다. 그 남자들이 본국에 돌아가서 가끔 나오는 경우도 있고, 완전히 연락을 끊는 경우도 있다고 했다.

그런 일은 러시아뿐 아니라 한국 그리고 전 세계에서 옛날부터 전해져 온 나쁜 습속이었다. 어떤 면에서는 일부다처제를 공식적으로 인정하는 무슬림이 더 정직한 방식을 택하고 있는지도 모른다. 저렇게 많은 남자가 은밀하게 또는 공공연하게 내연의 관계를 갖는 것이 현실이라면, 법으로 일부다처제를 공인하는 것이 옳을 수도 있으리라. 불륜이나 퇴폐적 변칙보다는 정직함이 낫다는 말이다.

무슬림의 그런 삶의 방식 역시도 남자들이 거친 사막에서 일하면서 죽는 사람들이 많자, 주변의 가족이나 친지들이 그 유족으로 남은 여자들을 거느리면서 생겨난 자연발생적인 현상이라는 측면도 무시할 수 없다. 미개하다고 비난만 할 성질의 것은 아닐 수도 있다. 인간의 모든 풍습과 관습은 자연과 풍토와 역사의 산물인 경우가 많다. 원시적이고 미개해 보여도 그 사회에서 살아남기 위해서는 그런 게 공동체의 합의일 수도 있다.

이슬람의 성지와 기독교의 성지가 일치하는 것이나, 알라의 쿠란과 기독교의 성서가 상당 부분 내용이 일치한다는 것은 인간의 역사가 전해주는 삶의 지혜는 동일한 핵심을 갖는다는 의미일 수도 있다. 불교의 윤회가 기독교의 영혼불멸설과 무슨 차이가 있나. 같은 결론을 다른 언어로 이야기하고 있는 것 아닌가.

그러나 신에 대해서도 배타적인 인간들이 인간에 대해서 배타적이지 않을 리는 없다. 유일하고 무섭고 강한 신이라고 생각되는 각자 마음 속의 신을 찾아 숭배하고, 인간에 대해서도 마찬가지일 뿐. 강하고 무섭고 최고의 지위에 있는 존재에게 머리 숙이고 숭배한다.

그런 인간들이 믿는 것이 진짜 신일까, 아니면 자기들이 만들어 놓은 허상이요 환영일까.

"라라, 빨리 와 보시래요."

여자는 무엇으로 사는가 생각에 잠겼던 라라는 문득 그녀를 부르는 소리에 정신이 들어 홀로 달려 나가곤 했다.

21
이방인들의 이방인

손 아줌마와 유화와 진혜. 그들은 라라에게 이방인이 아니었다.
"꼭 남한 60~70년대 사람들을 보는 듯해요. 부지런하고 성실하고."
라라는 그녀들에게 그렇게 고마움을 표현했다. 부지런한 조선족 여인들을 볼 때마다 마음의 시름이 한결 덜어졌다.

외모는 비슷했지만 무뚝뚝하고 퉁명스럽기조차 한 마인드가 소프트웨어로 탑재된 고려인 여인들은 처음 한동안은 이방인 느낌이 들었다. 물론 이것은 난데없이 나타나 여주인 행세를 하는 라라에 대한 그들의 저항 때문일 수도 있었다. 그런데 시간이 지나면서 서로를 알고 연민을 느끼는 사이가 되었으니, 진심은 통하는 법인가 보다.

어쨌든 연변에서 태어나고 자란, 돈 벌겠다고 중국에서 러시아까지 온 조선족 여인들은 역시 고려인 여인들처럼 억척스러웠지만 사뭇 다소곳하고 섬세하고 부드러운 구석이 무뚝뚝한 소련 사회주의 사람들과는 좀 달랐다. 동양의 예의 바름과 다소곳한 조심스러움이 있었다. 러시아까지 진출한 조선족들은 인텔리 출신들이 드물지 않았다. 손 아줌마나 유화나 진혜 모두 심성이 곱고 속 깊은 사람들이었다.

"어쩌다 사모님 같은 분이 이런 거친 일을 하게 되었습네까. 이런 일 하시기엔 너무 여립니다. 이런 일은 거칠고 약아야 버팁니다, 예."

그들의 존재는 라라에게 적지 않은 위안이었다. 일을 맡기면 항상 고개를 끄덕일 만큼 만족스럽게 해놓았다. 중국 연변에서 태어나 살면서 한국말을 하고 한국 음식을 먹으며 살아서인지 무엇보다도 입맛에 맞게 음식을 만들어 내놓았다. 전문가의 손맛은 아니어도 터무니없는 음식을 만들어 놓는 일은 없었다. 손 아줌마, 유화 그리고 진혜, 이들 조선족 3인조 덕분에 라라는 식당을 잠시나마 비우고 바람이라도 쐬러 외출할 수 있었.

손 아줌마는 일을 가르치면 빨리 배웠다. 시키는 일만 한쪽에서 열심히 해댔지 도무지 말이 없었다. 손 아줌마도 다른 조선족 여자들처럼 남편과 아이들을 다 데리고 러시아로 돈 벌러 온 사람이었다. 일을 잘하면서도 말이 없는 손 아줌마는 파랑새 주방 여자들 사이에서 가장 잘 적응하는 이방인이었다.

이라와 베라가 조선족 여자들을 싫어하는 것이 그들이 외부인이기 때문이었는지, 여자로서 다른 여자에게 갖는 원초적 본능으로서의 경계심이었는지, 이도 저도 아니면, 같은 일자리를 놓고 경쟁하는 관계에서 오는 경쟁심이었는지는 정확히 알 수 없었다. 같이 뜨거운 불이 활활 타오르는 주방에서 고생하는데, 왜 그리 미워하고 배척하는지 이해하기 어렵게 갈등을 빚을 때가 드물지 않았다.

그들이 유독 심하게 괴롭히는 것은 유화였다. 유화는 라라보다 두 살 많은 곱상한 여자였다. 복숭아빛 발그레한 뺨을 가진 눈망울이 크고 맑은 유화를 베라는 특히나 싫어했다. 이라 역시 그녀를 그다지 좋아하는 기색은 아니었지만, 주방장으로서 노골적으로 드러내지는 않았다. 그들은 유화를 아냐라고 불렀다. 유화라는 이름이 어려웠던 탓인지, 손 아줌마나 진혜에게는 그러지 않으면서 유화에게만 유달리 러시아식 이름을 붙여 불렀다.

"라라가 아냐를 너무 감싸고 애지중지하니까 우리 말은 잘 안 듣고 라라 눈치만 보는 거예요. 아냐는 교활한 여자니까 조심해요."

질투심은 사리 분별이 밝은 이라조차 그렇게 말하게 만들었다.

유화 역시 처음에 왔을 때, 중년 여자들의 교활함과 거칠음에 부담을 느껴 상대하지 않거나 무시하려 들었다.

유화는 라라가 무슨 일을 하던 사람인지 금방 알아맞췄다.

"사모님은 이런 일 하던 분 아니지요? 내 보면 압니다. 목소리를 들어보니 텔레비전 같은 데 나오는 사람 같습디다. 그런 일 하면 잘 어울리실 텐데."

"그쪽이 사실 내 전공이었어요."

"그렇지요. 어쩐지 그런 것 같습디다. 저도 중국에 있을 때 연변에서 화술 일을 했더랬슴다. 그래서 좀 압니다."

유화도 중국에서 방송 아나운서 일을 했었다는 거다. 소련이 무너지면서 중국도 개방 정책을 펴고 많은 사람이 자본주의로 전환하는 러시아로 밀려 들어왔다. 그때 외국에 대한 동경을 가진 사람들에게 러시아는 우방이면서 같은 사회주의 전통이 아직은 남아있는 그래서 친숙하고 덜 위험한 욕망의 출구였다.

그러나 외국에서 돈을 번다는 것이 쉬운 일은 결코 아니었다. 더구나 여기는 안 되는 일도 없고 되는 일도 없다는 러시아였다. 이성으로 러시아를 이해할 수 없다는 말은 러시아 19세기 시인이자 외교관인 츄체프가 한 말이다. 스스로도 이해하기 힘든 존재들이 러시아인이었고 러시아였다.

이라와 베라는 유화가 가증스럽게 라라에게 아양을 떤다고 싫어했다. 조선족 유화는 이런 부엌 요리사 일을 하기에는 경험이 없었고 허드렛일을 하기에는 연약했다. 그러니 늘 부엌의 눈엣가시였다.

"라라에게 잘 보여서 편하게 일하고 돈을 벌려는 수작이라구요, 속지 말아요."

그들은 늘 유화를 구박했다. 그러다 보니 자존심 강한 유화가 마음 붙이고 앉아 있기 힘들었다. 일을 그만두겠다고 하면 라라가 보내지 않으니까 그녀는 어떤 때는 그냥 말없이 출근하지 않았다. 유화가 갑자기 나타나지 않으면 라라는 일할 맛을 잃었다. 일꾼이 없어진 게 아니라 마음을 의지하던 친구가 사라진 듯했다.

라라가 유화를 데리러 가겠다고 나서면 같은 노동자 기숙사에 사는 진혜가 안내했다. 학생 기숙사였던 곳에 중국인들과 조선족들이 들어와 살기 시작했던 모양이었다. 다른 기숙사들보다 훨씬 더 낡아서인지 지저분한 느낌이었다. 가격이 저렴해서 이곳에 많이들 들어와 산다고 했다. 산다는 말조차 어울리지 않았다. 그냥 짐을 보관해 두고 잠만 자러 들어오는 토굴 같은 곳이었다. 그곳에 비하니 파랑새는 화려한 궁전이었다.

라라가 들어서자 유화는 반가우면서도 미안한 얼굴로 맞았다.

"내 지네 미안합니다, 사모님. 어떻게 이런 곳까지 왔습니까?"

의자도 없어서 그냥 바닥에 비닐을 깔고 앉았다. 유화가 대접할 것이라고는 러시아 사람들이 많이 마시는 인도산 코끼리표 차와 여기저기 얽은 상처로 가득한 과일뿐이었다. 라라가 찾아와 준 데 대해서 그녀는 힘들었던 마음이 누그러지는 듯했다.

"내일 출근하겠슴다."

유화의 약속을 받고, 두 시간 후 라라는 그곳을 떠나 파랑새로 돌아왔다.

다음날 출근한 유화를 본 이라는 약오르고 열적은 표정이었다.

"내 그럴 줄 알았재요. 라라가 찾아갈 줄 알고 일부러 그런 거 내 잘 알재이요."

그러나 이라는 당장 일손이 부족하니 다시 나온 유화를 내심 반기는 표정이었다. 알고 보면 서로 미운정 고운정 든 사이들일 터였다.

"이제부터 아냐는 홀에서 매니저로 일할 거예요. 주방일을 하지 않을 거니까 도와주기 바라요."

라라의 폭탄 선언에 베라는 꿀 먹은 벙어리가 되었다.

하루하루가 전쟁을 치르듯 그렇게 지나갔다.

진혜는 한창 나이, 꽃띠였다. 그러나 나이 차이가 나서 그런지 베라나 이라의 견제 대상이나 관심의 대상은 되지 않았다. 진혜는 하얀 피부색 때문에 길고 검은 머리가 더욱 검어 보이는 전형적인 동양 미인이었다. 턱이 약간 각지고 눈매가 날카로워서 사나운 듯한 인상을 주었지만 그렇다고 그녀의 미모를 부정할 수는 없었다. 진혜는 라라보다 어렸지만 이미 철부지는 아니었다. 무엇보다 인사성이 밝았다.

"사모님, 참 고우십니다. 이런 데서 궂은일 하시기엔 너무 아깝습니다."

손 아줌마처럼 나이가 많건, 유화처럼 라라와 비슷한 연배건, 아니면 진혜처럼 나이가 더 어리건 조선족 여자들은 라라를 아까워했다. 인사치레라도 싫지 않았다.

처음에 젊은 진혜를 조선족 처녀라고 데려온 것은 유화였다.

"좋은 사람이 있는데 한번 데려와 볼까요? 젊은 사람이니까 홀에서 일을 시키면 잘 할 겁니다예. 여기 사모님이 너무 사람이 좋아서 일하기 힘들지 않을 거라고 제가 먼저 얘기를 했어요."

진혜는 수줍은 듯했지만 적극적이었다. 노래를 잘 부르는 진혜는 가수가 되는 게 꿈이었단다. 그녀의 엄마는 학교 선생이고 아버지는 공장 노동자라고 했다. 억양이 억세서 마치 북한 사람 말투처럼 들리는 것이 좀 마음에 걸리기는 했다. 그러나 일 하나는 나무랄 데 없이 열심히 잘했다. 홀 매니저 일을 맡고 있는 레나가 서운할 정도로 라라는 진혜를 아껴주었다.

레나는 타슈켄트에서 한국 식당 매니저로 일한 경험이 있었다. 역시 일하는 것이 남달랐다. 그러나 사회주의 소련에서 자라난 것은 어찌지 못했다. 이틀 일하면 꼭 쉬어야 했다. 일이 고되니 뭐라 할 수도 없었다.

하지만 조선족들은 매일 일하고 싶어 했다. 월급을 조금이라도 더 받을 수 있다면 매일이라도 일하겠다는 거였다. 그러다 보니 일의 중심이 진혜에게로 옮아갔다. 레나도 한국말을 이해했지만 진혜처럼 한국어가 익숙하지는 않았다. 손님들은 당연히 한국말 하는 사람을 선호했다. 레나는 자신을 총애하던 손님들이 진혜에게 관심이 옮아가자 서운해했다. 레나의 불만이 싹트기 시작하자 금방 뿌리를 내리고 가지를 뻗어나가고 의심이 무성해졌다. 그 의심에 불까지 붙여주는 사람들이 있었다.

"라라가 곧 진혜를 매니저 시키려고 너를 내보낼 거야."

주방 여자들 누군가가 그렇게 젊은 레나를 들쑤셨다. 그녀는 결국 그만두겠다고 했다.

"레나, 나는 네가 필요해. 너 없으면 일이 힘든 거 알잖니. 갑자기 이렇게 그만두겠다고 하면 어떻게 하니."

한두 번은 그렇게 말하면 웃으며 마음을 풀던 레나였다. 그러나 옆에서 자꾸 갈등을 부채질하고 시샘을 부추기자 점점 돌이킬 수 없게 되었다.

조선족 여자들이 출퇴근길에 전철역 근처에서 경찰에 잡혀 벌금을 내야 놓아주는 날이 있었다. 그래서 늦게 온 날, 이유를 듣고 라라가 그 돈을 보충해 주었다. 또 단체 연회 손님이 있어 귀가가 늦어질 경우, 우범 지역을 피하라고 그들 기숙사까지 갈 택시비를 주어 보내곤 했다.

"라라가 진혜와 유화에게 급여도 더 주고 팁을 따로 챙겨주는 거 알지?"

누군가 그렇게 속삭인 모양이었다. 의혹은 한번 깊어지면 확대 재생산되는 법이다. 결국 레나는 아주 단호하게 그만두겠다고 했다.

"고향에서 매니저 자리를 제안해서 가겠다고 했어요."

타슈켄트로 가겠다는 거였다.

"레나, 너희는 여기가 태어나서 자란 곳이잖아. 경찰에게 잡혀도 얼마든지 설명해서 나올 수 있잖니. 저 사람들은 외국인들이야. 러시아 말도 잘 못하고. 너희보다 일하기가 힘든 처지에 있는 거 알잖아. 이해해 주면 안 되겠니?"

"알아요, 그렇지만 이번엔 저도 가야 해요. 가서 일도 하고 공부도 하려고 해요. 대학 진학하려구요."

"그래, 좋은 생각이다. 그런 계획이 있다면 얼마든지 보내주마. 그 결심 진심으로 축하한다. 공부 마치면 꼭 한번 찾아와라."

임 실장은 공부하러 대학 간다는 레나를 한사코 만류했다.

"돈 버는 게 더 좋지, 공부는 무슨 공부냐. 공부 다 소용없다."

아무튼 레나는 그렇게 고향으로 돌아갔다.

홀에는 유화와 진혜가 지키고 일을 했기 때문에 라라는 시름 놓고 있었다. 조선족들은 모스크바 근교의 농장에서 채소를 키우고 시내에서 두부도 만들어 팔면서 모스크바의 한국 식당에 식자재들을 배달하기도 했다. 손 아줌마와 유화와 진혜의 남편들은 모스크바 외곽 체르키스 시장에서 장사한다고 했다. 그들은 야채를 가져다 파랑새에도 팔고 싶어 했다. 원래는 목공일을 하는 사람이라고 했다. 여기서 조선족들이 공사판 일을 따내기란 힘든 일이라 야채 장사라도 한다는 거였다. 다른 조선족 사람들이 가져와서 파는 것들도 있었지만 유화와 진혜의 쑥스러운 듯 부탁하는 청을 거절할 수도 없고, 기왕이면 그들을 도와주고 싶었다. 그렇게 해서 진혜의 남편이 일주일에 한 번씩 야채를 가지고 오게 되었다.

그러던 어느 날, S사에 다니는 심순진 과장이 저녁을 먹고 가면서 툭 던지듯 한마디 했다.

"진혜는 다 좋은데 말투를 좀 고쳤으면 좋겠다. 저렇게 북한 사투리를 그대로 써서야 좀 거북해서 말이지. 저 애 북한 애야, 알고 있지?"

22
오프 더 레코드

심순진 과장의 조심스러운 귀띔이 있고 얼마 후 다시 신중한 메시지가 왔다.

이번엔 대사관 외사관의 말이었다.

"진혜가 탈북자인 거 알고 계시죠? 우리가 정보부처와 함께 확인하고 알려드리는 겁니다. 무슨 사연으로 여기까지 왔는지는 모르겠지만 한국 식당에서 일하는 탈북자를 보니 흥미롭네요."

라라는 여태껏 애써 진혜를 조선족이라고 믿어 왔다. 북한 억양이 강해도 의심을 접어왔던 라라였다. 사람들이 북한 애 같다고 해도 아니라고 했었지만 이제는 부정하려야 부정할 수 없게 된 것이다.

라라가 눈치채지 못한 것은 아니었다. 전에 주방 사람들과 수다 떨 때, 남북한 여자들이 어떻게 옷을 입는지에 대해 고려인 여자들이 이야기하는데 옆에서 마른 행주로 컵을 닦고 있던 진혜가 무심코 한마디 거들었다.

"북조선 여자들은 치마 옆에 자크가 달렸지요."

손으로 지퍼를 올리는 시늉까지 해 보이면서 설명을 해주었다.

'혹시 저 애가······'

그 순간을 라라는 기억해냈다.

그러던 어느 날 유화와 진혜가 출근하자마자 라라에게 귓가에 속삭였다.

"어제 우리 기숙사에 그 기자라고 하는 사람이 왔었드랬습니다예. 매일 술에 취해서 여기 오는 그 사람 있잖습니까예. 그리고는 우리한테도 이것저것 묻고 그랬습니다."

인상착의와 행동을 듣고 보니 구용호였다. 그들은 그래서 그를 피했고 아무 대꾸도 안 했노라고 했다. 그가 취한 거 같아서였단다.

라라는 차시훈과 통화하면서 그 이야기를 전해주었다.

"저, 오프 더 레코드를 약속해 주면 한 가지 해줄 말이 있어요. 혹시라도 알고 있는 편이 좋을 거 같아서."

시훈은 그러마고 약속했다.

"우리집 진혜…… 사실은 탈북자예요. 알고 있었어요? 혹시 구 기자가 그거 눈치채고 일부러 취재하러 기숙사에 잠입한 거 아닐까 해서요"

"아니야, 구 기자는 그거 아직 몰라. 나 말고 그거 아는 사람들 있어?"

"기업 사람들하고 대사관 쪽에서 이미 알고 있던데요."

"알았어. 고마워. 약속 지킬게."

파랑새를 드나드는 사람 중 북한에 가본 경험이 있는 사람들은 그녀의 정체를 눈치채고 있었다. 그 중 한 사람이 오운석 신부였다. 그는 이미 진혜가 탈북자임을 알고 한국으로 데려갈 생각을 하고 있었다. 그것을 시아버지가 알아챈 것은 늙어서 잠이 없는 까닭이었다.

"오 신부가 진혜를 꼬드겨 밤에 불러내여. 그래서 늘상 여기를 들랑날랑하는기라. 히히히. 수컷들은 다 똑같대이. 신부들은 알고 보면 더 한대이. 신부들이 무신 숫총각이고, 할 짓들 다 하고 다니재. 다 거짓부렁이래. 크크크."

어느 날이었다. 진혜가 라라의 소매를 조심스레 잡아당겼다.

"사모님, 조용히 드릴 말씀이 있습니다. 사모님, 저 일 그만두겠습니다. 죄송합니다. 이렇게까지 잘해 주셨는데."

"오 신부님이 그렇게 하라고 하시니?"

진혜는 깜짝 놀라더니 고개를 끄덕였다.

"알고 계셨습니까? 한국으로 데려가 주시겠다고 일단 식당일 그만두고 나오라고 하시네요. 얘기하지 말라고 하셨는데, 이미 알고 계시네예."

"네가 북한에서 왔다는 거 짐작하고 있었어. 네가 불편할까 봐 말하지는 않았어."

"아, 그러셨군요. 고맙습니다."

라라는 진혜에게 말했다.

"그것과 상관없이 나는 네가 필요해. 꼭 가야 하겠니? 지금 내 일 도와주면 안 될까. 지금은 나 좀 도와주고 내가 한국 갈 때 신부님이나 대사관에 부탁해서 너 한국으로 가게 도와주고 싶은데. 우리 그때 함께 가지 않을래?"

진혜는 곤란한 표정을 지었다.

"이미 신부님께 약속해서예. 지네 죄송합니다, 그리고……"

진혜는 잠시 망설이더니 말을 이었다.

"안나 텐 아주마이가 저보고 자꾸 자기랑 같이 북한 대사관으로 가자고 합니다. 자기 아들이 변호사인데 북한 대사관 사람들을 잘 안다면서. 그래 지네 겁이 납니다. 언제 잡혀갈지 모른다고 생각하니까예……"

라라는 그제야 두세 달 전부터 진혜의 표정이 어두워진 이유를 알 듯했다.

하루는 안나라고 자신을 소개한, 제법 고상한 인상의 고려인 여자가 찾아왔다. 설거지라도 좋으니 무슨 일이라도 하겠다고 했다. 허드렛일이라도 상관없다는 거였다.

"궂은일을 하며 살지는 않았는데, 지금은 일이 필요해서 뭐라도 하려고요."

안나 텐이 진혜에게 북한 대사관으로 가자고 설득인지 협박인지 모를 소리를 하고 있다는 걸 라라는 눈치채지 못했다. 진혜는 그런 때에 도움의 손길을 뻗어온 오 신부의 제안을 뿌리칠 수 없었을 터였다.

"네가 정말 가고 싶으면 가도 된다."

그러자 진혜의 눈에 눈물이 맺혔다.

"이래 신세를 많이 지고 가게 돼서 어쩝니까예. 저는 지금의 남편을 사랑하지 않습니다. 그런데 그 사람이 내 여권을 가지고 주지를 않습니다. 다니다가 경찰에 잡히면 여권이 없어서 고생이 이만저만 아닙니다."

라라와 진혜는 작은 룸에 앉아 맥주잔을 기울이며 이야기를 이어갔다.

"남편하고는 어떻게 만난 거야?"

진혜는 긴 이야기를 털어놓았다.

"북조선 고향에서 나와서 중국 산골 마을에 숨어 있을 때, 그때 도와준 집 아들이 지금의 남편임다. 원래 그 집 둘째 아들하고 서로 좋아서 지냈더랬습니다. 그런데 어느 날 보위부 감시원들이 도망친 사람들을 전부 잡아서 북으로 끌고 간다는 이야기를 그 집 아바이가 듣고 들어온 겁니다. 잡혀가면 아주 이만저만 고생이 아니라고예. 그때 러시아에서 장사하고 있는 큰아들이 집에 들르러 온 겁니다. 그러니까 그 집 아바이가 큰아들한테 그랬지예. 니가 이 애를 러시아로 데리고 가라. 안 그러면 잡혀갈지도 모른다. 그래 그 사람이 자기가 번 돈을 들여서 내 여권을 하나 만들어 줬습니다. 2,000달러 넘는다고 하데예. 거기에는 이름이 심송루라고 되어 있습니다. 지금 진혜도 본명은 아닙니다. 거기서 나온 사람들은 자기 이름 쓰면 위험하니까 쓰지 않습니다."

그녀의 조선족 남편에게 악의는 없었지만 진혜가 자유를 잃은 것은 사실이었다.

"여권은 평소에는 남편이 가지고 다닙니다. 내가 도망갈까 봐서 내한테 안 줍니다. 그래도 그 집 식구들과 남편은 저를 많이 도와준 은인들입니다. 만약 둘째 아들이었다면 제가 떠나려고 결심하지는 않았을 겁니다. 둘째 아들하고는 서로 좋아했으니까예. 그런데 지금처럼 좋아하지도 않는 남자와 함께 갇힌 신세처럼 사는 건 많이 힘듭니다. 그랬더니 오 신부님이 도와주시겠다고……"

오 신부는 진혜를 서울로 데려가는 일을 상당히 진행시키고 있었다.

"그게 무슨 소리냐? 나는 이미 교황청에 이런 사연으로 노예처럼 잡혀 있는 여자를 구해내서 한국으로 데리고 가려고 합니다, 그렇게 보고까지 했는데."

라라의 이야기를 들은 오 신부는 깜짝 놀라고 말았다.

오 신부는 남편이 악의적으로 은혜가 도망가지 못하게 막는다고 생각하고 있었다.

"신부님, 진혜가 떠나고 싶어 하는 것은 사실이지만 그 남편을 은인이라고 생각합니다. 그런데 그 사람을 마치 납치범이나 인신매매범처럼 이야기가 돌아가면 곤란할 거 같아요. 사실과 좀 다르기에 말씀드리는 겁니다. 게다가 그 남편이 오 신부님이 자기 아내를 빼돌렸다고 주장하고 나서면 곤란해지실 수 있습니다."

"알았다. 지금까지 그런 이야기는 듣지 못했다. 다시 알아봐야겠구나."

얼마 후 진혜는 홀연히 떠난 이후 다시 오지 않았다. 진혜는 라라의 파랑새라는 둥지를 그렇게 떠났다. 모스크바는 무수한 비밀을 품고 다크 블루의 어스름 속으로 잠들고 있었다. 저마다의 히스토리와 허스토리가 심연 속으로 빠져들었다.

23
창녀와 성녀

　모스크바의 밤은 전설의 세계다. 무수한 비밀스러운 일들이 벌이지고, 그 밤을 품고 아침이 깨어난다. 베레쥐코프스카야 거리의 어느 밤의 주인공은 이웃집 여자 류드밀라였다.

　파랑새 지하에 가라오케가 들어서기 전, 거기엔 수족관이 있었다. 홍해와 사해에서 나는 희귀 어종들을 파는 수족관이었다. 류드밀라는 그 아쿠아리움 주인이었다. 김미샤의 말에 의하면 그녀는 탁월한 사업가라고 했다. 수완이 좋아 돈을 많이 벌고 있다는 거였다. 그녀의 수족관 물고기들은 최고 갑부들만 살 수 있는 희귀한 어종이라고 했다. 파랑새 위층에 사는 카프카스 출신 갑부도 그녀로부터 산 아쿠아리움을 갖고 있다고 했다. 류드밀라는 남편이 있지만 무능해서 마치 아내의 경호원처럼 뒤에서 따라다닐 뿐, 사업은 류드밀라가 혼자서 맡아 한다고 했다. 류드밀라는 외적으로도 무척 화려하고 당당해 보였다.

　어느 날, 그 류드밀라는 미샤에게 수족관을 팔겠다고 제안했다. 미샤는 부자 삼촌을 설득해서 그곳을 사들였다. 그렇게 해서 수족관이 있던 자리에는 그들의 가라오케가 들어서게 되었다.

준호가 미샤를 설득해서 거기에 룸살롱을 만들겠다고 했을 때, 준호는 그곳에서 술장사를 할 생각이었다. 술이 돈이 된다는 거였다. 그거야말로 라라를 미치게 만드는 일일 거란 걸 그는 상상도 못 했다. 준호가 하는 일이란 라라를 파괴하고 망가뜨리는 것뿐이었다. 그렇게 라라와 준호는 매사에 어긋났다.

라라는 극렬하게 반대했다. 설령 그 공간에 가라오케를 만들어야 한다면, 장사가 안되는 한이 있어도 오픈된 공간으로 만들어서 취객들이 부리는 볼썽사나운 추태와 성추행은 피하겠다는 것이 라라의 저항 이유였다. 돈이 아니라 라라에겐 명예가 더 중요했다. 돈은 부족해도 살 수 있지만 명예를 잃는 건 그녀에게는 죽음이었다. 라라는 더는 물러설 수가 없었다. 그가 자신을 파괴하는 일을 방관한다면 나중에 문제가 되어도 할 말이 없을 것이었다. 라라의 극렬 반대로 룸살롱은 무산되고 오픈된 가라오케 바가 만들어졌다.

아무튼 류드밀라는 그 지하를 떠나 다른 사업을 한다고 했다. 그 류드밀라가 살인했다는 비보가 전해졌다. 그것도 다름 아닌 남편을 죽였다는 거였다. 그 사실을 전한 김미샤조차 황망하고 당혹스럽고 충격을 받아 어안이 벙벙한 모습이었다.

라라와 준호가 눈이 둥그레져서 물었다.

"이유는 뭐래. 왜 죽였대?"

김미샤가 피곤한 표정으로 대답했다.

"밤에 늦게 들어온 류드밀라에게 누구와 술을 먹었느냐고 따져 묻다가 남편이 그녀에게 창녀라고 욕을 했다는 거야. 류드밀라가 그 말을 듣고는 부엌에 있던 칼로……"

미샤는 더 이상 말을 잇지 못했다.

이튿날 김미샤는 류드밀라가 장례식 추모 모임을 파랑새 지하에서 하길 원한다는 말을 라라에게 전했다.

"그녀의 집에서 제일 가까운 곳이고, 체면상 다른 곳으로 가기도 어려워 아는 사람에게 부탁하는 거라고 하네."

지하 가라오케 운영은 김미샤가 맡고 있었다. 라라는 반대하고 싶어도 마땅한 이유가 당장 생각나지 않았다. 손님이 거의 없이 늘 텅 빈 공간이라 거절할 이유도 딱히 없었다.

"재판이 있을 거라 여러 가지로 마음이 힘든 거 같다. 모르는 사이도 아니니 외면하고 거절하기 어렵다. 동의해 주겠나?"

"미샤가 운영하는 곳이니 알아서 해요."

라라는 동의했다.

화려하고 자신만만하던 류드밀라가 불편하고 죄스러운 시선으로 라라를 바라보았다. 고개를 가로젓는 제스처는 어쩔 수 없는 일이었다고 항변하고 싶은 듯했다.

'그렇겠지. 이해되고도 남아. 사랑하지 않는 남자의 감시와 질투 속에서 사는 일은 새장 속의 새처럼 힘든 일이겠지. 그런 남자에게서 창녀라는 소리를 듣는 것은 술에 취해서가 아니었어도 큰 싸움이 되었을 거야. 영리한 여자니까 술이 아니었다면 살인까지 하지는 않았겠지.'

라라는 류드밀라의 처지를 진심으로 안타까워했다. 남자에 휘둘리는 여자의 운명이 안쓰러웠다.
　'그렇게 허망하게 자신의 미래를 훼손하다니. 자신을 위해 참았어야지. 그렇게 멋지게 잘 살다가 왜.' 침울한 추모 모임이었다.
　'창녀라고 욕한 남편을 살해한 류드밀라. 그녀는 그런 비난을 들을 마땅한 이유가 있었을까. 일을 하다가 정이 들거나 애정을 느낀 상대가 없으란 법도 없지 않은가. 또 사업 성패의 중대한 결정권을 가진 상대 앞에서 그의 육체적 요구에 거부하지 못하고 받아들이는 일은 또 없었을까. 업무 상대와 비즈니스 만찬을 갖다가 집안의 속상한 일로 울분을 터뜨리다 공감하게 되어 만취해서 실수로 남자와 성관계까지 간 일이 없었을까. 그렇게 했다면 그녀가 과연 창녀라는 비난을 받아도 당연한 일인가. 라라는 류드밀라에게 돌을 던질 수가 없다. 밖에서 일하는 여자는 더 많은 유혹을 당한다……'

　명희. 왜 갑자기 그녀 생각이 났을까. 평범한 가정주부인 그녀가 왜 떠올랐을까. 명희는 누가 보기에도 잘난 남편과 귀여운 아들을 가진 유복한 가정의 아내이자 엄마였다. 교회도 열심히 다녔다. 가라오케에 오면 찬송가와 가스펠송을 부르다가 술이 들어가면 유행가를 멋지게 불렀다. 외모에 대한 그녀의 자부심은 남달랐다. 명희는 자신이 남편과 아들 때문에 집안에서 썩고 있다고 생각했다. 뮤지컬 배우가 되고 싶은데 남편과 애 때문에 못 한다는 거였다.
　그런 그녀가 왜 하필 남편을 살인한 류드밀라와 오버랩되었을까.

사람의 인연은 제각각이다. 좋은 인연도 있고, 스치는 인연도 있고, 악연도 있다.

고교 동창 명희가 모스크바에 와있다는 것을 처음 알게 된 것은 우연히 지인을 통해서였다. 명희의 전화번호를 받아 통화를 한 것은 그러고도 한참 지나서였다.

명희는 대학 졸업 후 이너웨어 회사에 다녔다. 명희는 라라가 결혼할 때, 속옷을 직원 가격에 준다고 10퍼센트 할인을 해주었다. 그러나 정작 결혼식에는 오지 않았다. 고가의 외제 속옷만 팔았을 뿐이었다.

그 명희를 다시 만난 것은 식당을 하기 위해 다시 모스크바에 돌아온 후였다. 그동안 적지 않은 변화가 있었다. 라라는 구로반점 여주인이 되었고, 명희는 남편이 실직했다. 한국 외환 위기 후 러시아가 모라토리엄을 선언하면서 경제 위기가 닥치자, 그의 회사가 러시아 사업을 접고 철수하기로 결정했기 때문이었다.

"남편도 보기 싫고 밥해주기도 싫어서 밖에 나가서 아무거라도 했으면 좋겠어. 집에서 뒹구는 거 정말 보기 싫어."

그러던 중 어느 날, 주방장 다리야가 그만두고 베라가 이틀 쉬겠다고 하면서 주방에 일손이 급히 필요했다. 하루만이라도 도와줄 사람을 찾다가 문득 명희를 생각해냈다.

'주부니까 기본 반찬은 만들 수 있겠지.'

어려운 부탁을 하느라 전화해서 가까스로 입을 여는데, 그녀는 어쩐 일인지 선선히 그러마고 대답했다.

평소의 그녀답지 않은 태도에 라라는 미안한 마음마저 들었다.

'그동안 명희를 너무 이기적인 사람이라고 부정적으로만 보았던 것이 아닐까.'

그러나 사람은 쉽게 변하지는 않는다는 걸 확인하는 데는 오래 걸리지 않았다.

아침에 와달라고 부탁했는데 명희가 나타난 것은 정오가 다되어서였다. 게다가 그 복장이라니……. 금방이라도 파티나 오페라 극장에 갈 차림새였다. 주방에서 일할 복장이 아니었다. 그녀의 옷이 더럽혀질까봐 걱정한 것은 오히려 라라 쪽이었다. 콩나물 하나만 무쳐달라고 부탁해 놓고는 후회했다. 젓가락으로 몇 차례 휘휘 젓더니 내려놓는 명희.

할 수 없이 라라는 말했다.

"내가 주방을 볼 테니, 네가 나 대신 홀을 좀 봐줄래. 옷이 그래서 더는 주방일은 부탁 못 하겠다."

그날은 모처럼 R사의 이사가 모스크바 출장을 나왔다며 점심을 먹으러 들렀다. 명희 남편의 대학 선배라고 했다. 명희는 붉은 립스틱 칠한 얼굴 가득 화사한 미소를 지으며 불나비가 불에 덤벼들 듯 그에게 다가갔다.

"어머, 지사장님. 저 기억하시겠어요. 유진우 씨 와이프예요, 호호호……."

그는 잠시 그녀를 보더니 생각난 듯 대답했다.

"아하, 여긴 어쩐 일이십니까?"

"제 동창이 하는 집이라 들렸어요. 친구 좀 도와주려고요."

그는 명희에게 대견하다는 듯 미소를 지어 보였다.

"멋진 여성이군요. 의리가 있고."

그 테이블이 명희가 처음이자 마지막으로 받은 손님이었다.

그가 식사를 마치고 나가기가 무섭게 명희는 바로 주방으로 들어오더니, 팔목을 들어 시계를 보고는 어딘가로 전화를 걸었다. 환한 미소를 지으며 통화를 하고 난 그녀는 서둘러 일어섰다.

"일이 있어서 가야겠다."

그녀의 미소를 보아 만나려는 사람이 여자는 아니라고 라라는 추측했다.

'그래, 저 옷차림도 여자를 만나기 위한 것은 아니야.'

그렇게 명희는 콩나물 하나 무치고 한 테이블 인사하고 그리고는 파랑새를 포로롱 떠났다. 마치 다른 약속에 가기 위해 여기에 잠시 들린 것 같았다. 마치 알리바이가 필요한 용의자라고나 할까. 그녀에게 기대를 걸었던 라라는 자신의 순진함에 웃음이 나왔다.

그 모든 것의 전말은 머지않아 밝혀졌다.

명희가 서울로 아예 귀국하기 위해 짐을 정리하면서 라라에게 필요한 물건 없느냐고 전화해온 덕분이었다. 집이고 식당이고 온통 필요한 것뿐이었다.

"너 귀국 전에 너 볼 겸, 내놓은 물건도 볼 겸 집으로 갈게."

라라가 아들 주원을 데리고 레닌스키 대로의 아파트로 그녀를 찾아간 것은 며칠 후였다.

명희는 전보다는 소박한 로컬 아파트로 옮겼지만 그곳도 여전히 모스크바 중심가 고급 아파트였고 가정부까지 두고 있었다. 집에서 아이 하나 데리고 살림만 하는 전업주부에게 가정부가 왜 필요한지 라라는 이해할 수 없었다.

명희는 LA김밥을 내놓았다. 야채를 두세 가지 채 썰고, 계란 부쳐 썰고 소시지를 썰어놓고 김에 직접 싸서 먹는 것이란다.

"요즘 모스크바 한인 엄마들 사이에서 유행하는 거야."

명희는 호들갑을 떨었다.

"그러니? 아이들 먹기는 좋겠네."

라라는 아무렇지도 않은 듯 대꾸했다.

유학 시절, 손님들이 올 때마다 고기며 잡채며 생선 매운탕이며 야채 나물 반찬이며 가지가지로 해서 상을 차리던 자신의 모습이 떠올랐다. 그런데 명희의 상차림이 달랑 접시 하나라는 데, 이유 모를 모욕감이 느껴졌다.

식사가 끝나고 거실에서 커피를 마시면서 명희가 은근히 자랑 투로 슬며시 말문을 열었다.

"나 요즘 만나는 남자가 있는데, 유학생이야. 음악 하는 사람. 얼마 전에 생리가 없어서 임신한 줄 알고 기겁했었어. 근데 다행히 아니더라고. 며칠 전전긍긍했는데 얼마 후 생리가 시작되더라구. 남편이 알까 봐 노심초사했어, 호호호."

"왜, 진우 씨하고 무슨 일 있어? 나야 처음부터 문제였지만, 너는 왜?"

"실업자 됐잖아. 남자가 그렇게 능력이 없어서 어떻게 같이 살아."

"요즘 한국 IMF 사태지, 러시아는 모라토리엄이지, 기업들이 다 죽어나잖아. 회사가 철수해서 그렇게 된 건데 이해해 줘야지. 그동안 열심히 일했잖아."

"요즘 계속 술만 마시고, 마시면 취해서 인사불성이 돼서 들어와서는 마룻바닥에 뒹굴고. 아이가 보고 배울까 봐 무서워."

"일을 하다가 직장 잃으니까 힘든 게지. 남자들 실업자 되면 폐인되기 십상이래. 니가 잘 도와줘. 살다 보면 볕 들 때도 있고 비 올 때도 있는 거야. 그만하면 지금껏 잘해 온 거야."

"그래도 남들은 최고급 맨션에 사는데 나는 이게 뭐니. 집도 너무 좁고. 돈 아낀다고 운전기사도 내보냈어. 나처럼 사는 사람 내 주변에는 없어. 너무 창피해."

그렇게 사는 명희가 내심 부러웠던 라라는 한숨이 나올 뻔했다. 뇌리에 끊임없이 떠오르는 말, 이기적 유전자. 작기는 해도 침실 두 개의 고급 아파트였다. 라라는 유학생활할 때, 방 한 칸 아파트에 살았다. 그래도 기숙사에 비해 욕실과 부엌이 따로 있다고 좋아라 했었다.

"그 남자는 어디서 어떻게 만났어?"

"같은 교회에 다녀. 성가대 활동을 같이해. 솔리스트를 맡는데 늘 나를 쳐다보고 노래를 불러. 그거 묘하게 기분 좋더라."

"아들이 네 살이면 말도 조금은 할 텐데, 아들까지 데리고 만나러 다니는 게 위험하고 무모하지 않니?"

"아들한테는 그 사람을 이모라고 부르라고 가르쳤어. 그래서 괜찮아. 그 남자는 내 아들도 자기가 키우겠다고 했어. 그래서 좋아. 아이를 너무 좋아하거든. 남편은 아들을 귀찮아해. 아들보다 내가 더 좋대."

"남들이야 가끔 잠시 보는 거니까 그때마다 예뻐해 주면 그만이지. 누가 자기 아들에 대해서 그렇게 남들 앞에서 유난을 떠니, 속으로 예뻐하는 거지. 더구나 남편이 그렇게 너를 좋아하는데 왜 그래? 진우 씨가 무슨 계획이 있을 거 아냐. 무작정 놀며 시간 보내는 건 아닐 거잖아."

"미국으로 유학 가겠대. 그래서 토플 준비한다고 하더라. 아직은 몰라, 어떻게 될지. 난 그냥 이혼하려고 해. 그 나이에 공부해서 언제 돈을 버니? 지금 남들은 한창 벌고 있는데. 그 음악 하는 사람은 졸업하면 서울의 대학교에서 교수로 오라고 했대. 이미 얘기 다 된 모양이던데. 그래서……"

"남편이 자기 잘못도 아닌 일로 실직했다고 딴 남자 만나는 건 좀 그렇다."

라라는 명희가 자신의 비밀을 털어놓은 데 대한 보답으로 자신도 비밀을 하나 고백해야만 할 거 같았다.

"사실은 나도 만나는 남자 있어."

그런데 명희는 라라의 애인이 유명 방송사 특파원이라는 사실에 눈꼬리가 새초롬해지면서 입이 삐쭉해졌다.

"어머, 그러니? 그 사람이랑 잤어? 어디서?"

명희는 부러움과 시샘에, 입가에 경련이 일었다.

"나도 그 사람 얘기 들었어. 모스크바에서 제일 미남이라 인기가 많다고 하더라. 좋겠다, 너는 그런 사람이랑 만나서. 나는 겨우 유학생. 어휴"

지금껏 자랑스러운 듯 남친 자랑을 하던 명희는 갑자기 시큰둥해지면서 목소리에 맥이 빠졌다.

"사무실. 어휴, 난 작은 아파트."

명희는 잘 들리지 않게 웅얼거리듯 좀 짜증스럽게 말했다.

그날 라라는 명희에게서 오래된 텔레비전과 스탠드 램프와 테이블보 하나를 받아가지고 왔다. 그녀는 텔레비전 값으로 100달러를 받았고, 나머지는 그냥 선물로 주겠다고 했다.

그것들을 본 준호는 이까짓 고물 텔레비전을 그렇게까지 비싸게 받는 여자가 어디 있느냐며 역정을 냈다. 그 돈이면 새것도 살 수 있다고 했다.

"돈이 필요하다고 해서……"

실제로 그 텔레비전은 가져온 지 한 달도 안 돼서 먹통이 되어버렸다.

24
남편 있는 여자가 왜 웃음을 팔아!

서울로 떠나기 며칠 전, 명희는 연락도 없이 라라의 식당에 불쑥 찾아왔다.

이날, 그녀는 남편과 아이와 함께였지만 남편 유진우가 주차하는 동안 아들과 함께 먼저 들어섰다. 반갑게 맞이하는 라라를 흘깃 보는 둥 마는 둥 쳐다본 명희는 식당 홀을 이리저리 둘러보았다. 마치 누군가를 찾는 듯했다. 테이블로 안내해도 여기저기 두리번거렸다. 그러다 눈길이 차시훈이 앉아 있는 테이블 쪽에 멈췄다.

방금 전, 가족들을 데리고 파랑새를 찾아온 차시훈의 차가 들어왔던 걸 명희가 본 모양이었다. 특파원들 차는 금방 알아볼 수 있는, 번호판 색깔이 노란색이라 누구 차인지 판별이 어렵지 않았다. 명희의 태도는 묘했다. 라라에게 물으면 될 것을 그가 있는 쪽을 슬쩍슬쩍 훔쳐보았다.

차시훈과 그 가족은 자리를 잡고 앉아 있었다. 라라가 방금 주문받아 주방으로 향하던 중이었다. 차시훈의 부인은 늘 요청하곤 했다.

"우리 테이블 서빙은 진혜가 해줬으면 좋겠어요."

라라에 대한 배려인지 불편해서인지 알 수 없는 시훈 아내의 요구였다.

그녀는 자주 오지는 않았지만 남편의 고집으로 파랑새에 오는 날이면, 늘 그렇게 요구하며 라라를 물리쳤다.

그런 사정을 알 리 없는 명희였다. 갑자기 명희가 진혜가 들고 있던 쟁반과 행주를 뺏어 들고는 시훈의 테이블로 달려가는 것이 보였다. 라라는 그러는 명희를 그리고 난처해하는 진혜를 그리고 영문 몰라 하는 시훈과 그 아내를 바라보았다.

저만치서 자리를 잡고 앉았던 명희 남편 진우도 난감한 표정이었다.

그리고 역시 한 시간쯤 후 식사를 마치고 나가는 시훈과 그 아내의 표정이 좋지 않았다.

다음날 시훈에게서 전화가 왔다.

"역시 무슨 문제가 있었군요?"

라라가 묻기 무섭게 시훈이 사연을 이야기했다.

"어제 거기 왔던 그 한국 여자 때문에 집사람이 기분 상해서 어제 밥을 제대로 먹지도 못했어. 그 여자 아는 사람이야?"

시훈은 곧이어 말했다.

"어제 오랜만에 외식하자는 와이프가 다른 호텔 식당으로 가자는 걸 억지로 거기로 데리고 갔는데 말이야."

라라는 명희 때문임을 직감했는데 역시나였다.

"내 동창 때문이군요. 그때 왔던 한국 여자라면 그 애 말고는 없는데. 무슨 일 있었어요?"

"그 여자가 갑자기 우리 테이블로 와서 서빙하는 건지, 유혹하는 건지.

종업원도 아닌 여자가 왜 남의 테이블에 와서 서빙을 한다고 그러는지.”

할 수 없이 라라가 명희를 위해 변명했다.

"나도 그걸 보긴 했는데, 혹시나 개인적으로 안면이 있어서 그러나 싶어 막지 못했어요.”

시훈은 상당히 화가 난 듯 음성이 약간 높아졌다.

"라라가 보낸 건가 싶어서 쫓아버리지도 못했어. 집사람이 황당하고 불쾌해서 그냥 가자고 하는 걸 겨우 붙잡아 앉히고 밥을 먹었다고. 아이들 보는 데서 그 여자가 왜 그런 이상한 행동을 하는지 알 수가 없잖아. 낯 뜨겁게, 가족들 앞에서.”

시훈의 이야기는 이어졌다.

"집에 와서도 난리가 났어. 아는 사람이냐, 밖에서 만나는 여자냐. 아무리 아니라고 해도, 모르는 여자가 왜 저렇게 아는 척을 하느냐고, 그것도 와이프랑 애들이랑 보는 앞에서. 그 여자 보러 그 식당 가자고 한 거냐고 울고불고.”

라라는 명희의 표정과 교태가 상상되자 갑자기 웃음이 나왔다.

시훈은 계속 말을 이어갔다.

"와이프가 자기를 완전히 무시했다고 이만저만 화가 난 게 아니야. 난 누군지도 모른다고 했어. 해명해 달라는데 어쩌지?”

라라는 웃음기를 거두고 전화기 속으로 사과를 전달했다.

"제가 대신 사과한다고 전해주세요. 곧 서울 간다고 들렀는데, 어제 그렇게 이상한 행동을 한 줄은 몰랐어요. 다시는 그런 일 없을 테니까 제가 대신 용서를 구한다고 전해주세요.”

"한국 여자가 서빙하는 거 싫다고 해서 라라가 자리를 피해주니까 엉뚱한 여자가 와서 이상한 짓을 하잖아. 내가 자기를 속이는 줄 알고 마누라가 화가 나서. 밤새 달래느라고 애먹었어. 진짜 애인 때문이면 억울하지나 않지."

그 일은 또 라라에게도 작지 않은 상처를 입히는 사건이 되었다.

소문이란 참 야속하다. 그 일이 모스크바에 파다하게 퍼진 것은 물론이었다. 그런데 와전이란 얼마나 대책 없는 것인지. 그 식당의 한국 여자가 특파원을 유혹하더라는 말이 사방팔방 퍼진 거였다. 그 식당 가지 말라는 말과 함께.

라라가 아무리 설명하려 해도 변명밖에 되지 않았다. 차라리 침묵하는 편이 나았다. 시훈과 라라의 관계는 사실이었다. 그렇게 소문이 나도 변명의 여지가 없었다. 늪에 빠진 것처럼 더 수렁으로 빠져들게 마련이었다.

라라는 시간이란 과연 진실의 편인지조차 의심이 들었다. 역사란 과연 진실일까. 진실이란 늘 극소수 사람만이 안다. 연애사의 진실이란 당사자만이 아는 비밀로 남게 마련이다. 그나마도 서로의 입장에 따라 해석과 기억력에 따라 조금씩 변조된다. 그나마 그 사실이 진실로 남기 위해서는 당사자가 객관적이고 합리적이고 좋은 기억력을 가졌을 때라야 비로소 가능하다. 그리고 양심적이어야 한다. 자기 변명과 자기 합리화를 마구잡이 삼지 않는 양심. 따라서 제3자에 의해 기록된 역사는 반드시 모두 사실과 진실에 부합한다고 할 수 없다.

그렇게 사고를 치곤 도망치듯 서울로 가버린 명희를 다시 만난 것은 라라가 이혼 소송을 내러 한국에 들어갔던 때였다.

명희는 시댁에서 살고 있었다. 넓고 고급스러운 아파트였다.

"진우 씨는 유학하러 곧 미국으로 갈 거야."

"너는?"

라라가 물었다.

"남편은 공부하러 가는 거라 여유가 없으니까 자기 혼자 가겠다는데, 내가 절대 한국에 혼자 시집살이하지 않겠다고 했어. 우리 시어머니도 나랑 아들은 여기 있으라는데, 미쳤니, 내가? 혼자 남아 시집살이하게. 차라리 이혼하지."

명희다운 대답에 라라는 푸훗 웃으며 다시 물었다.

"그때 그 음악 하던 남자는 어떻게 됐어?"

잠시 표정이 어두워진 명희가 얼마 후, 겨우 조그만 소리로 입을 열었다.

"알고 보니 그 남자 바람둥이였더라. 나한테만 그런 게 아니었어. 다른 여자가 있었대. 그 여자가 연락이 와서 만났는데, 자기랑 결혼하자고 남자가 청혼했대. 그런데 내가 계속 만나자고 해서 곤란하다며 나와의 문제를 그 여자한테 해결해 달라고 했다는 거야."

라라는 너무 뜻밖의 이야기에 놀라고 말았다.

명희는 민망한 표정과 체념한 낯빛으로 어쩔 수 없다는 듯 털어놓았다.

"그 말 듣고 너무 충격을 받아서 몇 달 동안 밥도 못 먹었어. 모스크바에서 나랑 만나는 동안에도 만나고 있었다는 걸 알고 너무 놀랐어. 날 감쪽같이 속였어."

라라는 위로인지 타박인지 모를 투로 명희에게 말했다.

"내가 보기엔 그 남자보다 니 남편 진우 씨가 훨씬 낫다. 오히려 잘 된 거라고 생각해. 너를 위해서도 그편이 낫다. 전화위복이네. 남편이랑 같이 미국 가서 너도 공부하면 좋잖아. 나는 가고 싶어도 못 가는데. 부럽다."

그날 우연히 바라본 명희의 손은 처녀들 손보다 더 고왔다. 일이라고는 해본 적이 없는 여자의 손이다. 아이 엄마의 손으로는 지나치게 이쁘고 곱다. 손이 너무 고와서 무서울 정도였다. 부러워하기엔 너무 이기적인 손이었다. 나이 들어 처녀 같은 몸매와 얼굴은 자랑해도 손 자랑은 하는 게 아니라더니 정말 그랬다. 너무나 이기적인 손의 아름다움은 찬사가 아니라 경멸의 대상이었다. 웃음 팔고 몸을 파는 창녀들보다 더한 것이라도 팔 것 같은 손은 공포스러운 아름다움이었다. 가족들을 먹여 살리기 위해 파랑새에 나와 궂은일 마다하지 않는 고려인과 조선족 아줌마들의 손이 차라리 성녀의 손처럼 성스럽게 느껴지는 서울의 오후였다.

질투심을 가진 라이벌들이 늘 문제였다. 스스로를 차시훈의 직업적 라이벌이라고 믿는 구용호. 라라는 취하지 않은, 맨정신의 그를 본 적이 없었다. 라라는 구용호 같은 유형의 남자가 제일 싫었다. 그런 그녀의 마음을 알기라도 한 듯, 구용호는 준호에 대해 더 우호적이었다. 라라에 대한 준호의 불만을 구용호는 기정사실로 받아들였다. 구용호가 자주 하는 말 중에는 이런 것도 있었다.

"사랑보다 남자들 간의 우정이 먼저죠. 의리가 중요하지, 여자나 사랑은 언제든 바꿀 수 있는 겁니다."

그러면서 기자 중 누구보다 룸살롱을 많이 찾는 남자. 그러면서도 그런 데서 일하는 몸 팔고 술 파는 여자들에게 신발을 던지는 등, 가장 졸렬하게 모욕적으로 대하는 남자. 권력을 가져서는 안 될 자에게 쥐어진 권력을 가진 사내. 이를테면 구용호는 라라에게 그런 류의 감정들을 이끌어내는 인간이었다.

악연이라면 악연이었다. 한 번도 그녀와는 직접 대화 없이 지금까지 안면만 유지하고 있었다. 그녀를 모르고 준호만 아는 사람 중, 그녀에게 안 좋은 감정을 가진 사람들이 종종 있다. 구용호가 그런 이 중 하나였다.

"여자가 잘나면 얼마나 잘났다고 남자를 우습게 여기나? 그래봐야 여자 팔자 남자 만나기에 달린, 뒤웅박 팔자라구."

구용호의 지론이었다.

구용호는 모스크바에서 S대 출신 정치학도 두 명과 자주 어울려 다녔다. 그중 하나가 정윤수였다.

아직 파랑새가 되기 전 구로반점 시절, 절대 잊지 못할 사건을 저지른 인물이 구용호이기도 했다. 구용호는 어느 날 잔뜩 술에 취해 두 학생과 함께 나타났다. 그가 비틀비틀 주방까지 들어오는 것을 막지는 않았다. 그런데 황당한 일이 벌어지고 말았다. 주방의 일하는 여자들 앞에서 바지 지퍼를 내리고 자신의 남성을 꺼내 흔들어대는 거였다. 구용호의 추태는 만행 중의 만행이었다. 나이 든 주방 여자들은 깔깔깔 허리를 잡고 웃어댔지만 처녀 종업원 애들은 꺄악 비명을 지르며 달아났다. 순식간에 벌어진 난리법석이었다. 모두들 웃고 수근거렸다. 구용호와 함께 왔던 정치학도 정윤수는 그를 대신해 사과했다.

그 후 그들은 한동안 발걸음이 뜸했다. 자중하나 싶었다.

그가 오랜만에 다시 나타났을 때 이미 그곳은 구로반점이 아니라 파랑새였다. 라라는 처음으로 맨정신인 구용호를 보았다. 그러나 그날은 차라리 그가 취해 있을 때보다 못한, 참혹한 날이 되고 말았다. 악연은 어쩔 수 없었다.

서울에서 그의 상관인 선배가 출장을 나온 거였다. 구용호가 자기 선배를 대접한답시고 파랑새에 데리고 왔다. 구용호 딴에는 망가진 체면을 회복할 겸, 손님을 데려와서 돈 좀 풀며 생색내려는 속내였다. 한편으로는 그들은 옆 건물 지하에 한국인이 하는 룸살롱 뉴타운 클럽이 오픈할 때까지 시간을 때울 곳이 필요했던 모양이었다.

파랑새는 뉴타운 클럽이라는 룸살롱을 가려는 남자들이 아내에게 핑계 대고, 둘러대는 곳이었다는 걸 라라도 모르지 않았다. 파랑새 뒤쪽으로 다른 건물 입구로 내려가는 지하에 룸살롱 뉴타운이 있었다. 한인 신문 광고를 보면 같은 거리에 있어서 마치 같은 집처럼 오해받았다. 파랑새는 룸살롱으로, 뉴타운은 식당으로.

특히, 파랑새에 와보지 않은 여자들 사이에서는 두 곳을 동일한 장소로 오해하고 있는 사람들이 많았다. 남자들이 식사 후에 2차로 룸살롱을 가고는 아내에게는 파랑새에서 저녁 먹었다고 둘러댄다고 했다. 그 때문에 라라를 술 파는 여자, 더 나아가 몸 파는 창녀로 알고 있는 아내들이 있었다. 라라가 식당을 때려치우길 원하는 가장 큰 이유가 바로 그거였다.

구용호와 서울 선배 일행이 지하 가라오케에서 라라를 부른다고 해서 내려가게 되었다. 라라의 대학 선배라면서 인사할 겸 앉으라고 청했다. 구용호가 자기 딴에는 호의를 베풀고 있다고 느껴져서 마지못해 동석했다. 그리고 강권하는 맥주를 마지못해 마셨다.

그때였다. 출장자의 입에서 자다가 봉창 두드리는 소리가 튀어나온 것은 라라가 그곳에 앉은 지 채 10분도 지나지 않아서였다.

"아니, 남편 있는 여자가 왜 이런 데서 웃음을 팔아."

맥주 한 모금 마신 것이 죄였을까, 아니면 예의로 그들에게 미소를 지은 것이 빌미였을까.

그 자리에 함께 있던 정윤수가 당혹해했다.

"아, 형님. 그런 것이 아닙니다. 이분은 공부하시다가 잠깐 사정이 있어서……."

라라는 더 이상 솟구치는 눈물을 참을 수가 없어 일어나 뛰어나왔다. 위층으로 올라와 화장실로 달려갔다. 그동안 참았던 설움이라도 터진 듯 울음이 그치지 않고 눈물이 펑펑 쏟아졌다.

원래 라라는 웃음이 많았다. 늘 웃는 얼굴이라고 사람들은 말하곤 했다. 웃음이 헤프다는 말을 들을 정도로 많던 그 웃음은 동거 1년 만에 다 사라져버렸다. 그래도 좋아하는 사람들 앞에서는 늘 웃음을 잃지 않았다. 웃음을 판다는 말처럼 또 웃음이 헤프다는 말처럼 적반하장의 어깃장도 드물 것이라고 늘 생각하고는 했었다. 하필 그 부당한 언어에 의해 어퍼컷을 한방 얻어맞은 것이다. 그것도 너무나 당치 않은 사람들에게.

울음소리를 감추려고 수돗물을 크게 틀어놓고 있는데 화장실 문이 열리면서 정윤수가 들어왔다.

"내가 이럴 줄 알았어요. 울고 계시군요. 대신 사과할게요. 그분들이 사정을 잘 모르고 하신 말씀입니다. 정말 죄송합니다."

그는 그녀의 어깨를 다독였다. 그녀를 위로하던 그가 그녀의 두 뺨을 감싸면서 자신의 입술로 라라의 입술을 덮어왔다.

순간 그가 자신도 화들짝 놀란 듯 뒤로 물러서더니 황급히 말했다.

"아아, 이러려고 한 게 아닌데, 나도 모르게 그만. 죄송해요. 제가 좀 이성을 잃었나 봐요. 무례하게 굴어서 어쩌죠. 용서해 주세요."

"그만 여기서 나가 주세요."

라라는 겨우 입을 열어 말했고 다시 흐느꼈다.

정윤수는 말없이 고개 숙인 후 나갔다.

라라는 거울 속에 비친 젖은 얼굴의 자신을 멍한 눈으로 응시했다. 갑작스러운 오한에 몸서리가 쳐졌다. 넋을 잃은 듯 물이 쏟아지는 세면대 앞에 서 있던 라라는 정신을 가다듬었다. 성녀로 살고 싶지도 않았지만 창녀로 살기는 더더욱 원치 않았다. 그러나 삶은 때로는 이율배반의 창과 방패였다. 성녀와 창녀는 종이 한 장 차이인지도 모른다.

25
지혜로운 자의 슬픔

> 운명은 장난꾸러기,
> 운명은 스스로 이렇게 결정해 놓았다.
> 모든 어리석은 자에게는 무지로 인한 행복을 주고,
> 모든 지혜로운 자에게는 지혜로 인한 고통을 주기로.
>
> - 알렉산드르 그리보예도프 -

세상에 모습을 드러낸 파랑새는 누구든지 잡으려고 했다.

외교관 중에는 라라에게 애정 고백을 하는 사람들도 있었다. 참사관 김주성도 라라에게 마음을 털어놓았다. 평소 그가 인격을 갖춘 실력자로 정평이 나 있어서, 라라는 놀라면서도 싫지 않았다. 그는 외교관이면서 시인이기도 했다. 팔방미인 소리를 듣는 사람이었다.

그러나 라라는 그와의 관계를 연애로 변질시키고 싶지 않았다. 그냥 존경하는 사람으로, 인생의 선배로 남아주길 원했다. 잃고 싶지 않은 사람이었기 때문이다. 그를 남자로 만나면 언젠가는 헤어질 걸 알았다. 그녀에게 김주성은 인생의 좋은 선배였고, 연인은 오직 차시훈뿐이었다. 더구나 참사관 부인도 라라를 배려해 주는 여성이었다. 그런 사람의 마음을 아프게 하고 싶지 않은 것이 라라의 솔직한 심정이었다.

어느 가을 늦은 밤, 그녀가 일을 끝내고 문을 잠그고 들어가려는데, 파랑새 앞으로 승용차 한 대가 조용히 미끄러져 들어와 그녀 옆에 멈췄다. 밤바람이 싸늘했다. 라라는 트렌치 코트를 입고 있었다.

"모스크바를 떠나기 전에 마지막으로 한번 보고 싶어서 왔소."

김주성은 말했다.

그는 레닌 언덕을 지나 우회전하면서 모스크바 강변으로 차를 몰았다. 달빛 아래 가로등이 밝혀져 있고 인적이 거의 없는, 밤 12시 가까운 시각이었다. 거기서 차를 멈추고 두 사람은 내렸다.

모스크바 강가 난간 옆으로 라라를 잡아 이끈 김주성은 힘차게 라라의 허리를 잡아당겨 끌어안고 입을 맞췄다.

"민라라는 내 여자다. 하하하하……"

김주성은 크게 목놓아 외치며 한참 후련하다는 듯 웃어댔다.

라라는 웃을 수 없었다.

'죄송합니다.'

김주성은 귀국해서도 계속해서 연락을 보내왔지만 라라는 답하지 않았다. 남자로서가 아니라 인간으로서 존경하는 사람으로 남아주길 바랐다.

김주성이 보낸 이메일 연서를 훔쳐본 준호가 난리법석을 피운 것은 물론이었다.

"라라가 외간 남자들과 인터넷 채팅을 하고 돌아다닙니다."

그는 김후원을 비롯해 백상만 등 주변 사람들에게 라라를 비난하고 다녔다.

그러나 라라는 준호를 상대할 마음조차 없었다.

"이메일과 채팅도 구분할 줄 모르는 남자와는 말조차 섞기 싫습니다. 저는 인터넷 채팅을 해본 일이 없습니다. 무식이 사람 잡는다고 정말 이젠 인내의 한계를 느낍니다, 전준호라는 존재에게. 싫음을 넘어 혐오감마저 드네요."

김주성보다 오히려 더 라라와의 관계를 깊이 적극적으로 고민한 것은 윤지석 서기관이었다. 그는 아예 이혼을 위한 별거에 들어갔다. 그 사실을 어느 대사관 직원이 라라에게 은밀히 알려주었다.

"혹시 윤 서기관에게 전할 말씀이 있으면 제가 돕겠습니다."

그 말을 듣는 순간, 얼마 전 차시훈이 한 말이 떠올랐다.

"지금 모스크바에서 남자들 사이에 쟁탈전이 벌어졌어. 너 이혼할 거라고."

라라에 대한 그의 배려는 누가 보기에도 부정할 수 없는 우정 이상의 감정이었다. 김주성이든, 윤지석이든, 차시훈이든, 어쨌든 전준호의 여자로 살기엔 라라에게는 온 세상이 유혹 그 자체였다.

어느 날 시훈은 솔직히 고백했다.

"아내에게 불만은 있지만 그녀의 단점이 내 까탈스러움 때문이기도 하고, 어쨌든 가정을 깰 정도로 부부간에 문제가 있는 것은 아니야."

그러면서 그는 말했다.

"그래도 나는 라라가 마냥 좋다. 무조건 좋다. 처음 봤을 때부터 내 여자라는 생각이 들었다. 같은 하늘 아래 숨 쉬고 있다는 사실만으로도 고맙고 행복하다."

라라가 그의 어깨에 머리를 얹고 다음 말을 기다렸다.

"아내는 다시 태어나도 나랑 결혼하겠다고 하네. 와이프도 잘 나가던 여자였어. 나 만나서 다 버리고 살림만 했지. 그게 미안해. 이혼 말 꺼냈더니 울어."

라라는 자기와 비슷한 삶의 역사를 가진 여자에게 아픔을 강요하는 게, 마치 자신에게 스스로 하는 짓 같았다.

라라는 결정적인 한 걸음을 내딛지 못하고 있었다.

'이 어리숙한 딱하고 미련한 양심을 할 수만 있다면 칼로 싹 도려내고 싶어.'

자신에 대한 원망은 이어졌다.

'내가 지금 이렇게 아프고 힘든데 남의 고통까지 걱정해야 하니? 너 자신만 생각하라고. 남 위하는 척 위선 떨지 말고 제발 너 자신만 생각해.'

라라는 자신을 힐난하고 질책했다. 양심인지 어리석음인지 알 수 없었다.

시훈을 원하는 게 이기적인 욕심인가. 그가 옆에 없었으면 버티지 못하고 쓰러졌을 거다. 그가 옆에 있으므로 견디고 있다. 이것이 부도덕한가.

구로반점이 파랑새로 변할 때 많은 도움을 준 것은 대사관과 대기업 S사였다. 공부하러 왔던 유학생이 부득이한 집안 사정으로 식당을 한다는 소문을 들은 대사님과 그 부인이 라라를 동정하고 안타까워한다는 말도 들려왔다. 그리고 식당 수리가 끝난 후 대사님 부부는 주말이면 파랑새로 라라를 찾아와 격려하기 시작했다.

"아주 깔끔한 분위기에 음식 맛도 좋군요. 그리고 품은 꿈 잊지 말고 이루세요."

대사님 부부의 따뜻한 말 한마디는 적지 않은 힘이 되었다. 그 덕분이었을까. 좋지 않던 소문과 부인들의 냉대가 눈에 띌 정도로 누그러졌음을 라라는 감지했다.

S사에 다니는 라라의 선배 심순진 과장. 그는 그 회사 전무의 비서로 일하고 있었다. 까탈스럽고 냉혹한처럼 차가운 심순진 과장이 처음부터 라라를 도왔던 것은 아니다. 구로반점을 그는 혐오했다.

"이것도 식당이라고 하나. 이런 델 어떻게 상사들을 모시고 밥을 먹으러 오나. 내 말 잘 새겨들으라고."

라라는 식당 이름을 바꾸고 수리했다.

'참 아름다운 한식당 파랑새. 세상을 움직이는 사람들, 그들은 파랑새를 찾습니다.'

교민신문에 나가는 광고 문구에 세간의 관심이 집중되고 매상도 올랐다.

심순진 과장의 충고대로 구로반점이 싹 변화하고 이름도 파랑새로 바뀌고, 라라가 일을 하나씩 꾸려나가고 챙겨나가자 심순진 과장의 태도는 우호적으로 변했다.

몇 달 후 어느 날, 심순진 과장이 점심을 먹고 나가면서 귀뜸했다.

"아이고, 큰일났다. 우리 전무님 사모님이 얼마나 까다로운지 모르지?

단단히 벼르고 계시는데, 왜 늘 우리 회사가 여기서 밥을 먹느냐고. 언제 한번 부인들 모임을 여기서 해야겠다고 하시네."

"저한테는 도움이 되는 일이죠. 잘된 일 아닌가요?"

"근데 그게 말이지…… 요즘 이상한 소문이 났다고. 우리 전무님이 여길 오시는 이유가 딴 데 있다고. 파랑새 여사장 보러온다나. 사람들 입이 아주 허무맹랑하고 터무니없어. 그래서 사모님이 직접 보시겠다고 오시는 거니까 각별히 흠 잡히지 않게 잘하라고."

심 과장은 그렇게 언질과 미소를 남기고 갔다.

그 아내들이 몰려오지는 않았다. 대신 전무가 직접 부인을 대동하고 방문했다.

전무 부인은 소박하고 고상한 차림새였다. 버건디 스웨터에 그레이 모직 바지를 입고 있었다. 말투만큼은 깐깐한 성격을 여지없이 드러냈지만 교양 있는 사람이었다.

그녀의 첫 마디는 라라를 안심시켰다.

"옷차림이 소박하면서도 센스가 있군요. 멋을 아는 젊은 분이네요."

그날 라라의 옷차림도 평소처럼 수수했다. 긴 체크 무늬 모직 치마를 입고 목폴라에 카디건을 걸친 복장이었다.

라라는 어디서나 사람들의 시선을 끌었다. 그녀도 그걸 모르지 않았다. 그래서 평소 옷차림을 주의했다.

전무 부인은 역시 대기업 고위 임원의 아내다운 풍모를 지녔다.

"여기 와보니 메뉴가 참 다양하네요. 우리 회사 아빠들이 여기 자주 오는 이유가 있네요. 우리 부인들이 매달 모임을 하는데 여태껏 아를료녹 호텔 식당에서 모이곤 했어요. 그런데 이번에 회사 방침이 부인들 모임을 가능하면 집에서들 하라는 거예요. 부인들이 밖에서 모여서 돈 쓰고 수다 떠는 모습이 별로 좋지 않다는 말이 있어서. 그래서 우리 집에서 모임을 하려는데, 우리 남편이 여기 음식이 좋다고 하시길래 주문 좀 하려고 왔어요. 어떤 분이 운영하길래 이렇게 좋게 보시나 궁금하기도 하고."

주문이 많지는 않았다. 그걸 아침 일찍 배달해 달라고 했다. 아침 9시까지 배달하려면 주방 사람들이 적어도 세 시간 일찍 나와서 준비해야만 한다.

다행히 임 실장과 주방 사람들이 모두 아침에 나오겠다고 기꺼이 동의해 주었다.

"저희도 손님이 많아야 기분도 좋고 일할 맛도 납니다. 일찍 와도 상관없습니다. 손님이 없으면 저희도 기분이 없습니다."

그렇게 예정된 날짜 아침 9시에 그들의 맨션을 찾았다.

전무 부인은 그녀를 환대해 주었다. 보온 박스에 담아온 음식이라 꺼내놓자 김이 모락모락 올라왔다. 그걸 보고는 전무 부인은 만족한 모양이었다.

"아이고, 식지 말라고 이렇게 특별히 보온 박스에 넣어 오셨네. 정성이 대단하시네요."

그러고는 정색하고 라라의 옆에 서 있는 준호를 보았다.

"여기가 남편이신가요? 이런 똑똑한 부인을 어쩌자고 험한 일을 시키시는 거예요. 우리 아빠들이, 젊은 여성이 고생이 많다고 어찌나 애처로워하는지. 그래서 내가 궁금했어요, 어떤 사람인가."

준호는 얼굴이 벌개졌다. 아무 말도 못 하고 음식을 들고 허둥거렸다. 예기치 못한 사람으로부터의 노골적인 펀치 공격이었다.

라라는 전무 부인에게서 여자로서의 동지애와 엄마 같은 모성애를 느꼈다.

'저런 힘이 여자의 진짜 힘이겠지. 자신의 품위를 지키면서 자신의 남자를 지키는 힘. 강하고 현명한 여자들만이 갖는 힘.'

그러나 모든 여자가 대사 부인이나 전무 부인 같지는 않았다. 그렇게 아량 있고 솔직한 여자들은 드물고 귀했다. 라라에게 경쟁 의식을 갖는 여자들에게는 라라의 존재 자체가 거북할 뿐이었다. 여자의 적은 여자란 속설도 근거 없는 말만은 아니었다.

그리고 그 최대 수혜자는 남편 전준호였다. 그녀들의 질투심 덕분에 그는 아무것도 안 해도 많은 걸 얻었지만, 라라는 모든 것을 했어도 전부 잃어야 했다. 준호와의 삶은 라라에게 제로섬 게임이었다. 무엇을 해도 무위로 돌아갔다.

"여기엔 언제나 보이지 않는 힘이 작용하는 거 같아요. 악과 선의 에너지가 존재의 형태로 실존하는 것 같다구요. 예를 들어, 악마의 장난과 방해는 별 볼 일 없는 질투심을 대단한 위력으로 변용시킬 수도 있는 것만 봐도 그렇죠. 악마는 인간의 질투심과 시기심을 이용하면 역사도 신에 대한 믿음도 바꾸게 할 수 있다는 것을 간파하고 있는 아주 교활한 존재 같아요."

"그놈은 여자 복이 있는 거지. 너한테는 악마의 저주인데, 그에게는 신의 축복이랄까, 운명의 장난 같은 거."

"인간은 천연 보석처럼 아직 다듬지 않은 신의 의지와 인조 보석처럼 잘 손질된 악마의 모방술 사이에서 줄타기하는 광대 피에로 같아요."

"난 무신론자지만 라라를 보면 신이 있을 거란 생각이 들어. 어떻게 저렇게 착한 사람을 만들었을까."

"나는 신이 존재한다고 믿어요. 그리고 그를 방해하는 악마의 존재도 있다고 생각하고요. 그러나 모든 인간이 그걸 볼 수 있다고 생각되지는 않아요. 누군가는 신의 흉내를 내는 악마를 바라보고 신이라 여기며 살 것이고, 누군가는 은밀히 숨겨진 신의 본질을 간파하고 그것을 따라 살려고 노력하는 거 같아요. 그게 선과 악의 차이죠. 인간 자유 의지 힘의 차이고요."

그러자 시훈이 잠시 생각에 잠기더니 말했다.

"라라에 대한 나의 사랑이 신의 의지였으면 좋겠다."

26
신은 존재한다, 고로 심판한다

> 복수는 나의 것이니 내가 행하리라
> - 구약성서 -

냉담한 라라가 성당에 나가는 이유는 평범했다.

"지인들이 거기 있기 때문이죠."

그러면 교회나 성당을 성실히 다니는 교회 충성파들은 눈꼬리를 살짝 치켜올린다.

"어머, 신앙심에서 나가야지, 그게 무슨 소리예요. 주일은 반드시 지켜야 합니다."

"하느님은 언제나 제 마음에 계시니까요. 하느님이 교회나 성당에만 있다고는 생각하지 않거든요."

라라가 그렇게 대꾸하면, 그들은 이번에는 살짝 눈꼬리를 내리면서 말한다.

"아, 그래도 교회는 나가야지요. 주일 미사를 거르지 않는 게 진정한 신앙이지요."

그러면 라라가 할 말이 없어진다. 왜냐하면 동의하지 않는다는 말은 이럴 때 구태여 필요한 말이 아니기 때문이다. 그들에게 교회 건물로 예배나 미사를 다니는 것은 절대적인 믿음 행위의 조건이기 때문이다.

오운석 신부를 보면 사람들은 교회 부흥사 같다고 했다. 그만큼 설교가 열정적이었다. 훤칠한 외모에 적극적이면서 다소 다혈질적인 면을 가지고 있었다. 일부 신자들과는 좌충우돌하기도 했다. 말 한마디도 거침없이 내뱉는 성격이었다. 그걸 좋아하는 사람도 있었지만 너무 직설적인 표현들에 상처받는 사람들도 있었다.

오 신부는 라라를 처음부터 주목했고 신뢰했다. 그녀에게 전례 해설을 맡기고 기도문 작성과 주보 제작도 맡겼다.

"모스크바에는 사람이 적어. 믿고 일을 시킬만한 사람이 없어서 그러니 도와줘요."

모스크바 시내에는 가톨릭 성당이 있었다. 규모도 크고 건물도 웅장했는데, 소련 시대에 가구공장으로 사용되다가 소련 붕괴 후 고려인들이 두부 공장으로 세를 들어 함께 쓰고 있었다.

"성당을 공장으로 쓰고 있다니!"

오 신부는 분개하며 성당을 되찾고자 로마 가톨릭 관계자와 모스크바 시청에 도움을 요청했다.

라라가 그 모든 사연을 주보에 싣자 신자들과 교민들의 관심이 높아졌다. 성당은 결국 교회 품으로 반환되었다. 부임하자 맡은 최초의 큰 임무가 잘 풀리자 오 신부는 라라에게 한 가지 제안을 했다.

"라라, 내 비서로 일해주지 않을래? 다른 누구보다 라라가 일하는 게 딱 내 마음에 든다."

"제가 언제든 도울 테니 필요하실 때 편안하게 말씀하세요. 업무 관계보다는 사제와 신자로 남고 싶습니다."

라라는 열정이 넘치는 오 신부와 혹시 충돌해서 좋은 관계를 그르칠까 걱정됐다.

오 신부는 이미 사목회장들과 사이가 틀어져버린 후였다. 그는 워낙 호기롭다 보니 술을 즐겼고, 취하면 사람들에게 거침없이 불만을 표출하기도 했다. 다들 내로라하는 사람들이었다. 누구에게서도 그런 막말을 들어본 적이 없는 이들은 오 신부에게 고개를 절레절레 흔들었다.

오 신부뿐 아니라 수녀님들도 라라를 총애하고 아끼기는 마찬가지였다.

"우리 모스크바 성당을 위해 보낸 보배 같아요. 너무 큰 도움이 됩니다."

그러나 한 사람 마리아 수녀님만은 라라를 냉대했다.

"혼배성사를 드리지 않아 조당이 걸려 있는데 그걸 적극적으로 풀려고 하지 않는군요. 신자로서 의무를 지키지 않은 이유가 뭐죠, 다른 건 다 잘하면서?"

그러나 라라와 준호가 혼배성사를 하지 않는 것은 이유가 따로 있었다.

'내가 영세 받은 곳을 말하면 내가 어느 대학 나왔는지 수녀들이 다 알 텐데.'

준호의 내밀한 고민이었다.

마리아 수녀는 라라를 재촉했다.

"내가 도와줄 테니 어서 조당 풀어요. 아이도 있는데 혼배성사를 안 하면 어떻게 해요. 라라 영세 증명서는 내가 서울 본당에 연락해서 받았어요. 그런데 요한 씨 영세 증명서는 그 동네 본당에 문의했는데 그런 신자 기록은 없다고 하네요. 어떻게 된 일이죠?"

라라는 아무 말도 하지 않았다. 그가 스스로 말하고 밝히길 바라서였다. 그러나 마리아 수녀님이 영세받은 곳을 물었을 때 준호는 사실대로 말하지 않았다.

물론 수녀들도 바보가 아니었다. 이미 본부에 신자 상황을 조회해 보고 준호가 지방 성당에서 영세받은 걸 알고 난 후였다. 그러면서도 모른 체 공연히 라라에게만 역정을 냈다.

하루… 이틀… 다섯 달… 1년… 2년… 3년…!

어느 날 사제관의 저녁 미사 후 마리아 수녀가 가만히 라라의 손을 잡았다.

"내가 그렇게 못된 수녀는 아니에요. 내 다 압니다. 라라 씨가 지금 마음고생이 많다는 거. 그래도 서운하게 매정하게 대하는 거 다 이해하고 공손하게 해주니 내가 오히려 더 고맙지요."

라라는 조용히 다음 말을 기다렸다.

"전 요한 씨 학력 속인 문제 알고 있어요. 요한 씨가 고백하길 기다렸는데 끝까지 입을 다무네요. 우리가 공연히 라라 씨 타박하고 차갑게 대하는 게 요한 씨 때문인 걸 보면서도 말을 안 하더군요. 고백성사도 안 하고.

자기 탓임을 인정하지 않아서 지켜보는 우리 마음이 아팠습니다. 언젠가는 말하겠지, 기다렸건만. 더 이상 라라 씨에게 이렇게 대할 수는 없더군요. 라라 씨 참고 열심히 신앙생활하는 거 내가 압니다. 하느님이 다 아시니까 좀 더 견뎌요. 주님의 은총이 있을 거예요."

27
악마는 성당에도 살고 있었다

> 우리 안에는 착한 늑대와 나쁜 늑대가 살고 있다.
> 네가 누구에게 먹이를 주느냐에 따라
> 누가 이기느냐가 결정된다.
> – 인디언 속담 –

박 요셉 신부가 오 신부 후임으로 부임한 지도 1년이 되어가고 있었다. 라라와 거의 동년배인 젊은 신부였다.

"라라 씨는 입이 무거워서 신부들의 일을 도울 사람으로 적임자라고 오 신부님도 그러셨어요."

오 신부 때도 수근거림이 없었던 것은 아니다. 그러나 나이 차가 많고 오 신부가 워낙 열성적이고 때로는 다소 공격적인 저돌성까지 가진지라 섣불리 입에 올리는 사람은 없었다. 그러나 박 신부는 젊고 서글서글하고 다정한 성격이었다. 그러자 라라와의 친밀감에 대한 구설수가 수면 위로 노출되기 시작했다.

"그 식당 여자가 새로 온 젊고 잘생긴 신부님을 꼬시는 거 같다고 해요.

요즘 그 여자 이혼한다는 말도 들리던데 혹시 신부님을 유혹해서 파계시키려는 거 아니겠죠. 워낙 요사스러운 여자라고 하니까. 열 길 물속은 알아도 한 길 사람 속은 모른다잖아요."

"라라 씨가 이혼한대요? 어머나 그 소문이 진짜예요? 모스크바 남자들 싱숭생숭하다는데."

모스크바 사람들은 이렇게 의견이 갈라져 라라의 이혼에 신부까지 끌어들여 구설수에 올렸다.

"지난번에 사제관에서 있었던 부인 모임에 갔는데 라라 씨도 왔녀라구요. 신부님 반찬을 드리러 왔다고. 그런데 이혼한다는 여자가 왜 사제관엘 드나들어요? 이혼은 우리 천주교에서 죄악으로 보는 거잖아요. 죄인이 왜 사제관과 성당엘 드나들죠? 못 오게 해야 해요."

사람들의 입은 무서웠다. 라라에게는 위협적으로 느껴지기까지 했다. 갈수록 태산이었다. 밉게 보면 한없이 미운 법. 그들은 심지어 라라의 생각에 몰두하는 습관까지도 입방아에 올렸다.

"우리가 그 식당에 갔더니 책상에 앉아서 턱을 괴고 창밖을 내다보고 있는 거야. 그 모습이 어찌나 한심하고 건방져 보이던지. 다시 가고 싶지 않더라구."

자주 오는 단골들은 그런 말을 절대 하지 않았다. 남들이 강권해서 딱 한 번 왔던 사람들이 하는 소리다. 홀에는 턱을 괴고 앉을 책상도 없는데 소문은 그렇게 났다. 해명하면 변명이 많다고 타박했다. 그러면 라라는 반론하곤 했다.

"변명이 아니라 정확한 상황 설명이자 해명입니다."

그러면 그들은 멍해진 표정으로 쳐다본다. 식당 주인 주제에 우리가 누군데 감히⋯⋯. 그들의 얼굴은 그렇게 말하고 있었다.

모든 것이 악순환이었다. 그들은 항변하고 싶은 것은 오히려 라라란 걸 알려고도 하지 않는다. 아니, 때론 알고도 모른 척 애써 무시했다. 그들은 그녀가 비난받아 마땅한 여자이길 원할 뿐이었다.

박 신부가 크리스마스 직전 급한 일로 서울로 출장 가서 모스크바를 비웠을 때, 라라는 로마 바티칸에서 파견한 이탈리아 출신 바오로 신부에게 고백성사했다. 평소에도 다정하던 은발의 노신부였다.

"저는 하느님의 정의가 정말 살아있는지 모르겠습니다. 그것이 있다면 왜 이렇게 힘들고 괴로워야 하나요? 왜 다른 사람들로 인해 원하는 것을 포기하며 사는 제가 이렇게 힘들어야 합니까? 왜 제가 사람들로부터 지탄받고 모욕을 받아야 합니까? 사람들은 제 진심과 진실을 모릅니다. 알려고 하지도 않습니다. 외롭고 고통스럽습니다. 하느님은 어디에 계시기에 이렇게 침묵하십니까? 하느님은 정말 계시는 건가요?"

바오로 신부가 라라를 세례명으로 부르며 답했다.

"아나스타샤, 아마도 하느님이 눈이 작아서 다 보지 못하는 모양입니다. 그럴수록 더 기도하고 하느님의 도움을 청하세요. 아무 말씀도 하지 않는다고 모른 척하시는 분 아니니까. 꼭 아나스타샤의 기도를 들으실 거예요."

'눈이 작은 하느님.'

라라는 자기도 모르게 미소를 짓고 말았다. 바오로 신부는 라라에게 주기도문 한번 하라면서 보속을 주었다.

그해 크리스마스가 다가오고 있었다. 성당에서는 피정을 간다고 했다. 바오로 신부가 운영하는 고아원으로 갈 예정이었다. 러시아가 로마 교황청과의 우호 증진을 위해 고아원을 지으라고 모스크바 외곽에 숲을 부지로 주었다는 곳이다. 너른 숲이 있어서 기도를 위한 피정에 좋다고 했다.

피정 가는 날. 그날은 금요일이라 식당에 손님이 많았다. 손님 많은 날 자리를 비우는 게 무리지만 그래도 이번엔 아들을 데리고 꼭 가고 싶었다. 아들이 늘 식당 주변에서 친구도 없이 외톨이처럼 지내는 것이 마음 아팠다.

박 신부는 이해력이 빠른 사람이었다.

"라라 씨는 아들 때문에 이혼을 미루고 있었던 거죠? 저는 그렇게 생각합니다. 아들이 아니었으면 진작에 이혼했겠죠. 나는 비록 신부지만 라라 씨가 이혼하려는 마음 이해가 됩니다. 우리 교회에서 이혼은 죄라고 하지만 저는 무조건 결혼을 유지하라고 말하고 싶지 않습니다."

자신을 이해해 주는 박 신부가 고마워서 라라는 속마음을 털어놓았다.

"아들을 사랑해요. 저를 잘 따르는 아들이 고맙고요. 그러나 이혼 후 박사과정을 마치려고 계획하고 있는 저로서는 아들을 데리고 나올 형편이 되지 않아요. 열 살된 아들 주원은 저에게는 항상 네 하고 순종했지만, 아버지 말은 전혀 듣지 않아요. 그런데도 한편으로는 아들이 아무런 간섭도 하지 않는 준호를 더 편하게 여기는 듯해요."

라라가 이혼 결심을 돌이키지 않을 것임을 깨달은 준호가 말했다.

"그 아이가 내 새끼인지 어떻게 알아. 식당만 내놓고 다 가지고 가. 재도."

준호는 아버지 전무학이 시키는 대로 식당을 차지하는 데만 관심을 가졌다.

얼굴이 시뻘겋게 달아오른 라라는 그에게 무섭고 단호한 목소리로 말했다.

"너는 지금까지 말로는 늘 사랑한다고 습관처럼 말했었지. 그러나 사랑의 의미를 아는 사람이라면 그 책임이 무엇인지도 알 거야. 그걸 모르는 사람은 사랑할 능력도 자격도 없지."

준호는 질 수 없다는 듯 고함을 질렀다.

"너는 그놈하고 살 거잖아. 딴 놈 생겨서 이혼하겠다는 거잖아. 내가 왜 식당을 너한테 줘. 전에 준다고 한 말, 문서로 남긴 적 없으니 지킬 의무 없어, 난. 사실 그런 말 한 적도 없다고."

라라는 어이가 없었다.

"이혼의 원인이 다른 남자라고 생각해? 그전에 네가 해온 행동들은 아무렇지도 않다는 거야? 그래서 이혼하는 거야. 이혼을 왜 하는지, 자신이 원인 제공자라는 것도 깨닫지 못하거나 부정하는 인간과는 살 수 없어서."

그리고 준호에게 천벌이 내리길 바라는 심정으로 퍼부었다.

"네 아이인지 아닌지 네가 직접 키워봐. 너는 낳아 놓기만 하고 아무 일 안 해도 아이가 자라니까, 돌보지 않아도 저절로 크는 줄 알지? 네가 키우면서 네 자식인지 아닌지 보라구. 딱 너 닮은 애니까. 곧 뼈저리게 알게 될 거야. 그게 네가 아들에게 방금 한 말을 속죄하는 유일한 길일 거야."

라라의 심장과 머리와 두 손발이 부르르 떨리고 있었다.

그리고 쐐기를 박듯 한마디 덧붙였다.

"서로가 생각하는 기본이 다르다는 것, 그것이 공존 불가의 이유야. 너와 혼전 관계가 없었다면 결혼하지 않았을 거야. 그것 때문에 어쩔 수 없이 한 결혼이었어. 내가 그 사람을 만나는 이유는 임신했을 때조차 행해진 너의 폭력에 대한 복수였어. 기억해 두라고."

그런 아들을 위한 작은 기도를 하고 싶었다. 그래서 피정을 가려고 하는 거였다.

피정 가는 날, 성당에 모일 시간이 가까워져도 일은 좀처럼 끝이 나지 않았다. 눈까지 펑펑 내리고 있었다. 평소와 달리 배달 주문까지 들어왔다. 기사와 함께 종업원 여자애를 딸려 배달을 보냈는데 배달 나간 이들이 돌아오지 않았다.

무심한 눈이 하늘에서 펄펄 휘날리고 있다. 배달 나간 이들의 무사 귀환만 확인하면 출발할 예정이었다. 시간은 지체되고 있었다.

"눈 때문에 길이 막히는가 봐요."

초조해하는 그녀 옆에서 누군가 말한다. 유화였을 것이다.

평소 연인으로 지내는 안드레이와 라리사를 함께 보냈으니, 눈 오는 오후 그들이 어딘가에서 커피라도 마시며 낭만을 즐기지 말란 법은 없었다. 의심이 들지 않는 것은 아니지만 중요한 것은 배달이 무사히 됐는지를 확인하는 일이었다.

결국 라라는 주문한 L사 직원 김 대리에게 전화했다. 조금 전 도착했다고 그는 말했다.

"이제 배달 나간 그들이 무사히 돌아오기만 하면 되는데."

일손이 부족한데 무작정 나설 수도 없는 일. 예정보다 두 시간 늦어서야 나갔던 사람들이 돌아왔다. 라라의 초조함을 전혀 알지 못하는 표정들이었다.

어쨌든 안도의 숨을 내쉬면서 라라는 아들을 데리고 서둘러 출발했다.

택시를 타고 성당에 도착했다. 20분 넘게 늦어진 도착이었다. 교외의 고아원으로 타고 갈 버스가 성당 정문 앞에 서 있었다. 택시비를 지불하는 사이, 엄마가 늦어서 급한 줄 아는 아들이 먼저 버스 쪽으로 움직이고 있었다. 그런데 아들이 길을 건너기 전, 아들이 길을 건너는 쪽으로 질주하는 택시가 라라의 눈에 띄었다. 라라는 서둘러 아들을 향해 내달렸다. 거스름돈으로 받은 지폐들이 거리 위로 흩날렸다. 아들을 인도 쪽으로 겨우 떠밀어 차도에서 밀어냈다.

"아악!"

"어머, 어머!"

"어어!"

그녀의 긴 외투 자락을 스치며 자동차가 그녀의 몸을 훑고 지나갔다. 라라는 몸을 피하려다 중심을 잃고 쓰러졌다. 부딪친 것 같다. 아프지는 않다. 그녀는 버스 앞에 쓰러져 있다. 길 위에 누워 가만히 눈을 뜬다.

'내가 살아 있는 건가.'

회색빛 하늘이 보인다. 흰 구름도 보이고 언뜻언뜻 파란 하늘도 보인다.

'아아, 아직 살아 있다.'

손가락을 움직여 본다. 움직인다. 몸이 움직인다.

'아이는, 아이는 어디 있지?'

아들이 저쪽에서 울고 있다. 아들을 부르려 몸을 일으키려 했다. 그러나 일어날 수가 없다. 놀란 심장이 아직 뛰고 있다. 갑작스러운 사고에 박 신부의 당혹한 목소리가 들리고.

그때 누군가의 힘센 팔이 라라의 등을 받치고 일으켜 올린다. 그녀를 들어 올린 팔의 주인은 모스크바의 성자였다. R사의 모스크바 지사장 박세민이다. 모스크바의 성자는 라라가 그에게 붙여준 별명이다.

"괜찮아요? 다친 데는 없어요? 일어날 수 있는 거죠? 그렇게 뛰어오면 어떻게 해요. 큰일 날 뻔했잖아요. 아픈 데는 없어요?"

놀람과 침착함이 뒤섞인 그의 수심 어린 표정이 희미하게 눈에 들어온다. 평소 날카로운 그의 눈매가 걱정으로 일그러져 주름 속에서 부드러워 보인다.

젊은 신부가 나서지 못한 상황에서 나선 모스크바의 성자.

'휴우~'

라라는 그제야 빙그레 미소가 눈물과 함께 흘러나온다.

"네, 괜찮아요. 아무렇지도 않아요."

지옥과 천국을 오간 느낌이란 게 이런 걸까. 차에 부딪히는 순간 지옥의 문이 보였다. 죽었다, 생각했었다. 깨어나니 천국에 온 느낌이었다. 잠시 악마의 손에 붙들려 지옥문 앞까지 갔다 돌아온 듯한 충격과 신비의 체험이었다.

나중에 성당의 친한 언니 가브리엘라에게서 들었다.

"그때 그 버스에서 여자들이 라라 이야기를 하고 있었어. 늦는다고 그렇게 흉을 보는 거야. 라라에 대해 험담하다가 점점 대놓고 모욕과 비방을 하더라구."

가브리엘라는 그중 하나를 흉내 내면서 말했다.

"피정에 늦다니 벌 받아야 해. 라라 씨는 기본 자세가 안 됐어. 피정 가는데 사람들 기다리게 늦으면 어떡해. 남들 생각을 전혀 안 하잖아. 그런 사람은 벌 받아야 해."

그 순간 라라가 택시에 부딪혔다는 것이다.

왜 거기 쓰러져 누워 있을 때, 성당 앞에 그리고 성당 종탑 위에 악마를 본 듯한 느낌이 들었는지 라라는 그제야 이해가 되는 듯했다.

'저주의 힘이었군. 그들의 저주가 악마를 불러냈던 거야. 증오와 미움과 시샘은 악마를 불러내지. 피정 시간에 늦는 것이 그들에게는 벌 받아야 할 큰 죄였던 거네.'

갑자기 라라는 모든 게 이상하게 생각되었다.

세상의 교회들은 늘 말하고 노래한다. 늘 '사랑의 송가'를 부르면서도 그 의미를 깨닫지 못하는 게 신기할 정도였다.

> 천사의 말을 하는 사람도,
> 사랑 없으면 소용이 없고,
> 심오한 진리 깨달은 자도
> 울리는 징과 같네.

라라는 그날 고아원이 있는 숲에서 잠들지 못하고 긴 겨울밤을 꼬박 지새웠다. 피정 기도 중에도 그 생각, 그에 대한 기도뿐이었다.

'그날 그들의 기도는 하느님에게 한 것일까, 하느님을 사칭하는 악마에게 보낸 기도일까. 그들은 누구를 믿는 걸까. 진짜 하느님 아니면 하느님을 참칭하는 악마?'

그들은 하느님이 자기들 기도를 들어주었다고 믿겠지. 사람들은 자기가 믿고 싶은 대로 믿고, 보고 싶은 대로 보고, 듣고 싶은 대로 듣는 법이니까. 그래서 세상은 늘 분쟁이 끊이지 않고.

신은 피정 시간 맞춰 오는 것 자체를 중요하다 하실까, 아니면 아들을 위해 작은 무엇이라도 해주고 싶은 엄마의 마음을 중요하다 하실까.

'모스크바에 오던 날, 나를 살린 신이 이번에도 구했나 보다. 다시 한번 신의 모습을 본 듯해.'

세상 모든 것에 영혼이 있을 것이다. 모래 한 알 한 알에, 풀포기 하나하나에, 인간이 만들어낸 모든 사물에도 각각 그 영혼이 깃들어 있다고. 그 모든 보이지 않는 비가시 세계와 보이는 가시 세계를 지배하고 주관하는 힘이 있을 거다. 그것이 우리가 신이라고 부르는 어떤 존재 혹은 힘의 실체는 아닐까. 그 무수한 신의 존재 중에서 어느 존재가 진정한 신인지, 진짜 절대자는 있는지, 있다면 어떻게 알아볼 것인지. 또, 누구나 알아볼 수 있으면 누군들 찾지 못할까. 누구나 진정한 절대자를 찾고 보고 믿으면, 세상이 왜 이리 추악하고 부조리하고 혼란스러울까. 그것은 진정한 절대자가 모두의 눈에 다 보이는 존재는 아닐 것이라는 사실을 말해주는 것이 아닐까. 신은 자신의 형상대로 인간을 만들었다고 했다. 하느님 흉내를 내는 인간 형상의 악마들도 존재하는 것이리라. 진정한 신은, 진짜 하느님은 오로지 그의 사람들만이 볼 수 있을 것이다. 그들이 찾아내고 그들을 찾는 신. 진정한 존재를 알아보는 인간의 눈에만 진짜 신, 진짜 절대자는 보일 것이다. 곧 신의 속성을 닮은 자에게만 보이는 존재일 것이다. 그러니 거짓을 말하고 위선을 행하면서 하느님과 하나님과 알라를 찾고, 부처와 예수와 마호메드를 찾는 것은 어불성설이다. 인간이란 인간이 만들어 놓은 신의 개념과 진짜 신을 구분하지 못한다. 자기가 만들어 놓은 우상을 믿으며, 그것을 신과 동일시한다. 보이는 것에 대한 성찰조차 올바로 하지 못하면서 보이지 않는 그 존재, 그 크기를 가늠할 수 없는 존재를 자신의 좁은 눈으로 안다고 생각한다. 인간은 교만하다. 아직도 부분적일 뿐이고 아직도 미완일 뿐이고 아직도 무한한 미지의 영역을 가지고 있으면서 완벽한 체한다. 과학으로 증명되지 않는다고 신을 부정한다. 인간의 뇌로 모두 인식할 수 있는 존재라면 인간보다 작은 존재일 것이다. 신이 인간보다 작은가. 신은 그 자신만이 안다. 인간은 그 누구도 신을 모른다. 육체의 한계를 가진 인간은 유한한 존재이기 때문이다. 유한자가 무한자를 부정하는 것, 그것은 넌센스다. 인간이 신을 규정하는 것, 불가능하다. 신이란 가장 단순한 존재이면서 가장 복잡한 존재다. 누구나 알 수 있으면서 아무나 알 수 없는 존재다. 즉 논리이면서 비논리다. 논리를 초월한 존재. 과학적으로 이해할 수 있으면서 과학을 뛰어넘는 존재. 그래서 신은 신이다.

피정하면서 기도 내용을 노트에 적는 동안 모스크바 교외의 밤은 깊어 갔다. 고뇌에 찬 모스크바 피정의 밤은 겨울 하늘의 별처럼 예리하게 빛을 발하며 깊어 갔다. 깊고 푸른 밤이었다. 아름답고도 아픈 날이었다. 그날 라라의 발목에는 검은 양말 위에 희미하게 남겨진 택시 타이어 자국이 악마의 이빨처럼 흔적을 남겼다.

악마는 성당에도 살고 있었다. 아니, 정확하게는 교회에 다니는 사람들 속에도 살고 있었다. 아마도 하느님인 양 흉내내는 악마를 하느님이라 부르는 사람들 마음속에.

28
사막의 하얀 태양

동양은 묘하고 섬세한 세계다
- 영화 '사막의 하얀 태양' 중에서 -

이미 모든 것은 돌이킬 수 없었다. 라라는 파랑새를 팔기 위해 내놓았다. 차시훈도 모스크바 임기가 끝나가는 중이었다.

준호는 시훈과 라라가 함께 떠날 거라고 믿고 있었다.

"니 맘대로 나가고 싶으면 가. 단, 이혼은 못 해 줘. 누구 좋으라고. 못해, 절대!"

그는 못을 박듯 고함을 쳤다. 한때는 이혼 당할까 봐 신경쇠약 증세까지 보이던 준호. 그는 어느새 자기 아버지에게 의지하고 있었다. 준호의 눈빛은 점점 야비해져 갔다.

라라는 그런 준호를 비꼬았다.

"이혼이 하기 싫은 건지, 재산 분할이 싫은 건지는 너 자신이 더 잘 알 거야. 난 너를 믿지 않아. 그게 내가 이혼하려는 최초의 이유야."

준호는 소리를 버럭버럭 질러댔다.

"넌 차시훈 때문에 그러는 거잖아. 내가 무슨 잘못이 있다고?"

아버지 전무학은 아들을 부추겼다.

"식당이 돈이 되는데 걔한테 이걸 왜 주냐, 이 멍청한 눔아. 절대 준다고 약속했다 말하지 말아라. 모른 척 잡아떼면 되여. 누가 아나, 그걸. 아무도 모른대이. 서류 만들어 놓은 거 없으면 말로 한 약속은 말짱 헛거래이."

그런 것이 라라가 그들을 떠나려는 또 다른 이유였다.

며칠 전, 서울 방송국의 양 피디에게서 전화가 왔었다.

"체첸 관련 소식을 좀 전해주세요."

그 뉴스 취재에 도움을 받기 위해 시훈에게 전화를 했다.

"그럼 이따가 시내 '사막의 하얀 태양'에서 보도록 하지."

그와 통화하는 걸 아래층 식당에서 준호가 전화기를 들었다가 듣고 있었다. 준호는 노발대발 득달같이 위층의 집으로 뛰어 올라왔다. 씨근덕거리고 있었다.

라라는 멸시하듯 새초롬한 표정이 되었다.

"……"

라라는 아무 말도 하지 않았다. 굳이 변명하고 싶지 않았다.

"그럼 그렇지. 그놈하고 놀아나는 거 다 알고 있어. 어디까지 갔어? 그놈이랑 잤어? 잤지, 왜 말 못 해?"

"잤는지 안 잤는지 그게 그렇게 중요해, 지금 이 상황에서? 우린 지금 이혼하는 중이야."

"절대 니 맘대로 안 돼. 이혼 못 해줘. 그놈이랑 신나서 사는 꼴 난 못 봐."

그날 준호의 광적인 반응을 피해 그녀는 집을 나오고 말았다. 약속대로 시훈을 만났다. 귀가는 늦어졌다.

그날 밤, 준호는 자는 그녀의 팬티를 벗겼다. 그러더니 잠들어 있는 그녀를 격하게 흔들어 깨워 앉혔다.

"너, 오늘 어디 갔었어?"

"그만 좀 해. 알아서 뭐 하게. 더 이상 너를 상대하고 싶지 않아."

그 순간 눈가에서 섬광이 번쩍했다. 라라는 얼굴을 감싸고 말았다. 준호의 주먹이 날아든 것이다. 통증. 코와 눈이 심하게 아팠다. 조심스레 손으로 가리고 있던 눈을 천천히 떴다. 잘 떠지지 않았다. 잠시 후 눈이 떠졌어도 눈앞이 뿌옇게 희미했다. 마치 눈에 안개가 덮인 것 같았다. 거의 물체가 식별되지 않았다. 눈물이 솟구치면서 왈칵 겁이 났다. 최악이었다.

"안 보여, 앞이 보이지 않아, 아아아."

라라는 울음이 터지고야 말았다.

'실명하면 어쩌지.'

더럭 겁이 났다. 깊은 밤이었다.

준호의 표정은 마치 낭패를 봤다는 듯했다. 그는 당혹스러운 목소리로 말했다.

"좀 있으면 나아져. 군대에서도 얻어맞으면 그럴 때 있어."

아침에 일어나니 라라의 눈이 퉁퉁 부어 있었고, 눈과 코 사이가 찢어져 있었다.

하얀 한낮의 태양이 붉어질 무렵, 라라는 레닌스키 대로에 있는 외과 전문 병원으로 갔다. 젊은 의사가 엑스레이 결과를 들고 나왔다.

"코뼈에 실금이 갔어요. 눈의 상처는 아물게 될 겁니다. 그런데……"
의사가 화가 난 듯 물었다.
"누가 이렇게 했나요?"
라라는 왠지 낯이 뜨거웠다. 어쩔 수 없었다. 수렁에 빠진 심정이었으니까.
"남편이……"
"남자가 여자를? 맙소사. 우리가 경찰에 신고할 수 있어요. 해줄까요?"
젊은 의사가 어이 상실한 표정으로 말했다.
"생각해 보고 결정할게요."
라라는 밖으로 나왔다. 준호가 계속 뒤를 따라왔다. 혐오감에 꼴도 보기 싫었다. 라라의 눈에는 안대가 감겨 있었다.
"집으로 가자."
준호는 말했다. 라라는 집으로 갈 마음이 없었다.
병원 문을 나설 때는 이미 준호에 대한 라라의 마지막 인간적 호의나 옛정에 대한 연민이 용광로에 떨어진 납처럼 형해화된 후였다.
그녀는 따라붙는 준호를 교통경찰의 도움으로 떼어놓고 혼자 레닌 언덕으로 향했다. 모스크바 시내 전경이 내려다 보이는 곳. 해가 저무는 석양이 진홍의 장미빛으로 물들고 있었다.

다음 날, 걱정 어린 시훈의 전화가 걸려 왔다.
"네가 걱정돼서 한잠도 못 잤다."
엉망이 된 모습을 보이길 꺼리는 라라를 그는 겨우 설득해서 지난밤 상황을 들었다. 시훈은 단호히 말했다.

"다시는 그런 일 생기지 않게 하겠다."

네글린나야 거리의 우즈벡 레스토랑 '사막의 하얀 태양'. 중앙 아시아 전통 문양이 새겨진 크고 높다란 목조 문으로 들어가니 화려하면서도 소박한 자연주의 인테리어가 편안한 분위기를 연출하고 있었다. 카자흐계 셰프가 우즈벡 볶음밥, 플롭을 카트에 싣고 홀을 다니며 손님들에게 권했다.

"오늘의 특선 플롭입니다."

그는 사람 좋아 보이는 미소를 머금은 얼굴로 원하느냐고 물었다. 깨끗한 가운과 모자에 줄무늬 에이프런을 한 모습이 셰프의 품격을 말해주고 있었다.

시훈은 라라에게 먹을래 하고 묻더니 그녀가 고개를 끄덕이자 주문을 했다. 김이 모락모락 피어오르는 따뜻한 플롭이 우묵한 접시에 담겨 테이블에 올려졌다. 가운데 통으로 들어간 마늘 때문에 친숙한 구수한 냄새가 났다. 슈르파 스프는 둘이 먹어도 될 정도로 양이 푸짐했다.

그가 갑자기 자기 아버지 이야기를 꺼냈다.

"우리 아버지는 귀여운 딸이 있으면 좋겠다고 항상 그러셨지. 네가 내 여자가 되지 못한다면 내 여동생이라도 만들어서 다치지 않고 원하는 일 하게 하겠다."

며칠간 악몽 같은 시간을 보낸 라라에게 시훈의 말은 완벽한 힐링의 언어였다.

"사막의 하얀 태양, 이게 어디서 나온 이름인지 알아요?"

"소련 우주비행사들이 우주 비행 떠날 때마다 본다는 전설적 영화라고 하더라."

"맞아요. 주인공 수호프 같은 남자, 전형적인 러시아의 이상적 남성상이죠. 차 기자님이랑 많이 닮은 데가 있어요."

"아무리 여자들 유혹이 많아도 한 여자밖에 모르는 남자. 난 너한테만 그래."

어느새 웃음기 가득했던 그의 표정이 진지해져 있었다.

"너 공부가 그렇게 좋으니? 그럼 해라. 공부 마치고 우리 회사 들어와라. 너하고 밥 먹으려고 사내 새끼들이 줄을 설 거다. 우리 회사 여자애들은 맨날 높은 놈들하고 밥 먹는다. 너도 저런 놈 말고 차라리 그런 놈들하고 어울려라. 그게 격에 맞게 사는 거다. 당장 때려치워, 그놈이랑."

전에는 공부 더 하고 싶다는 라라의 말에 그다지 환영하는 표정이 아니더니, 오늘은 적극 동의하고 나서는 시훈.

그는 상체를 라라 쪽으로 기울이더니 진지하게 말했다.

"요즘 너에 대해 여자들 감정이 아주 예민해져 있다더라. 누가 그러더라, 신경쓰라고. 남자들이 모이면 여자들 얘기 많이 하는데 네 칭찬을 많이 하지. 저런 여자 만나면 정말 좋겠다고. 그래서 여자들이 질투한대. 마누라들이 네 얘기만 나오면 신경질을 낸다네. 우리집도 예민해지더라구. 아내가 그런 이상한 성격이 아닌데도. 아무튼 너를 헐뜯는 여자들이 많다고 집사람도 그러대. 뻔히 말도 안 되는 거짓말인데도 그냥 수근거린다나봐. 탈이 나면 남자는 괜찮아도 여자는 다치게 된다. 그래서 요즘 네 걱정이 많다. 나 때문에 다칠까봐. 모스크바는 좁은 동네야."

라라는 고개를 끄덕였다.

"여기 코리아타운은 모스크바의 세일럼이죠. 17세기 매사추세츠의 작은 마을 같은. 마녀사냥과 재판이 벌어졌던……!

그들은 사막의 하얀 태양을 나와서 모스크바 겨울의 도심 거리를 걸었다. 네글린나야를 지나 드미트롭프카를 걷고, 혁명 광장을 지나 붉은 광장을 걷고, 크레믈린 성벽 밑의 알렉산드롭스키 공원을 가로질러 마호바야 거리와 게르첸 거리를 마냥 걸었다.

차이콥스키 콘서르바토리 앞에 오자 백조의 호수 연주 소리가 달빛 아래 흐르고 있었다. 블랙스완 오딜이 춤을 추는 장면의 빠른 음악이 연주되는 중이었다. 그 창 앞에서 마주치면 운명의 사랑을 하게 된다는 오르페우스의 창을 닮은, 차이콥스키 음악원의 커다란 창 아래에서 라라와 시훈은 뜨겁게 포옹했다.

모스크바 겨울밤의 정령은 두 사람을 푸른 안개로 덮어주고 있었다.

29
에덴의 폴라리스

> 사람들은 누구나 세상을 변화시키려고 한다.
> 하지만 누구도 자신을 변화시키려고 하지는 않는다.
> – 레흐 톨스토이 –

그해 모스크바에도 봄의 기운이 스멀스멀 올라오고 있었다.

"더 이상 수업에 빠지면 곤란하니 빨리 귀국하는 것이 좋겠습니다."

서울의 통역대학원에서 온 연락이었다. 라라에게는 이번에 기필코 돌아가야 할 이유가 있었다. 이태현 교수 때문이었다. 처음 이 교수와 어떻게 인연을 맺게 되었는지는 기억에 없다. 단지 모스크바에서 처음 만났다는 것만 기억난다. 라라가 식당일을 하게 되자 누구보다 안타까워 한 사람이 이 교수였다. 그녀가 1년 신청했던 휴학을 연장하지 않을 수 없다고 호소하자, 그는 대학원 당국에 이를 요청했다. 대학원은 휴학을 2년까지 연장할 수 있도록 규정을 변경해 주었다.

한 달 늦게 복학한 라라를 반긴 것은 열 살 어린 열 명의 대학원생이었다.

"언니 대단하세요, 통역대학원을 나이 들어 도전하시다니."

젊은 그들은 라라를 호기심 반 기대 반 눈길로 바라보았다. 이미 아이까지 있는 그녀는 왕언니라는 별명을 얻었다. 특히 라라의 대학 후배인 미연이와 가장 똑똑하고 재능이 많은 혜진이가 유난히 라라를 좋아했다. 미연은 라라를 '우리 언니'라고 불렀다.

미연은 같은 과 선배를 사귀는데 이미 졸업하고 증권회사에 다니고 있었다.

"사귄 지 4년인데 아직 잠자리를 안 했어요. 요즘 저희 또래에서는 드문 일이죠."

라라의 대학 시절을 떠올리게 하는 후배였다. 미연도 젊은 날의 라라처럼 플라토닉 러브의 신봉자였다.

혜진은 이미 섹스하며 사귀는 남자친구가 있다고 했다.

"제 가슴이 작아서 남자친구에게 미안한 거 있죠."

혜진은 솔직한 매력의 소유자였다.

통역대학원 제일의 미녀라는 별명을 가지고 있던 소진은 라라에게 경계심을 늦추지 않았다. 소진은 미모와 재능을 겸비한 여학생이었다. 다른 친구들에게도 아주 친절했고 동기들 사이에 인기도 좋았다. 그러나 라라에게 선뜻 다가오지는 않았다.

"처음에는 간이라도 빼줄 듯 입속의 혀처럼 굴다가, 이해가 걸리면 뒤통수를 치는 부류의 인간들보다는 천천히 가까워지는 편이 훨씬 낫다."

그러나 혜진이나 미연처럼 그녀의 아들 이야기를 들으며 함께 눈물을 흘려주는 후배들보다는 정이 가지 않는 것도 어쩔 수 없는 일이었다.

정선은 소진과도 또 달랐다. 어지간해서는 라라에게 먼저 말도 건네지 않았다. 동기들 사이에서 컨트리걸이라는 별명이 붙어 다녔다.

"정선이 학생증에 붙여진 사진이 촌스럽게 나와서 그래요."

직설적인 혜진이 정선을 타박하곤 했다.

"넌 적극적이고 솔직한 성격이지만 남자들에게는 매력 없는 걸로 보이거든."

그런 그녀가 라라에게 노골적인 반감을 드러낸 것은 중간시험에서 라라의 성적이 자신보다 높게 나온 이후였다.

"젊은 남자 교수님이 라라 언니를 편애하는 거 내가 진작 알아봤어."

컨트리걸의 눈꼬리는 한없이 치켜 올라갔다.

라라는 교수의 평가가 부당하다고는 생각하지 않았다.

"젊은 그들과 6년간의 긴 공백 끝에 복학한 내 형편이 같을 수 없잖아. 그러나 젊음은 그 모든 걸 이해하기에는 아직 어리지."

육순 정년을 목전에 둔 이태현 교수가 그 얘기를 듣고 말했다.

"내가 살아보니 그렇더군. 30대에 인생을 다 안다고 생각했다. 40대가 되니까, 그땐 아무것도 몰랐구나 싶더라. 그러더니 50대가 되니까 마흔도 한창 젊은 나이구나 싶더라구. 마흔쯤 되어야 세상이 좀 보이지. 30대만 해도 아무것도 모른다. 그러니 20대에 뭘 알겠나."

시훈에게서 일주일에 두세 번씩 핸드폰 전화나 이메일이 왔다.

"네가 떠난 파랑새는 예전 같지 않게 썰렁하더구나. 너 떠난 모스크바는 오래 있고 싶은 도시는 아니다. 너를 만나기 전처럼 음습하고 침울해 보인다. 많이 보고 싶다."

7월 말 차시훈은 서울로 돌아왔다.

해가 긴 여름 저녁, 라라와 시훈은 여의도 공원으로 나왔다. 광장 한쪽에서는 콘서트 집회가 진행되고 있었다. 플래카드가 걸려 있었다.

'계약직 차별 철폐를 위한 작은 콘서트'

라라와 시훈은 그쪽을 바라보았다. 거기서 문득 라라는 낯설지 않은 얼굴을 하나 발견했다.

"아, 저 사람은 최 피디······"

라라의 표정은 씁쓸해졌다.

"왜 그러니?"

"저 사람들 속에 아는 얼굴이 있네요. 그때 그 최 피디. 말 한마디 없이 해고한."

"아, 네가 전에 말했던 그놈?"

시훈은 그를 한번 쳐다보더니 피식 웃었다.

공원 광장에는 200여 명이 모여 있었다. 제법 이름있는 록그룹의 커다란 일렉트릭 굉음이 공기를 진동시키고 있었다.

"사람들은 그렇더라고요, 바로 자기가 하는 그 행동이 자신이 세상에 대고 떠들어대는 그 정의에 반하는 걸 몰라요. 그러면서 남의 눈에 티는 열심히 찾아내죠. 그래서 세상은 바뀌지 않는지도 몰라요. 그래서 세상은 변화를 외치는 사람들의 말을 믿지 않는지도 모르죠. 그것은 세상을 바꾸겠다는 그들 자신이 전혀 새롭거나 다르지 않기 때문이겠죠."

라라가 말하자 시훈이 고개를 끄덕였다.

"어느 국가나 사회든 문제를 안고 있어. 이상적인 사회란 현실에서는 존재하지 않지. 단지 사람에 따라 사회가 달라지지. 그래서 서구가 다르고 동구가 다르고 동양이 다르고 한국이 다를 수밖에 없고. 사람이 먼저 변해야 해. 세상은 그 사람들의 집합체이고 총합일 뿐이니까. 사회 체제가 달라져도 인간이 달라지지 않으면 소용이 없어."

시훈의 말에, 라라는 공감의 표시로 그의 팔에 매달렸다.

"사람이 먼저 변해야죠. 사회 체제가 달라져도 인간이 달라지지 않으면 도루묵이 되는 것은 그런 이유죠. 소비에트 연방의 실패는 그것을 확인해 주었고요. 혁명을 아무리 하면 뭐해요. 사람이 변하는 일이 중요하죠. 그것은 단시간에 되는 일이 아니라고 생각해요. 시간을 들여 공을 쌓아야 서서히 나타나는 변화니까요. 그런 의미에서 혁명이란 애초에 불가능한 것일지도 몰라요. 유일한 대안은 점진적인 변화일 뿐이란 생각도 들고요. 모든 인간의 이성이 총체적으로 충분히 합리적인 수준에 도달하면 그때 혁명적 변화가 가능할 수 있지 않을까요?"

계단에 걸터앉아 집회를 바라보면서 시훈과 라라는 대화를 이어갔다.

"라라가 무슨 생각하는지 알아맞힐 수 있을 거 같은데."

"제가 무슨 생각을 한다고 생각하세요?"

"신은 모두를 행복하게 만들 수 있는 존재도 만들었을 것이고, 모두를 불행하게 만드는 존재도 만들었을 것이다. 그 중간에 온갖 스펙트럼이 인간의 숫자만큼 존재하리라. 세상은 인간의 뜻대로만 움직여질 수 없다. 그래서 신은 존재한다. 인간이 할 수 있는 일은 오늘이 생의 마지막 날이거니, 그렇게 최선을 다해 사는 일인지도 모른다."

라라는 눈이 동그래졌다.

"아, 내 머릿속에 들어가 계신 건가요? 하하하."

시훈도 웃었다.

"내가 라라의 분신이 아닐까 하는 생각이 들 때가 있어. 라라의 표정과 눈빛을 보면 생각이 보이고 잡힐 듯해. 내 소울메이트, 내 영혼의 짝, 내 반쪽."

저녁 붉은 노을에 깃발과 플래카드가 여전히 그러나 여름 후덥지근한 공기에 축 늘어져 있었다. 광장에서 시훈은 라라를 와락 끌어안았다.

"누구의 눈도 두렵지 않아. 세상에서 내겐 이제 너만이 의미 있을 뿐이야. 사랑 없이는 아무것도 의미 없어. 네가 그걸 알려주었어."

저만치 깃발과 플래카드들이 웅성웅성 술렁거렸다. 그러나 이내 깃발은 회청색 어스름 속에 삼켜지고 있었다. 짙어지는 검푸른 하늘에서 아담과 이브의 에덴에도 있었을 그 폴라리스가 빛나고 있었다.

에필로그

세상에는 우연이란 존재하지 않는다. 우연은 보이지 않는 힘에 움직이는 필연. 고로 세상의 모든 것은 필연이다.

인생은 운명이 움직이는 궤도다. 인간은 운명이라는 물레로 날실과 씨실을 엮어간다. 그래서 운명은 자신의 의지와 선택. 인생은 신의 의지와 사람의 의지 사이의 변증법.

운명이란 그 거대함을 가늠할 수 없는 절대자, 신의 다른 이름이 아닐까. 진리, 진실, 자유, 논리, 이성, 지성, 양심, 감성, 선량, 의지, 자비, 엄중, 겸허, 강대함, 우아함…… 그리고 사랑도.

신이란 때로는 의로운 분노일 수도, 때로는 혹독한 잔혹함이나 냉혹한 잔인함일 수도 있다. 그러고 보면 악 또한 신의 의지이리라. 신이라면, 절대자라면 악을 다스리고 지배하고 무기로 쓰기도 하리라.

신은 사람들에게 늘 말을 건다. 신화의 나라, 그리스의 어느 현자가 그런 신의 존재 방식을 보았는지도 모른다.

"나는 편도나무에 물었다, 신에 대해 말해 달라고. 그러자 편도나무는 꽃을 활짝 피웠다."

우리는 신이 어디 있느냐고 묻는다. 우리는 예술의 신전에 사는 신을 상상한다. 고정관념. 거기서 신에 대한 부정이 잉태되는 듯하다. 인간의 머리로 신과 우주를 안다고 믿는 신념. 그 신념의 사생아가 무신론이다.

그러면 그 적자는 무엇일까.

악마란 신이 창조한 존재들이 창조주 신을 볼 수 없도록 방해하기 위해 존재하는 모든 것의 이름은 아닐까. 악마는 신 혹은 그의 대리자로 행세하고 있는지도 모른다. 마치 황녀의 시중을 들다 스스로 황녀가 되겠다고 오판한 시녀처럼. 성 밖의 사람들은 진짜 황녀가 누군지, 어떻게 생겼는지 모른다. 멀리서 잠깐 보았거나 그 존재에 대해 들었을 뿐. 그래서 황녀의 옷을 훔쳐 입은 시녀를 황녀라고 여길 수도 있다.

신의 존재 방식을 모르는 인간도 그렇지 않을까.

그래서 양심의 소리로 말하는 신의 음성을 듣지 못하거나 무시한다. 오히려 악마의 속삭임에 귀 기울이며 끝없이 자신을 합리화한다. 악마의 소리를 신의 음성으로 받아들이는 것이다. 자신의 이기심을 간파하고 귓가에 속삭이는 악마의 달콤한 노래에 취한다.

"네가 무슨 짓을 하건 도와줄 테니 나를 신이라 불러라."

악마의 유혹, 사탄의 속삭임은 달콤하고 감미롭다. 평범한 인간의 저항을 무력화시킨다. 악마는 자신을 신이라 하고, 인간으로하여금 진짜 신을 보지도 듣지도 인지하지도 못하게 방해한다. 심지어 진짜 신을 악마라 끊임없이 속삭일 때도 있으리라.

악은 어둠을 빛이라 하고, 빛을 어둠이라 말한다. 지혜를 무지라 하고, 무지를 지혜라 할 것이다. 비논리와 비이성을 논리와 이성이라 하고, 천재를 미치광이라 한다. 황녀를 시녀라 하고, 시녀를 황녀라 말한다. 도둑을 주인이라 하고, 주인을 도둑이라 한다. 성녀를 창녀라 하고, 창녀를 성녀라 한다.

진짜 창녀는, 신의 가장 중요한 본질, 신의 형상대로 만들어진 인간에게 준 가장 큰 축복인 사랑을 거래의 대상과 수단으로 삼는 존재들이라고 생각한다. 사랑을 파는 자는 모든 것을 팔아버릴 수 있다. 신에게는 이들이 바로 창녀, 창부가 아닐까.

또 하나의 의혹은 여전히 남는다.

신은 과연 인간에게 선악과를 먹지 말라고 했을까. 논리적으로 판단하면 신은 인간 스스로 선악을 구분할 수 있도록 선악과를 따먹으라고 하지 않았을까. 선악을 구분하는 힘, 그것이 진짜 신과 신을 흉내내는 악마를 구분하는 힘이 아닐까.

그렇다면 진짜 신은 인간에게 선악과를 먹으라고 했을 것 같다는 합리적 의심이 생긴다. 선악과를 따먹지 말라고 했다는 말은 신이 인간에게 선악을 구별할 필요가 없다고 금지했다는 말과 다를 바 없다. 신이 과연 그렇게 말했을까. 그것은 비논리이고 불합리이다.

성서는 왜 이런 오류를 유지하고 있는가. 전승의 오류거나 번역의 오류였을까. 아니면 신이란, 논리를 초월한 초논리의 존재임을 말하고 싶었던 것일까.

어쩌면, 아니, 실제로 선악과를 따먹지 말라고 한 것은 신이 아니라 신의 음성을 흉내낸 악마가 아니었을까. 신을 흉내내는 악마. 그것이 절대악이리라. 선을 흉내내는 위선. 인간의 위선이야말로 절대악의 실체라고 생각된다.

p.s.
신은 지혜와 마음의 눈으로 보는 것이며, 역사는 이성과 시대의 눈으로 보는 것!

― 라라의 노트 중에서 ―

원스 어폰 어 타임 인 모스크바
라라의 랩소디

초판 1쇄 발행일 2025년 10월 17일

저자 | 맹세희
펴낸이 | 김현중
디자인 | 박정미
책임 편집 | 황인희
관리 | 위영희

펴낸 곳 | ㈜양문
주소 | 01405 서울 도봉구 노해로 341, 902호(창동 신원베르텔)
전화 | 02-742-2563
팩스 | 02-742-2566
이메일 | ymbook@nate.com
출판 등록 | 1996년 8월 7일(제1-1975호)

ISBN 979-11-986702-9-8 03810
* 잘못된 책은 구입하신 서점에서 교환해 드립니다.